KB028127

그 들 은
후회하지
않 는 다

그들은
후회하지
않는다

김대현 지음

목차

1부…

2015년 05월 09일 금요일 20:00 ~
2015년 05월 11일 일요일 03:30

01

2015년 05월 09일 금요일 20:00

동식은 법원에서 곧바로 퇴근하지 않고 사무실로 향했다. 법원 앞에서 동인의 사건을 맡았던 법조인을 우연히 마주친 탓에 마음이 뒤숭숭했다. 법조인은 동식을 기억하지 못했지만 동식은 그를 오롯이 기억하고 있었다. 수사를 진행하는 동안 여러 차례 마주쳤고 동인의 장례식에도 참석했던 그를 잊으려고 해도 좀처럼 잊히지 않았다.

법조인은 머리숱도 많이 휑하고 주름이 자글자글했다. 무엇보다 걷는 모습에서 힘이 느껴지지 않았다. 동식은 동인의 사건이 일어난 지 어느덧 20년이 지났으니 지극히 당연한 거라고 받아들였다.

법조인은 오래전에 검사를 그만두고 대형 로펌을 운영하는 듯했다. 동인과 함께 수사를 진행했던 팀원들이 대부분 경무관 혹은 총경을 달았으니, 중년의 검사였던 그가 나이 든 변호사가 된 게 그리 이상한 일은 아니었다.

동식은 법조인을 물끄러미 바라보면서 동인의 나이 든 모습을 상상했다. 생전에 운동을 게을리하지 않았던 동인은 지금의 법조인보다는 훨씬 어리게 보였으리라. 동식은 형사 생활을 하면 할수록 동인이 무척 그립고 보고 싶었다. 법조인은 동식의 시선을 느끼고 고개를 돌려 그를 바라봤다. 동식은 곧바로 딴청을 피우며 차에 올라타서 시동을 걸었다.

"너는 인마, 일 끝났으면 집으로 곧바로 갈 것이지. 또 왜 사무실에 들르려고 하니? 피곤하지도 않아?"

해철이 지긋지긋하다는 투로 말했다.

"일이 생각보다 빨리 끝나서요. 사무실에 아무도 없죠?"

동식이 웃으며 되물었다.

"글쎄다. 도환이 있을 수도 있을걸. 정리할 게 남아 있다고 하던데."

해철이 도환의 말을 떠올리며 말했다.

"알겠어요. 뭐, 사무실에 가보면 알겠죠."

동식이 엘리베이터에서 내리면서 말했다.

"그래. 일 벌이지 말고 어서 집에 가서 씻고 자라. 나는 간만에 가족들이랑 밥 먹으면서 놀 거니까."

해철이 말했다.

"네, 선배. 가족들이랑 좋은 시간 보내세요."

"그래."

동식이 해철과 전화를 끊고 나서 카드키를 찍고, 강력 3팀 사무실 안으로 들어갔다. 사무실은 동식의 예상과는 다르게 쥐 죽은 듯이 조용했다. 동식은 도환의 자리를 힐끗 바라봤다. 책상에 휴대폰과 재킷이 걸려 있는 것으로 보아 잠시 자리를 비운 듯했다.

동식은 자신의 자리에 앉아서 책상을 멀거니 바라봤다. 동인, 정화와 함께 찍었던 어릴 적 사진과 욥기 5장 8절이 적힌 액자가 눈에 들어왔다. 액자는 동식이 형사가 되었을 때, 어머니 정화가 선물한 것이었다. 동식은 액자의 글귀를 한 번 훑었다.

'나라면 하나님을 찾겠고 내 일을 하나님께 의탁하리라.'

동식은 코웃음을 치고 나서 컴퓨터 전원을 켰다. 법조인을 우연히 마주친 김에 동인의 사건 파일을 다시 한번 열람하기 위해서였다. 동식은 동인의 사건번호를 재빠르게 입력했다. 잠시 후, 모니터 화면에 동인의 사건 파일이 액세스 되어 나왔다. 후유, 동식은 심호흡을 크게 한 뒤에 사건 파일을 차근차근 읽어나갔다.

1995년 05월 08일 일요일. 노부부 연쇄살인 용의자 담당 수사관 정동인, 이진호 두 명을 15cm 회칼로 여러 차례 찌르고 나서 경찰의 포위망을 뚫고 도망침. 담당 수사관 정동인은 사망 직전 용의자의 프로필을 아래와 같이 설명함. 중·고등학생으로 보이는 남자와 여자, 남매인 듯 매우 닮음. 곱상한 외모와 큰 키 남자 180cm 여자 164cm 정도로 추정됨,

꽃향기. 두 사람은 피해자의 옷과 액세서리로 갈아입고 나서 도주. 특이사항 지문을 남기지 않았으며 이후 같은 패턴의 노부부 연쇄살인 사건은 더 이상 일어나지 않음. 프로필과 몽타주를 토대로 수사를 벌였지만 아무런 소득 없음.

동식이 아는 내용들을 반복해서 읽고 있을 때, 후배 도환이 택배 박스를 들고 사무실 안으로 들어왔다.

"동식 선배, 뭐 하세요? 성수 팀장님이 법원에서 바로 퇴근하실 거라고 하셨는데."

도환이 동식을 보고 나서 물었다.

"뭐, 좀 볼 게 있어 가지고."

동식이 도환을 바라보며 말했다.

"뭘요?"

도환이 공용 캐비닛 위에 택배 박스를 두고 나서 동식에게 되물었다.

"그런 게 있어. 너는 인마, 누가 보면 네가 선배고 내가 후배인 줄 알겠다."

동식이 수사프로그램을 황급히 종료하면서 말했다.

"그랬으면 오죽 좋았을까요. 가만 보자. 동식 선배가 연예뉴스를 읽었을 리는 없고 서촌 사건에 관련된 거 읽으셨어요?"

도환이 물을 한 모금 마시고 나서 동식을 강하게 추궁했다.

"아무것도 아니니까 존경하는 후배님은 신경 끄세요."

동식이 자리에서 일어나서 기지개를 켰다.

"우리 팀은 해철 선배 제외하고 전부 일중독이에요. 사건 마무리된 지 얼마나 됐다고 벌써부터 사건 파일 뒤지고 그러십니까. 그러니까 여자 친구들이 못 버티고 떠나는 겁니다."

도환이 자신의 자리에 앉으며 말했다.

"이 자식아. 선배 놀리니까 기분 좋니? 예쁘다, 예쁘다 하니까 한도 끝도 없네."

동식이 도환에게 다가가서 백초크를 걸었다.

"다 선배를 사랑하는 마음에 그런 거죠. 동식 선배, 탭, 탭!"

도환이 탭을 치며 말했다.

"도환아, 네 연애나 잘하세요."

동식이 백초크를 풀면서 말했다.

"저는 선배와는 다르게 엄청 잘하고 있죠."

도환이 득의양양한 표정으로 말했다.

"그렇다면 다행이다. 그건 그렇고 저 택배 박스는 뭐니?"

동식이 공용 캐비닛 위에 놓인 택배 박스를 가리켰다.

"저도 잘 모르겠어요. 메일룸에서 연락이 와서 받으러 갔거든요. 그런데 발신인이 적혀 있지 않더라고요."

도환이 우편물 보관실에서 받은 전화를 떠올렸다.

"그래? 그러면 지금 뜯어보면 되겠네."

동식이 의심스러운 눈빛으로 말하고 나서 공용 캐비닛으로 가려고 했다.

"아, 동식 선배 도대체 왜 그러세요. 제가 나중에 뜯어볼 테니까 선배는 아무것도 하지 마세요. 사건 플래그라는 말 몰라요?"

도환이 동식을 재빠르게 제지했다.

"사건 플래그? 그게 뭔데?"

동식이 되물었다.

"성수 팀장님이나 동식 선배가 무엇인가를 건드리면 작은 일도 큰일이 되는 것을 의미합니다. 제발 아무것도 하지 마시고 이대로 퇴근하세요. 뭐 별거 있겠어요? 해철 선배가 장난으로 이것저것 주문한 거겠죠."

도환이 동식을 사무실 바깥으로 내몰았다.

"알겠어, 알겠어. 갈 테니까 그만 밀어, 인마."

동식이 웃으며 말했다.

"예스. 무슨 일 생기면 곧바로 연락드릴 테니까 아무것도 생각하지 마시고 푹 쉬시길 바랍니다. 다음 주부터 서촌 사건 달려야죠."

도환이 동식에게 말하고 나서 우스꽝스럽게 경례를 했다.

"그래. 무슨 일 있으면 제일 먼저 연락하고. 아니다, 성수 팀장님 다음으로 연락해라."

동식이 피식 웃었다.

"네. 어서 가세요. 어서 가란 말입니다. 사건 플래그! 사건 플래그!"

도환이 동식을 향해 손을 강하게 휘저었다.

"간다. 가, 인마. 거 되게 시끄럽네."

동식이 도환에게 손을 흔들었다. 동식은 택배 박스가 무척이나 신경 쓰였지만 도환의 말처럼 팀원들의 기호품이거나 성수 팀장이 주문한 사무용품일 수도 있었다. 동식은 공용 캐비닛 위에 놓인 택배 박스를 힐끗 본 뒤에 고개를 갸웃거리며 황급히 걸어가기 시작했다. 도환은 동식이 엘리베이터에 탑승하는 것을 확인하고 나서 공용 캐비닛 위에서 택배 박스를 꺼내어 조심스레 뜯기 시작했다.

1995년 05월 08일 일요일 14:20

성가대의 찬송이 끝난 뒤, 제일 교회 담임 목사가 단상에 올라왔다. 담임 목사는 예배당의 엄숙한 분위기를 상쇄하기 위해 성도들에게 인사를 건네고 나서 가벼운 얘기를 주고받았다.

성도들은 담임 목사의 얘기가 그다지 유쾌하지 않았음에도 불구하고 큰 소리로 깔깔대고 웃었다. 동식은 담임 목사의 얘기에도 전혀 웃지 못하고 손목시계를 거듭 확인하면서 출입문을 여러 차례 두리번거렸다.

"아버지는 언제 와요? 어젯밤에 예배 시작 전에는 오신다고 하섰는데."

동식이 정화의 옷을 붙잡고 물었다.

"그러게 말이다. 차가 많이 밀리는 게 아니라면 일이 잘 마무리되지 않으셨나 보다. 조금 더 기다려보자꾸나."

정화가 동식의 머리카락을 쓰다듬었다.

"무슨 일이 생기신 건 아니겠죠? 몇 개월 전부터 힘든 일을 맡게 되었다고 하셨잖아요."

동식이 초조한 목소리로 물었다.

"걱정 마라. 아버지는 강한 분이시잖니. 제아무리 힘든 일이 있어도 지금까지 그래왔던 것처럼 잘 해결하실 거야."

정화가 덤덤한 표정으로 말했다.

"그렇긴 하지만 요즈음 너무 바쁘신 것 같아서 조금 걱정돼요. 집에 안 들어오신 지도 꽤 되셨잖아요, 어머니의 기도 시간도 많이 늘어났고요."

동식이 풀 죽은 목소리로 말했다.

"그건 주님한테 감사한 게 많아서 그런 거란다. 아버지는 끄떡없으실 거야. 무슨 일이 생기면 주님이 다니엘과 다윗을 지켜주셨던 것처럼 아버지를 보호해주실 거니까."

정화가 웃으며 말했다.

"정말 그랬으면 좋겠어요."

동식이 애써 웃으며 말했다.

"반드시 그럴 거란다. 동식아, 설교 말씀이 곧 시작될 것 같으니까 예배에 집중하자꾸나."

정화가 진지하게 말했다.

"네. 알겠어요."

동식이 자세를 고쳐 앉으며 대답했다. 잠시 뒤, 예배당의 유쾌한 분위기가 끝나고 담임 목사의 기도와 함께 설교 말씀이 시작됐다.

"지금부터 주님의 말씀을 대언하도록 하겠습니다. 오늘 나눌 말씀은 욥기 1장 1절에서 12절까지입니다. 제가 한 줄 읽고 성도님들께서 한 줄 읽고 마지막 구절은 다 함께 읽도록 하겠습니다. 우스 땅에 욥이라 불리는 사람이 있었는데 그 사람은 온전하고 정직하여 하나님을 경외하며 악에서 떠난 자더라."

담임 목사가 진중하게 말했다.

"그에게 아들 일곱과 딸 셋이 태어나니라."

성도들이 큰 목소리로 말했다.

"…… 하루는 하나님의 아들들이 와서 여호와 앞에 섰고 사탄도 그들 가운데에 온지라."

담임 목사가 말했다.

"여호와께서 사탄에게 이르시되 네가 어디서 왔느냐 사탄이 여호와께 대답하여 이르되 땅을 두루 돌아 여기저기 다녀왔나이다."

정화와 동식이 성도들과 함께 말했다.

"여호와께서 사탄에게 이르시되 네가 내 종 욥을 주의하여 보았느냐 그와 같이 온전하고 정직하여 하나님을 경외하며 악에서 떠난 자는 세상에 없느니라."

담임 목사가 말했다.

"사탄이 여호와께 대답하여 이르되 욥이 어찌 까닭 없이 하나님을 경외하리이까."

정화와 동식이 성도들과 함께 말했다.

"주께서 그와 그의 집과 그의 모든 소유물을 울타리로 두르심 때문이 아니니이까 주께서 그의 손에서 하는 바를 복되게 하사 그의 소유물이 땅에 넘치게 하셨음이니이다."

담임 목사가 말했다.

"이제 주의 손을 펴서 그의 모든 소유물을 치소서 그리하시면 틀림없이 주를 향하여 욕하지 않겠나이까."

정화와 동식이 성도들과 함께 말했다.

"여호와께서 사탄에게 이르시되 내가 그의 소유물을 다 네 손에 맡기노라 다만 그의 몸에는 네 손을 대지 말지니라 사탄이 곧 여호와 앞에서 물러가니라. 아멘."

예배당 안의 모든 이가 동시에 말했다.

"팀장 개새끼. 아무리 생각해도 너무한 거 아닙니까? 자기 식구 챙기는 건 알겠는데 정도껏 해야죠."

동인의 파트너 진호가 주차를 하고 나서 말했다.

"진호야, 아무리 열 받아도 그렇지. 팀장한테 개새끼가 뭐냐, 개새끼가. 그리고 사람들 앞에서 들이받은 건 네가 너무한 거야."

동인이 안전벨트를 풀며 진호에게 핀잔을 줬다.

"팀장 새끼한테는 더한 욕도 할 수 있습니다. 아무리 줄이 달라도 그렇지. 몇 개월간 같이 일했으면 저희도 자기 새끼 아닙니까? 최 형사랑 김 형사한테는 시답잖은 일은 하나도 안 시키고. 선배랑 저랑 밤새 고생한 거 빤히 알면서 순경이 해도 되는 걸 구태여 시키는 게 말이나 됩니까?"

진호가 씩씩거렸다.

"그래도 공과 사는 구분해야지. 입장 바꿔 생각해서 다른 지역구 신입이 사람들 앞에서 나나 너한테 들이받으면 기분 좋겠냐?"

동인이 진지하게 되물었다.

"당연히 안 좋죠. 그래도 해도 해도 너무하지 않습니까? 너무 화가 나서 지금도 분이 풀리지 않아요."

진호가 한숨을 쉬었다.

"진호야, 네 마음 충분히 이해한다. 그래도 안 되는 건 안 되는 거야. 나중에 팀장에게 정식으로 사과드려. 정치적으로 밉보일 수 있어도 인격적으로 밉보이지는 말자."

동인이 강경하게 말했다.

"알겠습니다. 선배 생각해서 사무실 들어가면 정식으로 사과 드리겠습니다."

진호가 곰곰히 생각한 뒤에 말했다.

"잘 생각했어. 지는 게 이기는 거야. 우리가 팀장을 인격적으로 대하면 팀장도 나중엔 달라지겠지."

동인이 말했다. 동인과 진호는 몇 개월 전부터 매스컴의 주목을 받고 있는 노부부 연쇄살인사건 특수 팀에 속해 있었다. 특수 팀은 사건을 신속하게 해결하기 위해 지역구 에이스들로 만든 드림 팀이었는데 기대와는 달리 제 기능을 발휘하지 못하고 있었다. 서로에게 너무나도 비협조적이었고, 자신이 속한 지역구에서 새로운 정보가 들어오더라도 좀처럼 공유하지 않았다. 두 사람은 특수 팀에서 궂은일을 마다하지 않았음에도 불구하고 늘 찬밥신세였다. 동인과 진호는 낮에는 현장을 돌아다니고 밤에는 잠을 줄여가며 수사 내용을 검토했다. 사명감으로 시작한 일이었지만 몇 개월간 쉬지 않고 수사가 진행되다 보니 몸과 마음이 너덜너덜했다.

"그건 그렇고 급하게 나오느라 형수님한테는 말씀 못 드렸죠? 동식이가 기다릴 텐데 연락 안 해 봐도 돼요?"

진호가 동인에게 물었다.

"어쩔 수 없지 뭐. 아내는 그러려니 할 것 같은데 동식이가 계속 눈에 밟히네. 겉으론 태연한 척해도 애는 애니까."

동인이 쓴웃음을 지었다.

"그렇죠. 나이에 비해 성숙한 거지, 어른은 아니니까요. 나이 먹어도 이해 못 하는 사람이 얼마나 많은데요. 그들에게 필요한 건 가족과의 시간이지 범인 잡는 게 아니니까요. 후유, 후딱 끝내고 어서 빨리 돌아가죠."

진호가 한숨을 쉬고 나서 말했다.

"그렇지. 아들한테는 아버지와의 시간이 참으로 중요한데 이해와 희생만을 강요하게 되니까 마음이 편치 않네. 팀장이 말한 집이 저기지?"

동인이 건너편에 있는 단독주택을 가리키며 말했다.

"네. 저기가 맞는 것 같아요."

진호가 메모한 주소지를 확인했다.

"가자."

동인이 단독주택으로 저벅저벅 걸어갔다.

"네. 그런데 자기 집도 아니고 남의 집에 처음 보는 사람이 들어갔다고 조사해보라는 게 말이 돼요? 막말로 지인일 수도 있고 가족일 수도 있잖아요."

진호가 어이없다는 투로 말했다.

"그렇긴 한데 노부부만 사는 집이니까 혹시나 하는 마음에 제보한 거라잖아."

동인이 말했다.

"아무리 그래도 이런 거까지 해야 하나 싶어요. 소득도 없고 인정도 못 받으니까 만사가 부정적으로 보이네요."

진호가 고개를 갸웃거리며 말했다.

"힘내자. 이런 게 하나하나 쌓여서 범인을 잡는 거니까. 누가 뭐래도 넌 정말 잘하고 있어. 그러니까 진호야 포기하지 말고 끝까지 해 보자."

동인이 초인종을 누르며 말했다.

"그래야죠. 알아주는 건 선배밖에 없네요."

진호가 쓴웃음을 지었다.

"아마 더 있을 거다."

동인이 겸연쩍게 웃으며 초인종을 한 번 더 눌렀다. 그러나 집 안에서는 아무런 응답이 없었다.

"아무런 대꾸가 없네."

동인이 입술을 주뼛거렸다.

"선배. 그냥 들어가 보시죠. 초인종이 고장 났을 수도 있잖아요."

진호가 열려 있는 대문을 가리키며 말했다.

"괜히 말 나올까 봐 그러지."

동인이 걱정스러운 투로 말했다.

"자초지종을 말하면 되죠. 제보 전화가 들어왔다고요. 담을 넘은 것도 아니니까 괜찮을 거예요."

진호가 대문 쪽으로 발을 내디디며 말했다.

"후유, 그러자."

동인이 한숨을 쉬고 나서 진호의 뒤를 따랐다. 두 사람은 대문 안으로 들어와서 마당과 주택을 잠시 휘둘러봤다. 신식은 아니었지만 나무와 화초가 잘 관리되어 있었고, 기자재도 한 곳에 잘 정리되어 있었기 때문에 고풍스러운 느낌이 났다.

"실례합니다. 제보 전화 받고 나왔습니다. 아무도 안 계세요?"

진호가 불투명 유리로 만들어진 현관문을 여러 차례 두드렸다. 안에서는 인기척이 느껴지지 않았다.

"제보 전화 받고 나왔습니다. 안에 아무도 안 계세요?"

이번에는 동인이 말했다. 그 순간 안에서 접시가 와장창 깨어지는 소리가 들렸다.

"안에 누가 있는 것 같은데요?"

진호가 진지한 표정으로 말했다.

"그러게. 실례합니다! 제보 전화 받고 나왔습니다. 집 안에 계신 것 같은데 몇 가지 좀 여쭙겠습니다."

동인이 앞서보다 더 큰 목소리로 말했다. 잠시 뒤, 현관문 앞으로 누군가가 서서히 다가왔다. 두 사람은 다가오는 사람의 나이를 정확히 가늠할 수는 없었지만 목소리와 몸의 윤곽으로 여성임을 단번에 알 수 있었다.

"누구세요?"

민희가 목소리를 깔고 말했다.

"경찰입니다. 수상한 사람이 집 주위를 배회한다는 제보 전화가 들어와서요. 확인차 방문했습니다."

진호가 긴장한 목소리로 말했다.

"집주인의 허락도 없이 대문 안으로 들어오신 게 오히려 더 수상한데요? 그리고 두 분이 경찰인 것을 어떻게 믿을 수 있죠?"

민희가 신경질적으로 말했다.

"그 점에 대해서는 진심으로 사과드리겠습니다. 초인종을 눌렀는데 응답이 없어서요. 경찰인 게 의심이 든다면 서에 전화하셔서 확인해보셔도 됩니다."

동인이 정중하게 말했다.

"확인은 됐고요. 아무런 일도 없으니까 그만 돌아가시겠어요? 쉬고 있는데 방해받고 싶지 않아서요. 할아버지와 할머니도 큰방에서 주무시고 있고요."

민희가 표독스러운 목소리로 말했다.

"죄송합니다만 상부에 보고를 올리려면 대면 조사가 필요해서요. 번거로우시더라도 잠시 협조 좀 부탁드리겠습니다."

동식이 자초지종을 설명했다.

"후유, 정말 성가시게 하네."

민희가 얘기를 듣자마자 땅이 꺼져라 한숨을 쉬었다.

"아가씨. 저희도 안 할 수 있으면 안 하고 싶습니다. 그런데 그럴 수가 없으니까 정중하게 부탁드리는 거 아닙니까."

진호가 짜증 섞인 목소리로 말했다.

"알겠습니다. 잠시만 기다려주세요. 할아버지, 할머니한테도 말씀드리고 올게요."

민희가 신경질적으로 말하고 나서 안쪽으로 걸어갔다.

"시발, 요즈음 애들은 싸가지가 없어도 너무 없어."

진호가 뒤돌아서서 쌍욕을 나지막하게 퍼부었다. 동인은 특별한 낌새가 없는지 집 주위를 두리번거렸다. 옥상과 마당에서는 별다른 움직임이 느껴지지 않았다. 처음에는 접시 깨지는 소리가 신경 쓰였지만 그녀의 말에서 수상한 점이 느껴지지 않았기 때문에 대수롭지 않게 받아들였다.

"시발, 얼굴 보고 얘기하자는데?"

민희가 부엌에서 기다리고 있던 민기에게 다가가서 말했다. 민기 주위로 깨어진 접시와 넘어진 선반대가 보였다.

"여기서도 대화하는 거 다 들리더라. 생각만큼 호락호락하지가 않네."

민기가 회칼을 매만지며 말했다.

"어떻게 할 거야?"

민희가 난처한 표정으로 물었다.

"정면 돌파하는 수밖에 없지."

민기가 득의양양한 표정으로 말했다.

"두 사람이라서 힘들 것 같은데 뭐 뾰족한 수라도 있어? 현관문 열면 바로 눈치챌 거 아니야."

민희가 걱정스러운 투로 되물었다. 다용도실로 향하는 거실 모퉁이에 쓰러져 있는 노부부의 모습이 보였다. 그들 주위로 어마어마한 양의 피가 흥건하게 고여 있었다.

"당연히 없지. 경찰이랑 사건 현장에서 마주칠 거라고 생각도 못 했으니까."

민기가 말했다.

"그걸 말이라고 해? 도대체 어떻게 할 건데?"

민희가 짜증스러운 투로 물었다.

"민희야, 현관문 열자마자 지체하지 말고 한 놈을 찔러."

민기가 자신이 쥐고 있던 회칼을 민희에게 건네주며 말했다. 그러고 나서 부엌 선반을 열어서 날카로운 식칼을 유심히 고르기 시작했다.

"그러면 다른 한 사람은?"

민희가 회칼을 건네받고 나서 되물었다.

"네 칼을 필사적으로 빼앗으려고 할 거야. 그때, 버틸 수 있을 만큼 최대한 버텨 봐. 내가 뒤에서 공격할게."

민기가 제일 날카로운 칼을 고르며 웃었다.

"오빠는 이 상황에서도 웃음이 나와? 내가 한 사람을 제대로 못

찌를 수도 있잖아. 운 좋게 성공한다고 하더라도 다른 사람한테 곧바로 당할 수도 있고."

민희가 어이없다는 투로 말했다.

"쏘리. 다른 생각 좀 하느라. 너는 충분히 잘할 거야."

민기가 형사에게 당하는 민희를 생각하면서 피식거렸다.

"이런 것도 오빠라고. 정말 어이가 없다, 없어. 후유, 그래. 까짓것, 어디 한번 해 보자. 죽기 아니면 까무러치기지."

아무리 생각해도 뾰족한 수가 마땅치 않았다. 뒷방 창문을 통해 실외로 나간다고 하더라도 집의 경사가 매우 높았기 때문에 대문 밖으로 나가는 게 쉽지 않았다. 만에 하나 다리라도 삐었다가는 아무것도 하지 못하고 잡힐 확률이 매우 높았다. 배수의 진이었다.

"야, 저녁에 맛있는 거 먹자."

민기가 낄낄대며 말했다.

"그래. 시간 끌지 말고 빨리 도우러 나와. 좆 되기 싫으면."

"오케이."

민희는 심호흡을 크게 하고 현관문 앞으로 저벅저벅 걸어갔다. 현관문 너머로 두 형사가 난간에 기대어 앉아있는 것이 보였다. 민희가 거친 숨을 몰아쉬면서 한 발자국, 한 발자국 내디뎠다. 그녀의 심장이 가파르게 뛰기 시작했다. 그들과의 거리가 얼마 남지 않았을 때, 민희가 느꼈던 감정은 두려움도 공포도 아닌 설렘이었다. 회칼로 사람을 찌를 수 있다는 설렘, 몸에서 뿜어져 나오는 피를 볼 수 있다는 설렘, 그녀는 강한 광기에 사로잡혀서 싸움을 기다리는 투견처럼 으르렁댔다.

"저기요."

민희는 뜸 들이지 않고 현관문을 열었다. 그리고 바로 자신과 제일 가까이에 있던 진호를 망설이지 않고 찔렀다.

"억."

민희의 갑작스러운 공격에 진호는 아무런 대응도 하지 못하고 쓰러졌다. 거리가 너무 가까워서 흉기를 피하기에는 역부족이었다.

"이런."

동인이 사태의 심각성을 깨닫고 그녀의 흉기를 빼앗으려고 있는 힘껏 달려들었다.

"시발 새끼가."

민희가 동인에게 흉기를 빼앗기지 않으려고 이를 악물며 저항했다. 동인은 흉기를 빼앗아야 한다는 생각에 사로잡혀서 거실에서 달려오고 있는 민기를 전혀 눈치채지 못하고 있었다.

"개새끼야."

민기가 날카로운 식칼로 동인의 등을 사정없이 찔렀다.

"헉."

동인이 민희를 부여잡고 앞으로 고꾸라졌다. 온몸에 힘이 풀리면서 이루 형언할 수 없는 고통이 뒤따랐다. 너무 고통스러운 나머지 비명조차 제대로 나오지 않았다.

"시발. 왜 이렇게 늦었어? 좆 되는 줄 알았잖아."

민희가 동인 밑에 깔려서 짜증을 냈다.

"네가 한 놈 찌르자마자 곧바로 나온 거야. 그건 그렇고 너 지금 좆나게 웃긴다."

민기가 배를 붙잡고 깔깔댔다.

"시발. 됐으니까 이 새끼 좀 치워봐. 무거워 죽겠네."

민희가 표독스럽게 말했다. 동인은 두 사람의 대화를 엿들으면서 자신이 예상했던 것처럼 그들의 나이가 그다지 많지 않다는 것을 깨달았다.

"어쨌든 잘 해결됐으니까 된 거 아니냐?"

민기가 동인과 포개져 있던 민희를 일으켜 세웠다. 동인은 옆으로 구르면서 진호를 바라봤다. 진호가 거친 숨을 몰아쉬며 흉부를 붙잡고 울고 있었다. 동인은 진호의 모습을 물끄러미 바라보면서 아무것도 할 수 없다는 생각에 강한 무력감을 느꼈다.

"됐으니까 옷 갈아입고 어서 빨리 뜨자. 다른 놈들이 금방 들이닥치진 않겠지?"

민희가 짜증 섞인 투로 말했다.

"금방 들이닥치진 않을 거야. 답답해도 장갑이랑 머리카락 망 절대로 벗지 말고."

민기가 말하고 나서 거실로 들어가기 시작했다.

"그러니까 돌아가라고 할 때 돌아갔으면 서로 좋았잖아요. 그 놈의 보고가 뭐라고 목숨을 내놓고 그러세요."

민희가 동인의 눈을 물끄러미 바라보면서 말했다. 그리고 나서 동인의 재킷을 만지작거리더니 지갑과 수첩을 챙겼다.

"야, 놀러 왔니? 빨리빨리 움직여."

민기가 거실에서 소리를 질렀다.

"아! 잔소리 좀 그만해."

민희가 지갑에서 현금 5만 원을 꺼내서 바닥에 집어던졌다. 그러고 거실 안으로 황급히 뛰어 들어갔다. 동인은 그녀의 뒷모습을 물끄러미 바라보다가 의식을 잃었다.

"옷은 가방에 넣고 아무거나 골라 입어."

민기가 피 묻은 옷을 가방에 욱여넣고 나서 노부부의 옷을 신속하게 고르기 시작했다.

"정말 입을 거 없다."

민희도 노부부의 옷을 이리저리 만지작거렸다. 옷의 종류가 매우 다양했지만 대부분 나이 들어보였기 때문에 선택하는 게 여간 쉽지 않았다. 두 사람 다 키가 크고 팔다리가 매우 길었기 때문에 어떤 옷을 대보아도 기장이 모자랐다.

"난 이걸로 해야겠다."

한참을 고민한 끝에 민기가 사이즈가 큰 흰색 와이셔츠와 양복 바지를 선택했다.

"나는 이거."

민희가 사이즈가 제일 큰 하얀색 원피스를 골랐다. 두 사람은 먼저 화장실에 들어가 피 묻은 곳을 씻기 시작했다.

"야, 장갑 절대로 벗지 말고 드러나는 곳만 대충 씻어. 어차피 나가서 한 번 더 씻으면 되니까."

민기가 샤워기로 피를 닦아내면서 말했다.

"얼굴이랑 목에 묻은 피는 어떻게 하라고."

민희가 얼굴과 목에 묻은 피를 가리켰다.

"아, 병신아. 세정 용품으로 최대한 닦아낸 뒤에 선크림이나 파운데이션으로 대충 가려. 마스크 쓰고, 야구모자 눌러쓰면 안 보일 거야."

민기가 수건으로 피를 닦아내면서 말했다.

"그래. 오빠 똥 굵다."

민희가 샤워기로 피 묻은 곳을 대충 씻으면서 말했다.

"야, 여기 마스크랑 선글라스도 있네."

민기가 마스크와 선글라스를 민희에게 건넸다.

"아, 촌스러워."

민희가 타월로 피와 물을 닦아내고 아까 골라둔 옷을 입고 모자, 선글라스, 마스크를 착용했다.

"야, 민희야. 존나 연예인 같아. 나도 착용해야지."

민기도 옷을 입고 야구모자와 마스크를 착용했다. 거울 속에 비친 그들의 모습은 두 명의 형사와 노부부를 살해한 극악무도한 범죄자가 아니라 처녀작으로 벼락스타가 된 신인 영화배우 같았다.

"생각보다 괜찮네."

민희가 거울을 이리저리 살피면서 말했다.

"그렇지? 야, 바깥으로 나가면 최대한 느긋하게 걸어. 버스와 택시를 곧바로 타지 말고 몇 정거장 걷고 나서 지하철 이용하자."

민기가 현관문을 나서면서 말했다. 두 사람은 인파 속에 섞여서 도망치는 게 제일 안전하다고 판단했다.

"오케이."

두 사람은 대문을 나선 후 시민들 사이로 자연스럽게 흘러 들어갔다. 지구대 순경들이 특수 팀 팀장의 지시를 받고 현장에 도착했을 때는 민기와 민희가 종적을 완전히 감춘 뒤였다. 진호는 현장에서 숨을 거둔 지 오래였고 동인은 의식을 차렸다가 잃어버리기를 반복하고 있었다. 그는 의식을 차릴 때마다 민기와 민희의 몽타주, 프로필을 필사적으로 말했다. 형사로서의 사명감이 투철하지 않았다면 절대로 불가능한 일이었다.

"중·고등학생으로 보이는 남자와 여자, 남매인 듯 매우 닮음. 곱상한 외모와 큰 키, 얼굴선이 매우 곱고 입술이 도톰함. 코는 크지 않지만 시원하게 뻗어있음. 남자 180cm 여자 164cm 정도로 추정됨, 꽃향기."

지구대 순경이 동인의 말을 있는 그대로 받아썼다.

"다 적었어요?"

"네."

동인이 순경의 말을 가까스로 이해하고 나서 의식을 잃었다. 잠시 뒤, 멀지 않은 곳에서 응급차 소리가 들려왔다.

"괜찮으세요? 형사님 저희 알아보실 수 있으시겠어요?"

"응급실 도착하자마자 보호자한테 빨리 연락해야 할 것 같은데요."

응급요원들이 상기된 목소리로 말했다. 동인은 응급차 안에서 여태껏 경험하지 못했던 극심한 피로감을 느꼈다.

"정화야, 동식아."

동인은 본능적으로 자신의 삶이 그다지 얼마 남지 않았다는 것을 알 수 있었다. 응급요원들이 자신을 크게 부르는 것이 느껴졌지만 그에게는 더 이상 대답할 힘이 남아 있지 않았다. 동인은 정화와 동식의 모습이 아른거리면서 끊임없이 눈물이 나왔다. 정화와 천천히 늙어가면서 동식의 성장을 오랫동안 보고 싶었다. 그는 용의자를 쫓느라고 동식과 많은 시간을 보내지 못한 게 뒤늦게 후회가 됐다.

"정화야. 동식아."

동인은 마지막 순간만이라도 그들과 함께하고 싶었지만 동인에게 주어진 시간은 매우 촉박하고, 촉박했다.

동인이 응급실로 옮겨졌을 때, 동식과 정화는 담임 목사의 설교 말씀을 경청하고 있었다. 담임 목사는 신의 위대한 계획과 욥의 믿음을 설교하면서 자신의 에피소드와 한 성도의 이야기를 들려줬다. 요약하자면 모든 것이 끝났다고 생각했을 때, 신의 계획을 믿고 행하였는데 신의 은혜로 말미암아 실패에서 성공으로 이어졌다는 이야기였다.

"어머니, 신은 왜 욥을 시험하는 거예요? 하와나 카인처럼 나쁜 짓을 저지른 것도 아니잖아요."

동식이 소곤소곤 말했다.

"내 생각엔 사탄의 생각이 옳지 않다는 것을 증명하기 위해서란다. 욥은 가진 것이 없어도 신을 경외하는 사람이니까."

정화 또한 소곤소곤 말했다.

"저는 신의 선택이 좀처럼 이해되지 않아요. 굳이 사탄의 제안을 들어줄 필요가 없는 거 아닌가요. 저라면 욥을 위해서 절대로 그러지 않았을 거예요."

동식이 완고한 표정으로 말했다.

"왜 그렇게 생각하는지 말해줄 수 있니?"

정화가 동식에게 되물었다.

"가진 것이 많아도 신을 경외하지 않는 사람도 많잖아요. 하와나 유다처럼 꾐에 넘어간 사람들도 있고, 감사할 줄 모르고 신하의 아내를 취했던 다윗도 있고요. 그에 비해서 욥은 거만하지 않고 자신이 것이 어디에서부터 오는지 알았던 사람인데……. 아무리 생각해도 신이 너무한 것 같아요."

동식이 이해할 수 없다는 투로 말했다.

"동식아, 우리는 제아무리 노력해도 그분의 생각을 오롯이 알 수가 없단다. 우리들의 시선으로는 주님이 너무하다고 생각할 수도 있지만 주님의 시선으로는 위대한 계획이 있기 때문에 욥을 믿고 계획을 행하신 거야."

정화가 말했다.

"그래요?"

동식은 정화의 추가적인 설명을 들었음에도 불구하고 좀처럼 생각이 바뀌지 않았다.

'저는 신이 사탄의 거래에 응한 것 자체가 문제라고 생각해요. 더 나은 방법이 틀림없이 있었을 거예요.'

동식은 신에게도 더 나은 선택이 있었을 거라고 소리 내서 말하고 싶었지만 그것이 신과 어머니를 모욕하는 것이라고 생각했기 때문에 입술을 굳게 다물었다.

"동식아 이해됐니?"

"네."

동식은 정화에게 거짓말을 하고 나서 강단 쪽으로 시선을 돌렸다. 예배당의 찬란한 모습 너머로 강단 정중앙에 걸려 있는 십자가가 눈에 들어왔다. 동식은 눈을 치켜뜨고 십자가를 물끄러미 바라봤다. 욥을 향한 신의 계획이 불합리하다고 느꼈던 탓일까. 십자가가 유난히 괴기하고 무섭게 느껴졌다.

"정화 자매, 동인 형제에게 큰 사고가 난 것 같아요. 지금 당장 병원에 가보셔야 할 것 같습니다."

그때였다. 정화가 속한 교구 전도사가 황급히 달려와서 정화에게 다급하게 말했다.

"네?"

교구 전도사의 말을 듣고 나서 정화의 표정이 일순간 굳어졌다. 동식은 고개를 돌려 정화와 전도사의 표정을 유심히 살폈다. 대화가 잘 들리지 않았지만 정화의 표정으로 보아 동인에게 무슨 일이 생겼다는 것을 직감적으로 알 수 있었다.

"수사 도중에 큰 다툼이 있었대요. 위급한 것 같으니까 어서 서두르시죠. 제가 병원까지 모셔다드릴게요."

교구 전도사가 전화로 전해 들었던 내용을 말했다.

"네."

정화가 곧바로 짐을 챙겨서 일어났다. 동식도 정화를 따라서 신속하게 움직였다. 주변에 있던 교구 사람들이 무슨 영문인지 궁금해서 눈을 동그랗게 뜨고 좌우를 이리저리 살폈지만 정화에게는 일일이 설명할 여유가 없었다.

정화는 교구 전도사의 스타렉스에 올라타자마자 몸을 벌벌 떨면서 기도하기 시작했다. 동식은 정화의 기도를 들으면서 자신의 직감이 틀리지 않았다는 것을 알 수 있었다. 동식은 슬픔과 분노를 주체하지 못하고 이내 눈물을 터뜨렸다. 신과 악마가 욥의 믿음을 두고 시험한 것처럼 자신의 가족을 두고 시험하고 있다는 생각이 들었기 때문이다. 동식은 고개를 푹 숙이고 처절하게 울면서 신을 원망했다.

'사탄의 제안을 굳이 들어주지 않아도 되는 거잖아요. 우리 아버지는 나쁜 사람들만 잡는 착한 사람이라고요.'

동식의 눈물이 타액과 섞여 바닥으로 흘러내렸다.

'도대체 왜 믿음을 시험하시는 거예요. 도대체 왜 하지 않아도 되는 게임을 하시냐 말이에요. 도대체 왜!'

신의 섭리를 이해하기에는 동식은 매우 어렸고 한없이 유약했다.

'아버지가 잘못되면 저는 절대로 당신을 믿지 않을 거예요. 한평생 당신을 원망할 거예요.'

동식의 믿음이 동인의 사건으로 인해 초 단위로 부서져 내렸다. 정화가 기도를 끝마치고 나서 동식을 감싸 안았지만 그의 마음을 달래고 되돌리기에는 모든 것이 송두리째 바뀌고 있었다.

삼십 분 뒤, 그들이 병원에 도착했을 때 동인은 이미 생을 마감한 후였다. 의료진들이 여러 조치를 시도했지만 상처가 너무 깊은 탓에 회복은 이미 불가능했다.

"여보, 어떡해."

정화는 흉기에 찔린 동인의 몸을 확인하자마자 눈물을 마구 쏟아냈다. 동식은 교구 전도사의 강한 만류를 뿌리치고 동인의 상처를 보고 매만졌다. 어린아이가 감당하기에는 매우 충격적이고 잔인한 몰골이었다.

"아버지, 아버지."

동식은 잠시 아무런 반응을 하지 않다가 이내 처절하게 오열했다. 몸을 부르르 떨며 목 놓아서 우는 동식의 모습은 주변에 있는 모든 사람들을 매우 숙연하게 만들었다. 어느 누구 하나 그의 아픔을 달래기에는 한없이 모자라고 초라하기 그지없었다.

2015년 05월 06일 화요일 02:30

민희가 2층 자신의 드레스 룸에서 편안한 옷으로 갈아입고 1층 거실로 향했다. 거실에서는 민기가 소파에 앉아 휴대폰을 만지작거리고 있었다. 민희가 민기를 향해 헛기침을 하자 민기가 고개를 끄덕이고 자리에서 일어났다. 두 사람은 아무런 말도 하지 않고 왼쪽 복도 4번째 방을 향해서 걷기 시작했다. 두 사람은 기다란 복도를 지나서 4번째 방 앞에 멈춰 섰다. 유독 그 방만 도어 록이 설치되어 있었다. 민기가 패스워드를 누르고 나서 전등을 켰다. 어두웠던 방 안이 환하게 밝아지면서 의자에 포박되어 있는 용준의 모습이 보였다.

"술을 얼마나 마셨기에 저 지경이 됐냐. 차 트렁크가 생각보다 편한가? 아무리 생각해도 아닌 것 같은데."

민기가 곤히 잠들어 있는 용준을 보고 말했다.

"술만 마신 건 아니고 김 실장님한테 약 좀 타라고 했어."

민희가 무덤덤하게 말했다. 그녀는 책상에 놓여 있는 500밀리 생수를 용준에게 세차게 뿌렸다.

'뭐야.'

용준이 물세례를 맞고 정신을 조금씩 차리기 시작했다. 그는 손발이 무척이나 저려서 자세를 바꿔보려고 했지만 자신의 마음대로 되지 않는 것을 서서히 깨달았다.

"사장님 어서 빨리 일어나세요."

민희가 다시 한번 더 생수를 뿌렸다.

'뭐야, 여기.'

용준은 그때야 비로소 자신이 꿈을 꾸고 있는 것이 아니라 어딘가에 포박되어 있다는 것을 깨달았다.

"어지간히 둔감한 인간이시네. 목에 칼이 들어와도 잠은 자야 한다는 마인드신가."

민기가 용준을 내려다보며 말했다.

'얘네들 도대체 뭐야.'

용준은 어찌 된 영문인지 좀처럼 파악이 되지 않아 눈알을 이리저리 굴렸다. 지난밤, 용준은 일을 끝내고 나서 영국에 있는 아내와 영상통화를 했다. 아내는 딸의 유학생활을 돕기 위해 몇 년 전부터 런던에서 생활하고 있었다. 딸의 미래를 위해서 선택한 일이었지만 지출이 나날이 늘어나서 금전적인 타격이 어마어마했다. 설상가상으로 용준의 일거리는 줄어들고 오랜 기러기 생활로 심한 우울증 증세를 보이고 있었기 때문에 통화만 했다 하면 언성을 높이며 싸우는 일이 잦았다.

"여보, 다음 주말에 해리 가족이랑 맨체스터에 다녀오기로 했거든요. 과제에 필요한 게 있나 봐요. 그래서 그런데 추가로 돈 좀 더 보내줄 수 있어요?"

용준의 아내가 조심스럽게 말했다.

"꼭 가야 되는 거야? 그런 게 아니라면 이번엔 안 갔으면 좋겠는데. 이번 달은 나도 좀 써야 할 때가 있거든."

용준이 인상을 찌푸렸다.

"꼭 가야 돼요. 숙소랑 교통편도 다 예약했다고요. 모처럼 만에 휴가인데 우리 애만 집에 계속 있을 순 없잖아요."

용준의 아내가 강경하게 말했다.

"집 주위에도 좋은 데 많잖아. 세계 최고의 도시에 살면서 없는 돈 쓰면서까지 왜 가려고 하는 거니?"

용준이 언성을 높였다.

"못 주면 못 준다고 하면 되잖아요. 왜 그렇게 소리를 질러요? 남들은 파리도 가고, 마드리드도 가고 그러는데 백번 양보해서 맨체스터에 간다는 게 그렇게 화낼 일이에요? 당신은 당신 능력 때문에 딸아이가 누리지 못하고 쭈그리는 게 부끄럽지 않아요?"

용준의 아내도 언성을 높였다.

"뭐? 너 방금 뭐라고 했어? 네가 한 달에 쓰는 생활비가 얼마인 줄은 알고 말하는 거야? 남들은 유학 가고 싶어도 못 가는 사람이 한 트럭이야. 네가 임대한 집에서……."

용준이 언성을 더욱이 높여서 말하자 아내가 묻지도 않고 전화를 끊어버렸다. 용준은 아내에게 다시 전화를 걸어보았지만 아내는 더 이상 전화를 받지 않았다. 용준은 화가 머리끝까지 나서 쥐고 있던 휴대폰을 세차게 집어던졌다. 휴대폰이 거실 바닥에 강하게 부딪치면서 액정이 산산이 부서졌다. 모든 게 아내의 탓인 것만 같아서 분이 풀리지 않았다. 용준은 곧바로 부엌으로 가서 소주를 병째로 마시기 시작했다. 술을 줄이라는 의사의 권고가 떠올랐지만 술과 담배 없이는 기러기 생활을 견디기가 매우 힘들었다.

잠시 뒤, 취기가 올라오자 화가 서서히 가라앉는 것이 느껴졌다. 대신에 외로움과 성욕이 사정없이 꿈틀거렸다. 용준은 딸아이를 생각하면서 눈을 질끈 감고 외로움과 애욕을 억지로 달랬다. 하나, 술을 마시면 마실수록 외로움은 더욱이 거세졌고 이성의 끈은 무너지기 시작했다. 참다못한 용준은 지갑과 외투를 챙겨서 친구가 얼마 전에 소개해준 살롱으로 황급히 출발했다.

용준은 그때까지는 명확히 기억이 났다. 그다음부터가 문제였다. 모든 게 조각조각으로 흩어져 있었다. 가게에 도착해서 그림을 보고 나서 술을 마셨고, 취기가 올라서 테이블을 이리저리 옮겨 다니며 여흥을 즐겼다. 그 와중에 정 마담이라고 불리는 여자와 시비가 붙어서 쌍욕을 퍼부었다. 그러고 나서 아무런 기억이 없었다.

"눈알 굴리는 것 보니까 정신 좀 차린 것 같은데? 무슨 말 하는지 들어나 볼까?"

민기가 용준을 내려다본 뒤에 민희에게 물었다.

"응."

민희가 고개를 천천히 끄덕였다.

"오케이."

민기가 용준에게 다가가서 입에 붙어 있던 테이프를 세차게 떼어냈다.

"너희들 도대체 뭐야? 그리고 여긴 도대체 어디야?"

용준이 자유롭게 말할 수 있게 되자 곧바로 언성을 높여서 화를 냈다. 남매는 용준의 얘기를 듣고서도 아무런 반응을 보이지 않았다.

"내 말 안 들려? 너희들 도대체 뭐냐니까! 내가 누군 줄 알고 이

짓거리야. 개새끼들아, 이거 빨리 안 풀어?"

용준이 목소리를 더욱더 높였다.

"이거 빨리 안 풀어?"

민기가 용준의 흉내를 냈다. 민희가 민기의 우스꽝스러운 모습을 보고 까르르 웃었다.

"시발새끼들아. 사람을 묶어두고 도대체 뭐 하는 짓이야! 어서 빨리 안 풀어? 이런 호로 새끼들아."

용준이 귀가 얼얼할 정도로 큰 소리를 질렀다.

"선생님, 진정 좀 하세요. 선생님이 누구인지 아주 잘 압니다. 저희가 선생님 뒷조사를 조금 했거든요. 아내와 딸을 유학 보내 놓고 홀로 생활하는 기러기 아빠, 낮에는 학생들을 가르치고 밤에는 술집을 기웃거리는 외롭고 쓸모없는 남자 아닙니까?"

민기가 또박또박 말했다.

"너 이 개새끼, 주둥아리를 갈기갈기 찢어버린다."

용준이 악다구니를 퍼부었다.

"선생님 좋은 학교 나와서 학생 여럿 가르쳐도 상황 판단이 좀 처럼 안 되시나 봅니다. 아니면 술기운이 아직도 안 빠지신 건가? 지금 선생님이 성내는 게 옳다고 생각하십니까? 아니면 우리가 너무 착해 보이시나요?"

민기가 기다랗고 날카로운 회칼을 집어 들면서 말했다.

"오빠, 저 인간 회칼 보더니 입을 꾹 닫아버리네. 흉기가 무섭긴 무서운가 봐. 몸 떠는 것 좀 봐."

민희가 용준의 떨리는 몸을 가리키며 말했다.

"매에는 장사 없는 법이지."

민기가 회칼을 이리저리 휘두르면서 천천히 다가왔다.

"사장님, 제가 욕한 것은 사, 사과드리겠습니다. 누구라도 이 상황이 되면 어이없고 화나지 않겠습니까? 돈을 원하시면 얼마든지 드, 드리겠습니다. 아내한테 사장님이 원하는 대로 지불하라고 할게요."

용준의 목소리가 심하게 떨렸다.

"이봐요, 선생님. 우리가 푼돈 받으려고 이러는 줄 아세요? 돈이 필요했으면 부잣집 도련님을 노렸겠죠."

민기가 민희에게 회칼을 건네면서 말했다.

"잘못했습니다. 제가 사장님을 잘 모르고 주제넘은 소리를 했어요. 살려만 주시면 이 은혜를 절대로 잊지 않겠습니다. 저에겐 보살펴야 하는 아내와 딸이 있어요."

용준이 애원했다.

"그러니까 곱게 술이나 마실 것이지. 왜 사람을 모욕하셨어요? 제 동생이 쌍욕을 들은 게 너무 오랜만이라서 화가 나서 미치겠답니다."

민기가 애석하다는 투로 말했다.

"잘못했습니다. 한 번만 용서해주시면 다시는 그러지 않겠습니다."

용준이 울 것 같은 눈으로 말했다.

"잘못을 저지르고 사과해봤자 달라지는 건 아무것도 없어."

민희가 용준에게 다가가서 회칼로 흉부를 강하게 찔렀다. 찌르고, 또 찌르고, 또 다시 찔렀다.

"억."

용준은 너무 고통스러워서 아무런 말도 하지 못하고 피를 토해냈다. 살고 싶다는 강한 욕구와 함께 절대로 살아남을 수 없다는 깊은 좌절감이 뒤따랐다.

'시발. 쌍욕 한 번 했다고 이렇게 죽는 건가.'

용준은 이렇게 삶을 마감할 줄 알았다면 일 핑계를 대며 서울에 남아 있지 않았을 것이라고 생각했다. 아내와의 마지막 영상통화가 돈 때문에 싸우는 것이 아니라 애정의 표현이었다면 죽음이 덜 무섭고 아쉬웠을 것이다.

'시발.'

용준은 아내와 딸아이와의 추억을 회상하면서 죽음을 맞이했다. 잠시 뒤, 민희는 용준의 상태를 확인하고 나서 회칼을 바닥에 살며시 내려놓았다.

"정 마담, 좀 깔끔하게 죽일 수 없니?"

민기가 그 모습을 보고 하품을 하며 말했다. 그리고 나서 자연스럽게 뒷정리를 하기 시작했다.

02

2015년 05월 09일 토요일 23:50

동식은 거실 소파에 앉아 시사프로그램을 시청하고 있었다. 언론과 대중의 시선으로 이번에 맡았던 사건을 복기하기 위해서였다. 동식은 룰을 지키면서 용의자를 놓치기보다는 설령 룰을 어기는 한이 있더라도 범인을 잡는 게 낫다는 주의였다. 그래서 그는 팀원들에게 커다란 신뢰를 받는 동시에 상사들에게는 관리가 필요한 요주의 인물이었다.

"영장 기다리지 말고 바로 들어갔으면 됐을 텐데."

동식이 범인을 간발의 차로 놓친 부분을 보고 나서 말했다. 사후징계를 받더라도 문을 부수고 들어갔더라면 여러 생명을 구할 수 있었을 거라는 확신이 들었다.

"조금 더 대차게 할걸."

동식이 혼잣말을 중얼거렸다. 그때, 현관문에서 도어 록 소리가 나면서 정화가 들어왔다.

"텔레비전 보면서 뭘 그렇게 혼잣말을 하니?"

정화가 걱정스러운 투로 물었다. 동식이 시계를 확인하자 시

46

곗바늘은 어느새 자정을 가리키고 있었다.

"어머니, 철야 예배 끝나셨으면 전화하시지 그랬어요."

동식이 볼륨을 낮추면서 말했다.

"너도 쉴 수 있을 때 쉬어야지. 집에 일찍 오는 것도 오랜만이 잖니."

정화가 실내화로 갈아 신고 나서 소파로 걸어왔다.

"다음에는 전화하세요. 픽업하면서 겸사겸사 바람 쐬면 좋잖 아요."

동식이 정화의 외투와 짐을 들어주었다.

"그래, 다음에는 연락하마."

정화가 소파에 앉으며 말했다.

"뭐 타고 오셨어요? 셔틀 버스 아니면 지하철?"

동식이 정화의 짐을 큰방에 가져다두고 나서 물었다.

"셔틀 버스 타려고 했는데 성 집사님이 자기 차로 가자고 하더라고. 괜찮다고, 괜찮다고 여러 차례 거절해도 막무가내로 나를 태우기에 못 이긴 척 신세 좀 졌구나."

정화가 성 집사와의 혈전을 떠올리며 미소를 지었다.

"잘하셨어요. 얼마 안 되는 거리인데 너무 사양하는 것도 보기 안 좋아요."

동식이 정화 옆에 앉으며 말했다.

"그렇지. 그래서 이번 주일에 커피 한 잔 대접하기로 했다. 은혜는 잊지 말고 갚아야 하잖니."

"맞아요."

"그래, 그건 그렇고 오늘 일은 어떻게 됐니?"

정화가 자세를 고쳐 앉으며 물었다.

"일은 그다지 힘들지 않았어요. 검사에게 필요한 자료만 갖다 준 것이었거든요. 그래서 법정에 간 김에 재판 보고 왔어요."

동식이 재판을 회상하면서 말했다.

"다행이구나. 피의자가 자신의 잘못을 순순히 인정하더니?"

정화가 흥미로운 투로 되물었다.

"네, 눈물 흘리면서 순순히 인정하더라고요. 자신의 잘못으로 피해자와 유가족들에게 씻을 수 없는 상처를 줬다고요. 한평생 반성하면서 살 테니까 부디 선처를 바란다고 하더라고요."

동식이 피의자의 눈물을 떠올렸다.

"독 안에 든 쥐라 고분고분했나 보구나. 그래, 네가 보기엔 피의자가 진심으로 후회하는 것처럼 보였니?"

정화가 골똘히 생각한 뒤에 되물었다.

"아니요, 대가를 바라지 않는 사죄였다면 일말의 양심을 믿을 수 있었겠지만 감형이 목적인 게 빤하니까요. 눈물은 쥐어짜면 어떻게든 나오잖아요."

동식이 피의자를 체포하던 순간을 떠올리며 쓴웃음을 지었다. 피의자는 법원에서와는 다르게 체포되고 수사를 받는 순간에도 한없이 당당하고 자신감이 넘쳤다.

"그렇긴 하지만 최소한의 양심과 진심이 섞여 있을 수도 있잖니."

정화가 출출했던지 다과를 가지러 부엌에 갔다. 동식은 정화가 다과를 챙겨서 돌아오는 동안 그녀의 말을 곰곰이 생각했다. 형사 생활을 하면서 수많은 강력범들을 만났다. 그들은 하나같이 취조실에서 혹은 법정에서 자신의 잘못을 진심으로 후회한다며 닭똥 같은 눈물을 흘렸다. 한때는 그들의 눈물에 동요됐던 적도 있었다. 그러나 그것이 악어의 눈물에 지나지 않는다는 것을 깨닫기엔 오랜 시간이 걸리지 않았다.

"저는 절대로 아니라고 생각해요. 이 세상엔 후회할 줄 모르는 괴물들이 너무 많아요. 그들이 우는 건 피해자에게 미안해서가 아니라 완벽한 범죄를 저지르지 못한 아쉬움 때문일 거예요."

동식이 오랜 고민 끝에 확신에 찬 목소리로 말했다.

"음, 절대라는 건 없지 않니? 하기야 너는 범인을 붙잡는 형사라서 냉소적일 수밖에 없겠구나."

정화가 다과를 가지고 오면서 말했다.

"그럼 어머니는 다르게 생각하세요?"

동식이 되물었다.

"나는 인간의 선함을 믿는단다. 범죄를 저질렀다고 해서 갱생할 수 없는 인간이라고 낙인찍어버리면 사람은 절대로 다시 일어날 수 없을 거야. 다메섹에서 신을 만난 바울처럼 그들에게도 큰 기적이 일어나서 세상을 변화시킬 수도 있지 않니?"

정화가 동식에게 다과를 권했다.

"저도 그들이 새로운 삶을 살길 원해요. 하나, 모두가 바울이 될 수 있는 것은 아니니까요. 목적을 가지고 범죄를 저지른 사람들이잖아요. 제아무리 신앙의 힘으로 교화된다고 하더라도 그들의 삶이 죽은 아이들의 삶보다 더욱더 의미 있지는 않을 거예요."

동식이 차를 한 모금 마시고 나서 말했다.

"피해자들을 생각하면 마음이 참 아프지만 그렇다고 해서 피의자를 한평생 정죄할 수도 없지 않니. 그들을 원망한다고 해서 달라지는 것도 없고 말이야. 나는 말이야. 스데반의 희생으로서 세상이 변화된 것처럼 그저 무의미한 죽음이 없길 바랄 뿐이란다."

정화가 텔레비전 옆에 놓인 액자를 흘끗 바라봤다. 사진 속에는 동인이 제복을 입고 환하게 웃고 있었다.

"그렇죠, 원망해봤자 달라지는 것도 없는데 어릴 때는 왜 그렇게 생떼를 썼는지 모르겠어요."

동식이 허탈한 웃음을 지었다.

"무슨 말이니? 네가 누구한테 생떼를 썼다고?"

정화가 되돌아보면서 되물었다. 정화가 기억하는 동식은 분에 겨워 울더라도 떼를 쓰는 법이 없는 아이였다.

"아무것도 아니에요. 이것저것 생각하다 보니까 말이 헛나갔어요. 어머니 말씀처럼 저도 한번 다르게 생각할 수 있도록 노력해볼게요."

동식이 고개를 저으며 말했다.

"그래, 진심으로 기도하면 안 되는 일이 없단다."

정화가 웃었다.

"그렇죠, 그건 그렇고 오늘 예배는 어떠셨어요? 철야 예배라서 담임 목사님이 설교하셨겠네요."

동식이 과자를 한입 베어 먹고 나서 자연스레 화제를 돌렸다.

"오늘 예배? 여느 때와 다름없이 은혜로웠단다. 목사님께서 헌신에 관해서 말씀하시더구나. 아벨과 카인, 마리아와 마르다를 예로 들면서 설교하시는데 어찌나 좋던지."

정화의 표정에서 화색이 돌았다.

"생각나는 대로 말씀해주세요. 처음부터 끝까지 설명하면 힘드시잖아요."

동식이 자세를 고쳐 앉으며 말했다.

"그래, 시간도 늦었고 최대한 축약해서 말하마. 그들의 이야기는 너도 익히 들어서 잘 알지 않니? 카인이 아벨을 질투하고, 마르다가 마리아를 시샘한 것 말이야."

정화가 상기된 얼굴로 말했다.

"뭐 어렸을 때부터 들었던 거니까 대충 알고 있죠."

동식이 말했다.

"우리는 그들처럼 하고 싶은 대로 하고 나서 결과가 좋지 않다고 성을 내고 실망할 때가 많지 않니? 주님이 우리에게 진심으로 원하시는 것이 무엇인지도 모르고 말이야."

정화의 눈동자가 반짝반짝 빛났다.

"그렇죠."

동식이 과자를 마저 베어 먹었다. 그는 빤한 내용인 것을 어림짐작으로 알고 있었지만 정화의 기분을 맞춰주기 위해서 집중하는 표정을 지었다.

"우리가 제일 좋다고 생각하는 것이 주님의 눈에는 틀릴 때가 많고, 우리가 하찮다고 생각하는 것이 제일 옳을 때가 있잖니."

정화가 차를 한 모금 마시고 나서 말했다.

"그렇죠, 제일 좋은 것을 드려도 틀릴 때가 많으니까 너무 어려워요. 그래서 가끔은 카인과 마르다가 딱하게 느껴지기도 하죠. 두 사람 나름대로는 최선을 다한 것이니까요."

동식이 골똘히 생각하고 나서 말했다.

"주님한테는 최선의 것은 안 된다고 하시더라. 늘 최고만 드려야 된다고. 그렇기 때문에 힘들 때나 슬플 때나 그분의 생각을 알고자 끊임없이 노력해야 하는 거지."

정화가 담임 목사의 설교를 떠올리며 말했다.

"어떻게 하면 최선의 것이 아니라 최고의 것을 드릴 수 있대요?"

동식이 진지한 표정으로 되물었다.

"끊임없이 기도하고, 그가 기도로 응답하셨을 때 있는 그대로 순종하는 것. 그것만이 유일한 길이라고 하시더구나.

정화가 차분하게 말했다.

"그렇군요."

동식이 심호흡을 하고 나서 말했다.

"줄여서 말하자니 너무 짧고 단순하구나."

정화가 웃으며 말했다.

"아니에요."

동식이 웃었다.

"너는 영리하니까 핵심을 잘 파악하리라 생각한다. 목사님께서 말씀 중에 하셨던 비유나 에피소드가 정말 기똥찼는데……. 나중에 메모한 것을 찍어서 보내주마."

정화가 아쉬운 투로 말했다.

"고맙습니다. 신의 생각을 알고자 끊임없이 노력한다는 게…… 참 단순하면서도 어려운 것 같아요. 한평생 교회에 다녀도 쉽지 않으니까요."

동식이 진지하게 말했다.

"그렇지, 교회에 다닌 시간만으로는 절대로 알 수 없는 문제야. 내가 유초등부 애들보다 교회에 오래 다녔다고 해서 주님을 더 잘 아는 건 아니니까."

정화가 주말마다 섬기고 있는 유초등부 아이들을 떠올렸다.

그들은 어리지만 영특했고 신앙심이 매우 깊었다.

"그렇다고 해서 그들보다 신을 모른다고도 할 수 없죠. 이런 말 하면 어머니가 싫어하실 거 잘 아는데 저는 신이 참 짓궂다고 생각해요."

동식이 웃으며 말했다.

"어떤 면에서?"

정화가 진지하게 되물었다.

"부모님은 아이들이 자신의 생각을 오롯이 이해할 거라고 생각하지 않잖아요. 그런데 신은 자신의 생각을 부족한 자녀들이 정확히 알길 바라죠."

동식이 차분하게 말했다.

"오롯이 알길 바라는 부모도 있을 거다. 그리고 주님은 우리가 믿음으로 잘되길 바라셔서 그런 것이잖니."

정화가 단호한 어조로 말했다.

"잘되길 바라는 이의 행동이 너무 복잡하고 미묘해요. 어머니는 어떠세요? 언제나 제가 잘되길 바라시잖아요. 제가 어머니의 생각을 오롯이 알기를 원하세요?"

동식이 웃으면서 물었다. 그의 눈이 진실을 알고 싶다는 생각으로 한없이 반짝거렸다.

"나는 주님처럼 투명하지 못하잖니. 마음속에 그릇된 감정이 가득해서 너에게 대가를 바랄 때가 많단다. 그렇기 때문에 네가 내 마음을 모르길 바라."

정화가 동식의 눈을 물끄러미 바라보면서 허심탄회하게 말했다.

"솔직하게 말씀해주셔서 고마워요. 그래서 제가 어머니를 존경하는 거예요. 진심을 에둘러서 말씀하시지 않잖아요."

동식이 솔직하게 말했다.

"그렇게 생각해주니까 참으로 고맙구나. 믿음으로 성장해서 너를 더욱더 아끼도록 하마."

정화가 동식의 손을 잡았다.

"지금도 충분합니다."

동식이 부끄러운 듯 머리카락을 매만졌다.

"그건 그렇고 내일부턴 어떤 사건을 담당하니?"

정화가 되물었다.

"아직까지 특별히 정해진 건 없어요. 앞서 맡았던 사건이 마무리된 지 얼마 안 됐으니까요. 아무래도 서촌 사건을 맡을 것 같기도 한데."

동식이 한참을 생각하고 나서 말했다. 그러고 나서 하품을 했다.

"무엇을 하든지 간에 잘하리라 믿는다. 피곤할 텐데 어서 가서 쉬어라."

정화가 동식의 하품을 보고 나서 말했다.

"네, 어머니는요?"

동식이 되물었다.

"나는 말씀 묵상 좀 하다가 자야겠다."

정화가 다과를 챙겨서 일어났다.

"그냥 두세요. 제가 정리할게요."

동식이 곧바로 자리에서 일어나서 정화를 제지했다.

"얼마 안 되니까 내가 하마. 구태여 돕겠다면 너는 거실 좀 정리하렴."

정화가 동식의 손을 뿌리치고 나서 부엌으로 사뿐사뿐 걸어갔다. 성대하게 먹은 것이 아니었기 때문에 정리하는 데 오랜 시간이 걸리지 않았다.

"네."

동식이 돌돌이 테이프를 가지고 와서 과자 부스러기를 정리했다. 그러고 나서 물티슈로 탁자를 말끔하게 닦아냈다.

"푹 자거라."

정화가 설거지를 끝내고 나서 큰방으로 들어가며 말했다.

"네, 어머니도요."

동식이 청소도구를 제자리에 가져다 놓고 정화에게 안부 인사를 건넸다. 동식은 자신의 방으로 들어오자마자 편한 옷으로 갈아입고 곧바로 침대에 누웠다. 여러 생각들이 머릿속에 맴돌았지만 몸이 너무 피곤해서 그런지 졸음이 마구 쏟아졌다. 아침부터 저녁까지 많은 생각과 업무를 했던 탓이었다. 그에 반해 정화는 찬송을 작게 틀어놓고 나서 말씀을 묵상하다가 침대에 가까스로 누웠다. 그다지 졸리지 않았지만 새벽기도로 하루를 시작하고 싶었기 때문에 억지로 눈을 감았다.

2015년 05월 09일 금요일 21:00

도환이 택배 박스를 뜯어내자 상자 안에는 캠퍼스 노트 한 권과 6인치 가량의 사진앨범이 들어있었다.

"이게 뭐야. 오배송인가?"

도환이 혼잣말을 중얼거리며 사진앨범을 꺼내어 펼쳐보았다. 앨범 첫 장에는 한 그루의 나무와 사과, 바다와 하늘이 찍힌 폴라로이드 사진 4장이 순서대로 꽂혀 있었다. 도환은 사진에 특별한 메모가 적혀 있지 않았기 때문에 별다른 생각 없이 다음 장으로 넘겼다. 두 번째 장에는 도심 곳곳의 건물들이 찍힌 사진이 나열되어 있었다. 대부분 단독주택이었으며 디자인으로 보아 신식으로는 보이지 않았다. 도환은 단독주택이 찍힌 사진 한 장, 한 장을 유심히 보고 나서 다음 장으로 넘겼다. 세 번째 장에는 캐리어와 케이블 타이, 회칼이 찍힌 사진들이 나열되어 있었다.

"도대체 뭔 콘셉트야."

도환이 불길한 예감에 사로잡혀서 말했다. 그가 조심스레 다음 장으로 넘겼다. 네 번째 장에는 지갑, 모자, 원피스, 정장 상의, 목도리, 선글라스, 귀걸이, 목걸이 사진이 나열되어 있었다. 다섯 번째 장에는 야산, 여섯 번째 장에는 수많은 인파, 일곱 번째 장에는 전시회로 보이는 곳의 사진이 찍혀 있었다. 그리고 여백……

도환은 사진앨범을 박스 안에 놔두고 캠퍼스 노트를 펼쳐 보았다. 캠퍼스 노트에는 프린트로 인쇄된 글귀가 여백을 두고 붙여져 있었다.

1994/11/20 꽃은 식물에 속한다. 하나 식물에 속하지 않는 꽃도 있기 마련이다.

1994/12/23 우리들은 인간으로 태어났지만 단 한 번도 사회에서 제대로 된 대접을 받지 못하고 자랐다. 우리들은 거짓된 위선에 좌절했고 분노했다.

1995/01/19 우리들의 삶이 신의 장난감에 불과한 것처럼 그들의 삶 또한 우리들의 장난감에 불과하다.

1995/03/28 장난감이 삶을 완성시키지는 않지만 지루한 시간을 보내는 데에는 매우 탁월하다.

1995/04/23 장난감을 고르고, 포장을 뜯고, 맛볼 수 있었기 때문에 우리는 버틸 수 있었다.

1995/05/08 계획되어 있지 않았던 사냥에 성공하다. 그들의 모습은 전율을 일으켰다.

1996/02/08 인간의 삶이 계속되는 한 우리들의 사냥은 영원히 끝나지 않을 것이다.

"제발, 제발, 제발. 아무것도 아니어라."

도환이 혼잣말을 연신 중얼거리며 검색엔진과 수사프로그램을 실행시켰다. 그러고 나서 캠퍼스 노트에 적혀 있는 날짜를 검색했다. 잠시 뒤, 해당 날짜에 관련된 사건들이 모니터 화면에 쏟아져 나왔다. 도환은 중범죄 위주로 파일을 나열하고 내용물과 유사성이 깊어 보이는 것들을 하나하나 찬찬히 읽어나갔다.

"이런, 시발. 말도 안 돼."

도환이 떨리는 목소리로 욕을 하고 성수 팀장과 팀원들에게 서둘러 전화를 걸었다. 모니터 화면에는 택배 상자에서 봤던 오래된 단독주택들이 노부부연쇄살인사건 피해자들의 집이라고 기록되어 있었다.

한 시간 뒤, 사무실에 동식을 제외한 팀원들이 하나둘 모여들었다. 팀원들은 도환에게 자초지종을 듣고 나서 믿을 수 없다는 표정으로 사무실에 앉아 있었다. 해철은 수사 파일과 뉴스들을 다시 한번 꼼꼼히 살펴봤다. 장난이라고 하기에는 디테일한 것이 너무 많았다. 용의자가 보낸 것이 유력했다.

"용의자가 보낸 게 확실해?"

성수 팀장이 사무실에 들어오면서 큰 소리로 물었다.

"조금 더 조사해봐야 알겠지만 아무래도 맞는 것 같습니다. 범인밖에 모르는 정보들이 상당히 많아요. 언론에 공개되지 않은 것들도 있고요."

해철이 심호흡을 하고 나서 말했다.

"말도 안 돼. 동식이가 우리 팀인 것을 알고 보낸 건가? 너희들은 어떻게 생각하니?"

성수 팀장이 머리카락을 매만지며 팀원들에게 물었다.

"저는 우연의 일치라고 생각합니다. 범인이 동식 선배를 알고 도발할 생각이었다면 수취인 란에 동식 선배 이름을 적었을 것입니다. 그런데 택배 박스에는 강력 3팀이라고만 적혀 있지 않습니까?"

도환이 택배 박스를 가리키며 말했다.

"제 생각은 도환 선배랑은 좀 다릅니다. 우연이라고 하기에는 너무 말이 안 돼요. 강력 팀이 저희만 있는 것도 아니고요."

팀원 준우가 상기된 목소리로 말했다.

"음, 내 생각도 준우와 같다. 우연이라고 하기에는 너무 딱 들어맞아. 우선 다른 팀한테도 왔는지, 혹은 오는지 한 번 지켜보자고. 그건 그렇고 동식이한테는 아직 말 안 했지?"

성수 팀장이 되물었다.

"네, 동식 선배한테는 연락 안 드렸습니다."

도환이 풀죽은 목소리로 말했다.

"잘했다. 확실해지면 내가 직접 말할 테니까 모두 입 다물고 있어. 당장은 누가 물어봐도 모르쇠로 일관하고."

성수 팀장이 팀원들에게 큰 소리로 말했다.

"네, 알겠습니다."

팀원들이 일제히 대답했다.

"만약 확정 나서 저희 팀이 이 사건 맡게 되면 동식이는 어떻게 되는 거예요? 피해자의 가족이라서 수사에 직접 개입 못 하지 않아요?"

해철이 성수 팀장에게 물었다.

"위에서 하라고 하면 해야지. 다들 알다시피 다른 팀도 많이 바쁘잖아. 최대한 노력하겠지만 만에 하나 우리가 맡게 되면 동식이는 이 사건에서 빠져야 될 거야. 룰은 룰이니까. 우리는 동식이가 공정하게 수사할 것이라는 것을 알지만 대중과 언론은 그렇게 생각하지 않을 거야. 그러니까 다들 정신 똑바로 차리고 임해야 한다. 알겠어?"

성수 팀장이 강한 어조로 말했다.

"네, 알겠습니다."

팀원들이 일제히 대답했다.

"퇴근하고 나서 제대로 쉬지도 못했을 텐데 좋지 않은 일로 모이게 돼서 참으로 유감이다. 우리 일이라는 게 이다지도 사람을 피 말리게 한다. 쉽지 않겠지만 아무쪼록 힘내 보자."

성수 팀장이 팀원들을 격려한 후 자신의 사무실로 들어갔다. 해철은 팀원들에게 일을 지시하고 성수 팀장의 사무실에 황급히 따라 들어갔다.

"팀장님, 동식이한테는 어떻게 말씀하실 거예요? 애가 겉으론 안 그래도 많이 여린 아이잖아요."

해철이 한숨을 쉬고 나서 물었다.

"뭘 어떡해, 있는 그대로 말해야지. 걔가 형사 생활 하루 이틀 하는 것도 아니고 어련히 알아듣겠지."

성수 팀장이 조곤조곤 말했다.

"돌려서 말씀하시라는 게 아니라 조금 유하게 전달하는 방법도 있다는 거죠. 팀장님이 그런 스킬은 부족하시잖아요."

해철이 답답한 투로 말했다.

"뭐? 그래서 네가 하고 싶은 말이 도대체 뭔데. 상처받지 말라고 어르고 달래기라도 하라는 거야?"

성수 팀장이 되물었다.

"그런 게 아니라……."

해철이 말을 얼버무렸다.

"그런 게 아니면 도대체 뭔데. 확실히 말해, 인마."

성수 팀장이 진지하게 말했다.

"제가 팀장님 대신에 전달할 기회를 주십시오. 저한테는 형제와도 같은 놈 아닙니까. 어물쩍거리지 않고 확실하게 말하겠습니다. 부탁드립니다."

해철이 허리를 숙이며 간곡하게 부탁했다.

"해철아, 그게 허리까지 굽힐 일이냐. 그래, 네가 해라. 잘 타일러보고 안 되겠다 싶으면 나한테 보내든지 해."

성수 팀장이 아무런 말도 하지 않다가 천천히 운을 뗐다.

"고맙습니다."

해철이 큰 목소리로 말했다.

"고맙긴. 어서 일하러 가. 나는 조금 이따가 과장님한테 보고하러 가야 돼. 그때까지 좀 쉬자."

성수 팀장이 창밖을 멍하니 바라보면서 말했다. 그의 눈에서 형언할 수 없는 피로와 우수가 느껴졌다.

"성수 형님, 과장님한테 보고 끝나면 오래간만에 단둘이서 술한잔할까요? 집에 들어가도 잠이 좀처럼 안 올 것 같아서요."

해철이 성수 팀장에게 조심스레 물었다.

"어디 좋은데 있니? 깔끔하게 마시고 나서 눕자마자 곯아떨어질 수 있는 곳 말이야. 요즈음 너희들이 나를 안 끼워 주니까 아는 곳이 도통 없거든."

성수 팀장이 창밖을 바라보면서 말했다.

"형님이 저희를 버린 거지. 저희가 형님을 버렸을 리가요. 좋은데로 모시겠습니다."

해철이 온화한 목소리로 말했다.

"그래, 기대하고 있으마."

성수 팀장이 말했다.

"네, 보고 끝나면 연락 주십시오."

해철이 팀장 사무실을 나섰다.

"후유."

성수 팀장은 상사의 연락을 기다리면서 이 사태를 어떻게 타개하면 좋을지 고민했다. 당장은 아무것도 떠오르는 게 없었다. 만에 하나 사건을 담당하게 되면 어디서부터 시작해야 할지조차 감이 잡히지 않았다. 스트레스 때문에 머리가 지끈지끈 아프면서 귓가에 이명이 들렸다. 그는 팀원들이 사무실에 있지 않았더라면 이 상황이 개탄스러워서 한참을 울었을는지도 모른다. 하나 그는 그러지 않았다. 팀원들의 사기와 동식을 위해서라도 감정을 억제할 수밖에 없었다. 잠시 후, 그의 전화가 따르릉따르릉 울렸다.

2015년 05월 06일 화요일 04:00

민기와 민희가 용준의 사체를 비닐에 싸서 캐리어에 넣은 뒤 차 트렁크에 실었다. 그러고 나서 착용하고 있던 장갑과 머리카락 망사, 비닐 옷을 벗어서 차고 쓰레기통에 집어던졌다. 커다랗고 널따란 쓰레기통에는 피가 묻은 장갑과 비닐 옷이 한 뭉텅이

버려져 있었다.

"이런 건 김 실장님이나 직원들 시켜도 되는 거 아니야? 왜 사서 고생을 하냐."

민기가 투덜거리며 외제 에스유브이 차에 올라탔다. 차고에는 에스유브이 이외에도 용도에 따라 탈 수 있는 각기 다른 차가 주차되어 있었다.

"그렇긴 한데 김 실장님은 하는 게 많잖아. 그렇다고 해서 족보 없는 애들한테 일 맡길 수도 없고 말이야. 오빠는 잘 모르는 애들이 집에 들락날락하는 게 좋아?"

민희가 차에 올라타서 안전벨트를 착용하며 말했다.

"말이 되는 소리를 해. 애들한테 일시키는 게 무서웠으면 살롱 운영을 어떻게 하냐? 혹시 우리 일이 얼마나 위험한 일인 줄 모르는 거니?"

민기가 어이없는 표정으로 차에 시동을 걸었다.

"나는 우리 일이 그다지 위험하지 않다고 생각하는데? 약 판다고 해서 사람이 죽는 것도 아니잖아. 뭐, 하는 사람들의 인생이 망하는 건 맞지만."

민희가 코웃음을 쳤다.

"회장님이 시장을 다 잡고 있으니까 위험하지 않게 보이는 거지. 자리 차지하려고 하는 애들이 얼마나 많은 줄 아냐?"

민기가 말했다.

"어쨌든 지금은 안전한 거잖아. 그리고 가게 일 때문에 죽인 것도 아니고. 왜 그렇게 가르치려고 해?"

민희가 신경질적으로 말했다.

"그럴 거면 너 혼자서 처리하든가. 안 그래도 귀찮아 죽겠는데."

민기가 안전벨트를 풀고 차에서 내렸다.

"명색이 오빠라는 사람이 동생이 한마디 했다고 그렇게 성을 내니. 내가 잘못했으니까 어서 빨리 출발해."

민희가 시동을 끄고 나서 차에서 곧바로 따라 내렸다.

"아무리 가족이어도 그렇지. 말은 가려가면서 하자. 툭 까놓고 말해서 재미는 네가 다 보고 애먼 사람한테 뒤처리 시키는 거잖아."

민기가 언성을 높였다.

"알겠으니까 어서 빨리 가. 이러다가 해가 중천에 있겠네. 다음에는 오빠가 재미 볼 수 있도록 해주면 되잖아."

민희가 저자세로 말했다.

"사과할 거면 어설프게 하지 말고 확실히 해."

민기가 에스유브이 앞에 멈춰 서서 말했다.

"미안하다, 미안해."

민희가 기는 목소리로 말했다.

"그래, 앞으로는 조심 좀 해. 고려해보겠다고 말하면 끝나는 것을 왜 이렇게 피곤하게 대처하니?"

민기가 차에 다시 올라탔다.

"피곤하게 대처하는 게 누군데."

민희가 혼잣말로 구시렁댔다.

"빨리 타. 안 갈 거야? 이러다가 해가 중천에 있겠네."

민기가 클랙슨을 약하게 눌렀다.

"시끄러우니까 조용히 좀 해."

민희가 황급히 차에 올라타면서 말했다.

"출발."

민기가 체인지 레버를 변속한 뒤, 액셀러레이터를 부드럽게 밟았다. 에스유브이가 그들의 저택을 빠져나가기 시작했다.

두 사람은 한동안 아무런 말도 하지 않고 도시를 달렸다. 이른 시간이었음에도 불구하고 도로에는 많은 차들이 지나다니고 있었다.

"최 사장 가게 정말 괜찮은 거지?"

잠시 후, 그들의 차가 서울을 빠져나가려고 할 때 민희가 침묵을 깨고 민기에게 물었다.

"응, 최 사장한테 물어봤는데 아무런 걱정하지 말래. 눈속임으로 운영하는 거라서 손님도 정해놓고 받는다고 하더라."

민기가 전방을 예의주시하면서 말했다.

"그렇다면 다행이고. 나는 그 인간 말은 도통 믿음이 안 가더라고. 예전에 회장님한테도 장난쳤다가 죽을 뻔했다던데."

민희가 김 실장한테 전해들은 이야기를 말했다.

"아, 규슈 지방의 야쿠자랑 거래하게 해준다고 해놓고서 물 먹인 거?"

민기가 사건을 떠올리고 피식 웃었다.

"응, 간도 크지."

민희가 민기를 따라서 피식 웃었다.

"약에서 덜 깼었나 보지. 그렇지 않고서야 어떻게 회장님을 엿먹이냐."

민기가 술에 취한 최 사장을 떠올렸다. 최 사장은 술에 취하면 완전히 다른 사람이 되어서 굵직굵직한 실수를 저지르곤 했다. 민기가 직접 본 것만 하더라도 여러 번이었다.

"그렇겠지? 맨정신이라면 절대로 그럴 수가 없지. 근데 회장님은 최 사장을 왜 살려뒀을까? 별 도움도 안 되는 것 같은데."

민희가 아리송한 표정으로 말했다.

"글쎄다. 언제라도 죽일 수 있다고 생각하신 게 아닐까?"

민기가 영문을 모르겠다는 투로 말했다.

"오빠가 다음에 한번 물어봐."

민희가 민기를 바라보며 말했다.

"응, 분위기 괜찮을 때 한번 물어볼게."

민기가 고개를 천천히 끄덕였다.

"굿. 그건 그렇고 택배는 언제 보낼 거야? 준비한 대로 잘할 수 있지?"

민희가 택배상자를 문득 떠올리고 나서 말했다.

"아, 깜박하고 있었네. 오후에 부치고 올게."

민기가 그녀의 말을 듣고 거실 탁자 위에 올려둔 택배 박스를 떠올렸다.

"제발 좀 늦지 말고 서둘러서 하세요."

민희가 그럴 줄 알았다는 표정으로 짜증을 냈다.

"쏘리. 혹시나 해서 김 실장님한테 아이디어 물어봤는데 듣고 나서 아주 괜찮다고 하더라. 경찰이 파악하기가 쉽지 않을 거래."

민기가 머쓱한 표정으로 사과했다.

"그래? 천만다행이네. 내가 오빠는 못 믿어도 김 실장님은 믿으니까."

민희가 한숨을 쉬고 나서 주머니에서 담뱃갑을 꺼내어 담배를 피우기 시작했다.

"김 실장님은 인정. 기계야, 기계."

민기가 과장된 말투로 김 실장을 칭찬했다.

"어떻게 그 많은 일을 군소리도 하지 않고 뚝딱뚝딱 해내지? 다 하고 나면 쉴 법도 한데 시킬 거 더 없냐고 물어본다니까."

민희가 고개를 끄덕이며 담배를 뻐끔뻐끔 피웠다. 니코틴과 타르가 호흡기관을 통해 몸 안으로 들어오자 그녀의 표정이 한결 밝아졌다.

"그게 왜 그런 줄 알아?"

민기가 그녀의 표정을 힐끔 보고 나서 장난스럽게 물었다.

"왜 그러는데?"

민희가 창밖을 바라보며 되물었다.

"김 실장님이 너 좋아해서 그런 거야. 그렇지 않고서는 그렇게 할 수가 없지."

민기가 민희를 바라보는 김 실장의 눈빛을 떠올렸다. 티를 내지 않으려고 부단히 노력했지만 드문드문 드러나는 그의 눈빛은 누가 봐도 사랑에 빠진 남자의 눈이었다.

"말도 안 돼."

민희가 당황한 표정으로 말했다.

"김 실장님이 회장님한테 부탁하면 다른 가게 맡고도 남을 텐데 왜 우리를 돕겠냐? 다 이유가 있으니까 그런 거지."

민기가 그녀의 표정을 보고 나서 웃었다.

"우리랑 일 하는 게 잘 맞으니까 그런 거지."

민희가 강경한 말투로 말했다.

"내가 보기엔 전혀 아닌 것 같은데?"

민기가 입을 비쭉이면서 이기죽댔다.

"휴, 말을 말자. 아무것도 모르면서 갖다 붙이는 건 잘해요. 그건 그렇고 최 사장 가게까지는 얼마나 남았어?"

민희가 어이없다는 투로 말했다.

"한 시간 반에서 두 시간 정도. 김 실장님이라면 내가 응원할 테니까 한번 잘해 봐. 유령처럼 사는 우리를 인격적으로 대해주는 얼마 안 되는 사람이잖아."

민기가 내비게이션을 확인하고 나서 말했다.

"몰라, 오빠가 생각하는 것과는 다르게 잘하고 자시고 할 건더기도 없어. 그냥 직장 동료 그 이상 그 이하도 아니야."

민희가 곰곰이 생각한 뒤에 말했다.

"네가 여지를 안 주니까 망설이는 것일 수도 있잖아. 그러니까 조금이라도 마음에 들면 티를 좀 내봐."

민기가 진중한 말투로 말했다.

"글쎄다, 적당한 거리를 두고 있으니까 예쁘고 좋아 보이는 게 아닐까? 나는 지금이 딱 좋은 것 같아."

민희가 눈을 감고 말했다.

"하기야 그런 관계가 있지."

민기가 그녀의 말을 듣고 한참을 곱씹었다.

"그렇지."

민희가 졸린 목소리로 말했다.

"야, 정민희 졸리면 좀 자. 나중에 깨워줄게."

민기가 민희를 힐끗 보고 나서 말했다.

"그래도 돼?"

민희가 하품을 하며 되물었다.

"응, 대신에 올 때는 네가 운전해. 정 안 되겠으면 최 사장 가게에서 눈 좀 붙이고 와도 되고. 지은 지 얼마 안 돼서 시설 좋다고 하더라."

민기가 고개를 끄덕였다.

"그래, 그렇게 하자."

민희가 작은 목소리로 말했다. 민기가 그녀를 한 번 더 힐끔 보고 나서 콘솔박스에 먹다 남은 캔 커피를 한 번에 들이켰다.

민기는 한 시간 반가량을 달려서 최 사장의 펜션 출입구에 도착했다. 펜션은 최 사장의 말처럼 인적이 매우 드문 곳에 위치해 있었다.

"최 사장님 저예요. 일어나계시죠?"

민기가 차에서 내려서 최 사장에게 전화를 걸었다.

"네, 정 대표님. 어디쯤이세요?"

최 사장이 졸린 목소리로 되물었다.

"저 지금 펜션 출입구에서 야산으로 이어지는 갈림길에 있어요. 혹시 실례가 안 된다면 물건 좀 더 챙겨드릴 테니까 부탁 좀 드려도 괜찮을까요?"

민기가 담배에 불을 붙이며 말했다.

"물론이죠. 정 대표님 부탁이면 무엇이든 해드려야죠."

최 사장이 굽실거리는 말투로 말했다.

"고마워요. 다름이 아니라 짐 좀 같이 옮겨주실 수 있어요? 같이 들면 그렇게 무겁지는 않을 거예요."

민기가 담배를 뻐끔뻐끔 피웠다.

"짐이요? 아……. 야산으로 옮기는 거 말씀하시는 거죠?"

최 사장이 되물었다.

"네, 그리고 방 하나만 정오까지 쓰고 갈게요. 크지 않아도 괜찮으니까 최대한 깨끗한 방으로 부탁드립니다."

민기가 조수석에서 곤히 자고 있는 민희를 바라봤다.

"물론이죠. 방은 직원한테 지금 당장 청소하라고 말해둘게요."

최 사장이 곧바로 대답했다.

"고맙습니다. 물건은 넉넉하게 챙겨드릴게요. 그러면 말씀드린 곳 앞에서 기다리고 있겠습니다."

민기가 담뱃재를 툴툴 털었다.

"네, 알겠습니다. 곧 도착하니까 잠시만 기다려주십시오."

최 사장이 전화를 끊었다. 민기는 그를 기다리면서 동산시 정상을 휘둘러봤다. 트레킹을 하기에는 적합하지 않다는 최 사장의 말이 한눈에 이해가 갔다. 정경 자체가 매우 을씨년스러웠다. 그런데다가 나무가 심히 우거져서 길이 바르지 않았다. 불순한 의도로 펜션을 이용하는 게 아니라면 구태여 올 만한 곳이 아니었다.

잠시 후, 민기의 시야 너머로 최 사장이 손전등 라이트를 번쩍거리며 빠른 걸음으로 다가오는 것이 보였다. 민기는 휴대폰 라이트를 좌우로 흔들며 자신의 위치를 알렸다.

"아이고! 정 대표님 먼 길 오시느라 수고하셨습니다."

최 사장이 허리 숙여 인사했다. 최 사장은 안 본 사이에 살이 많이 빠져 있었다. 볼은 홀쭉했고 눈은 퀭했으며 안색은 매우 창백했다. 한눈에 봐도 약과 술을 달고 산다는 것이 느껴졌다.

"그동안 건강하셨죠?"

민기가 최 사장에게 악수를 건넸다.

"허구한 날 쾌락만 좇다 보니까 건강은 진즉에 망가졌습니다. 보시다시피 피골이 상접이지 않습니까? 끊어야 된다는 것을 알면서도 의지가 박약해서 그런지 잘 안 되네요."

최 사장이 너털웃음을 터뜨렸다.

"지금이라도 끊을 수 있게 도와드려요?"

민기가 이죽거리며 말했다.

"대표님도 참, 말이 그렇다는 거지. 죽을 때 죽더라도 즐기다 가렵니다. 그러니까 잘 부탁드립니다."

최 사장이 너스레를 떨었다.

"저도 잘 부탁드립니다. 그럼 물건 얘기는 나중에 디테일하게 하시고 우선 짐 좀 같이 옮기실까요?"

민기가 트렁크를 가리키며 말했다.

"네, 후딱 끝내고 펜션으로 가시죠. 요즈음 물량이 모자라서 손님도 제대로 못 받고 있습니다."

최 사장이 트렁크 쪽으로 서둘러 걸어갔다. 민기가 최 사장을 황급히 불러세웠다.

"최 사장님 잠시만요."

"네, 정 대표님."

최 사장이 멈춰 서서 민기를 뒤돌아봤다. 민기가 에스유브이 뒷좌석에서 여분의 장갑과 머리카락 망사, 비닐 옷을 꺼내어 최 사장에게 건넸다.

"혹시 모르니까 이거 끼고 하세요. 조심해서 나쁠 거 없잖아요."

"역시 정 대표님이십니다. 한 치의 오차도 없으시네요."

최 사장이 민기에게 위생물품들을 건네받았다. 그리고 그것들을 신속하게 착용하기 시작했다. 민기는 최 사장이 물품들을 착용하는 동안 장갑을 끼고 캐리어를 트렁크에서 꺼내어 내려놨다. 삽 두 자루와 암모니아, 마스크, 생수, 헝겊 등을 욱여넣은 가방도 추가로 내려놨다. 캐리어를 땅에 묻기 전에 헝겊으로 지문이나 이물질을 한 번 더 제거하기 위해서였다.

"이런 게 처음이라 영 어색하네요."

최 사장이 물품들을 다 착용하고 나서 말했다. 물품들을 하나하나 걸치는 게 내심 마뜩잖았지만 민기의 기분을 언짢게 하고 싶지 않았기 때문에 억지로 너스레를 떨었다.

"생각보다 잘 어울리시네요. 준비되셨으면 가실까요?"

민기가 억지로 웃었다.

"네."

두 사람이 만반의 준비를 갖추고 야산으로 천천히 들어갔다.

최 사장이 선두에 서서 캐리어의 앞면을 들었고 민기가 후미에 서서 캐리어의 뒷면을 들었다. 땅이 생각보다 가팔랐지만 두 사람의 힘이 아주 장사인 데다가 최 사장이 야산의 지리를 아주 잘 알았기 때문에 어렵지 않게 목표지점으로 향할 수 있었다.

"정 대표님, 조금만 더 가시면 유난히 큰 신갈나무가 하나 나옵니다. 거기에 묻으시면 딱 좋습니다."

최 사장이 거친 숨을 몰아쉬며 말했다.

"네, 그렇게 하시죠."

민기가 호흡을 천천히 내쉬며 대답했다. 두 사람은 목표지점까지 단 한 번도 쉬지 않고 거침없이 나아갔다. 그들은 그 분야에서 매우 뛰어난 프로였다. 민기와 최 사장이 신갈나무 앞에 도착해서 땅을 파고, 용준을 묻고, 캐리어를 암모니아로 정리하는 데에는 그리 오랜 시간이 걸리지 않았다. 누군가 그 광경을 우연히 지켜봤다면 무섭고 소름이 돋는 동시에 한편으론 그들의 능숙함에 혀를 내둘렀을 것이다. 그들은 모든 것을 마무리하고 꼼꼼히 체크까지 한 뒤에 에스유브이로 유유히 돌아왔다. 민희는 두 사람이 돌아와서 차를 몰고 숙소에 도착할 때까지도 깊은 잠에 빠져서 일어나지 않았다.

몇 시간 뒤, 민기가 욕실에서 샤워를 하고 거실로 나왔다. 민희가 소파에 누워 티브이를 보고 있다가 그를 보고 자세를 고쳐 앉았다.

"많이 힘들었지? 깊게 잠들어서 도착한 줄도 몰랐다니까."

"옮기느라 죽는 줄 알았네."

민기가 하품을 하면서 타월로 머리카락을 말렸다.

"미안해."

민희가 티브이 볼륨을 낮추며 사과했다.

"됐어, 길이 가팔라서 너랑 나랑 해서 될 사이즈가 아니었어. 최 사장이 무조건 있어야 되는 길이더라."

민기가 드라이기로 머리카락을 말리기 시작했다.

"그래? 생각보다 길이 험했나 보네."

민희가 큰 소리로 되물었다.

"어, 사람들이 안 오는 이유가 있어. 나무도 우거지고 길도 가팔라서 걷기가 힘들어. 그렇다고 해서 정경이 예쁜 것도 아니고. 길눈이 없으면 열에 열은 헤맬 거야."

민기가 머리카락을 다 말리고 나서 말했다.

"그렇구나, 엄청 수고했네. 갈 때는 내가 운전할 테니까 조금이라도 푹 쉬어."

민희가 다정한 목소리로 말했다.

"그러시든가. 택배 부칠 시간이 부족할 것 같아서 김 실장님한테 부탁해놨어."

민기가 소파 가장자리에 앉으며 말했다.

"김 실장님이 뭐래?"

민희가 그를 바라보며 물었다.

"택배 부치고 나서 차도 직접 폐차시키겠대. 하나를 말하면 열을 알아듣는다니까."

민기가 민희에게서 리모컨을 빼앗았다. 그때, 그들이 묵고 있던 숙소의 초인종이 울렸다. 두 사람의 시선이 동시에 출입문 쪽으로 향했다.

"정 대표님, 간단하게 드실 것 좀 가져왔습니다."

최 사장이 문밖에서 큰 목소리로 말했다. 민기가 소파에서 일어나서 출입문으로 향했다. 민희는 최 사장과 그다지 대화하고 싶지 않았기 때문에 소파에 누워서 자는 시늉을 했다. 민기가 문을 열자 최 사장이 샌드위치와 커피가 담긴 트레이를 들고 있었다. 그의 몸에서 술 냄새와 땀 냄새가 뒤섞인 고린내가 났다.

"고맙습니다. 마침 배고팠는데 굿 타이밍이네요."

민기가 최 사장에게서 트레이를 건네받았다.

"요리 제일 잘하는 직원한테 부탁했습니다. 저도 한잔하면서 먹어봤는데 너무 맛있더라고요."

최 사장이 과장된 몸짓으로 말했다. 그의 몸이 취기 때문에 좌우로 크게 휘청거렸다.

"잘 먹을게요. 부탁하신 물건은 직원들 시켜서 조만간 전달하겠습니다."

민기가 무미건조한 말투로 말했다.

"정 대표님 고맙습니다. 최대한 빨리 보내주시면 더욱더 감사하겠습니다."

최 사장이 깔깔 웃었다.

"네, 최대한 서둘러볼게요. 최 사장님도 저희 그만 신경 쓰시고 돌아가셔서 푹 쉬세요. 샤워도 좀 하시고요."

민기가 최 사장의 웃음을 보고 하대하는 투로 말했다.

"네, 알겠습니다. 저는 이만 물러나보겠습니다. 푹 쉬십쇼."

최 사장이 웃음을 뚝 그치고 민기에게 인사를 했다. 그러고 나서 본관으로 휘청대며 걸어갔다.

"약쟁이 새끼."

민기가 들리지 않게 욕을 하고 출입문을 세차게 닫았다. 민희가 출입문이 닫히자마자 소파에서 일어나서 담배에 불을 붙였다.

"저 인간은 씻을 줄을 모르나. 더러워 죽겠네. 나는 그거 안 먹을 거니까 오빠가 다 먹든지 버리든지 해."

"그래, 배고팠는데 잘됐네."

민기가 손을 씻고 샌드위치를 한입 베어 먹었다.

"안 더러워?"

민희가 이해할 수 없다는 표정으로 물었다.

"괜찮은데? 그건 그렇고 최 사장 언제부터 와있었던 거지. 우리 얘기 엿들은 건 아니겠지?"

민기가 창문을 하나하나 확인하며 말했다. 출입문 쪽 창문들이 대부분 열려 있었다.

"엿들었으면 뭐 어때. 딱히 문제 되는 얘기를 한 것도 아니잖아. 우리가 김 실장님한테 일시키는 게 어디 한둘이야?"

민희가 무덤덤하게 말했다.

"괜히 건수 주는 게 싫어서 그렇지. 최 사장 곧 맛이 갈 것처럼 보이거든."

민기가 샌드위치 하나를 다 먹고 커피를 들이켰다.

"지가 맛이 가면 뭐 어쩔 건데."

민희가 담배를 다 피우고 나서 휴대폰으로 시간을 확인했다. 민기가 나머지 샌드위치를 먹기 시작했다.

"그렇긴 한데 괜히 성가시게 할까 봐. 상놈들은 죽을 때까지 상놈 짓 하다가 가잖아."

"그렇지, 대충 먹었으면 어서 빨리 집으로 가자. 최 사장 냄새 맡으니까 불결해서 못 있겠어."

민희가 소파에서 일어나며 민기를 재촉했다.

"그러자. 탁자에 지갑이랑 차 키 뒀으니까 그것 좀 챙겨."

민기가 남아 있는 커피들을 싱크대에 버리면서 말했다. 그리고 남아 있는 샌드위치를 한입에 집어넣고 우걱우걱 씹었다. 민희가 지갑이랑 차 키를 외투 주머니에 넣고 서둘러 출입문을 빠져나갔다.

"그건 그렇고 너 이번 주말 약속 안 잊었지?"

민기가 출입문을 열고 나와서 민희에게 물었다. 자신의 여자 친구를 그녀에게 정식으로 소개시켜주기로 한 날이었다.

"주말에 무슨 약속?"

민희가 영문을 알 수 없다는 표정으로 되물었다.

"아이 씨, 리원이랑 인사하기로 했잖아."

민기가 언성을 높이며 짜증을 부렸다. 민희가 민기의 표정을 보고 웃음을 터뜨렸다.

"농담이야. 당연히 기억하고 있지. 종로에서 일곱 시에 만나기로 했잖아."

"종로 어디?"

민기가 의심스러운 눈초리로 되물었다.

"종로 3가 근처에서 보기로 했잖아. 진짜로 기억하고 있다니까."

민희가 에스유브이가 세워진 곳으로 걸어갔다.

"맞아, 혹시 장소랑 시간 바뀌면 곧바로 알려줄게. 여자 친구랑 진지하게 만나고 있으니까 절대로 파투 내지 마라."

민기가 민희에게 진지한 말투로 주의를 줬다. 민희는 듣는 둥 마는 둥 이기죽거리며 그의 약을 올렸다.

"파투 낼 수도 있지. 일하다 보면 별의별 것이 다 생기잖아."

"농담 아니니까 적당히 해. 너는 내가 배려해서 말하면 꼭 장난스럽게 반응하더라?"

민기가 언성을 높이며 인상을 찌푸렸다. 민희가 차 키로 문을 열고 운전석에 올라타며 말했다.

"아이 엠 쏘리. 무슨 일이 생기더라도 꼭 갈게. 그러니까 화 풀어."

"당연하지. 만약에 안 오면 너랑 나랑은 연 끊고 제 갈 길 가는 거야."

민기가 조수석에 올라타며 민희에게 엄포를 놓았다.

"대단하시네요. 얼마나 매력적인 사람이기에 하나밖에 없는 혈육과 연을 끊겠다고 엄포를 놓으실까. 제가 유심히 한번 지켜보겠습니다."

민희가 차를 출발시키며 비아냥거렸다.

"그러든가 말든가."

민기가 더 이상 상대하기 싫다는 말투로 대답하고 눈을 지그시 감았다. 거사를 치르고 샤워를 하고 굶주린 배를 채웠기 때문에 밀려오는 졸음을 도저히 견딜 수가 없었다. 그녀도 그의 사정을 아주 잘 알았기 때문에 더 이상 장난을 치지 않았다.

두 사람의 차가 본관 앞을 지나서 펜션 정문을 빠른 속도로 지나쳐갔다. 그 시각, 최 사장은 본관 지하실에서 시시티브이로 그들이 떠나는 모습을 물끄러미 지켜봤다. 지하실 한쪽 벽면에 설치된 커다란 화면에는 출입구뿐만 아니라 여러 곳이 상시 녹화되고 있었다. 최 사장은 화면을 이리저리 돌려보면서 남매가 거쳐 갔던 곳을 매의 눈으로 집어냈다. 캐리어를 들고 야산에 들어가는 장면부터 샌드위치를 먹고 나서 떠나는 장면까지 모든 것이 적나라하게 찍혀 있었다. 잠시 뒤, 최 사장은 파일들을 복사해서 이동식 디스크에 넣은 뒤 자리에서 천천히 일어났다. 의자가 움직이면서 바닥에 널브러져 있는 빈 병과 주사기가 부딪쳐 땡그랑 소리가 났다. 최 사장은 그것들을 보고도 대수롭지 않은 듯 지상으로 비틀비틀 올라갔다.

03

정화가 새벽기도회에 다녀와서 동식을 흔들어 깨웠다. 곤히
자고 있던 동식은 정화의 손길을 느끼고 소스라치게 놀라며 잠에
서 깨어났다. 그의 몸과 이부자리가 식은땀으로 가득했다.

"왜 이렇게 놀라니? 안 좋은 꿈이라도 꿨니?"

정화가 동식의 안색을 살피며 물었다.

"네, 매우 불길한 꿈을 꿨어요. 꿈이라서 천만다행이에요."

동식이 잠이 덜 깬 목소리로 대답했다.

"무슨 꿈을 꿨기에 이러니?"

정화가 타월을 가져와서 동식에게 건넸다.

"꿈이 뒤죽박죽이어서 정확히 기억은 안 나요."

동식이 타월로 자신의 얼굴과 몸을 닦아냈다.

"그동안 스트레스가 많이 쌓였나 보다. 의학방송에서 그러던데
피곤하거나 근심이 많으면 악몽을 꿀 확률이 매우 높다고 하더라."

정화가 창문으로 걸어가서 커튼을 걷으며 말했다.

"은연중에 근심 걱정이 많이 쌓였나 봐요."

햇빛이 동식의 방을 환하게 비추었다. 그가 기지개를 켜며 자리에서 일어났다.

"너는 마음에 담아두는 스타일이잖니. 가끔은 술, 담배를 하든지 운동을 하든지 해서 분출하는 게 중요한 법이야."

정화가 동식의 방을 나서며 상냥한 목소리로 꾸짖었다.

"어머니도 참, 스트레스를 그저 담기만 하는 사람이 어디 있어요? 나름대로 잘 풀고 있으니까 너무 걱정하지 마세요."

동식이 정화를 뒤따라갔다.

"그렇다면 다행이구나. 나는 네가 범인 잡는 거에만 몰두해서 자기 자신을 제대로 돌보지 못하는 것 같아서 늘 걱정이다."

정화가 냉장고를 열고 반찬들을 이리저리 살피며 말했다.

"제가 그 정도로 열성적이지는 않아요."

그가 정수기에서 냉수를 받으며 말했다.

"충분한 것 같은데?"

정화가 반찬들을 꺼내어 접시에 조금씩 덜면서 말했다.

"아니에요. 조금 더 분발해야죠."

동식이 정수기에서 냉수를 한 번 더 받은 뒤에 식탁 위에 조심스레 내려놨다.

"분발하지 않아도 된다. 지금도 아주 충분하게 보이니까. 그건 그렇고 얘야, 지금 밥 먹을 거니? 아니면 씻고 먹을 거니?"

정화가 가스레인지에 불을 켜면서 물었다.

"씻고 먹을게요. 땀이 너무 많이 나서 끈적끈적해요. 개운한 상태에서 먹어야 밥맛도 좋잖아요."

동식이 곧바로 대답했다.

"그러면 반찬을 하나 더 만들어야겠다. 느긋하게 하고 있을 테니까 서두르지 말고 씻으렴."

정화가 알겠다는 듯이 고개를 끄덕였다.

"네, 알겠습니다."

동식이 화장실에 들어가면서 말했다. 뒤이어 부엌에서 재료 손질하는 소리가 들려왔다. 동식은 세면대에 물을 약하게 틀어놓고 옷을 신속하게 탈의했다. 그러고 나서 세면대 거울로 몸을 이리저리 살폈다. 여전히 군살 없는 탄탄한 몸이었지만 강력범들과 대치하면서 생긴 흉터들이 하나둘 늘어나는 것이 보였다. 동식은 차가운 물로 얼굴과 몸을 씻으면서 또 다른 흉터가 생기는 한이 있더라도 범인들을 많이 잡아낼 수 있다면 좋겠다고 생각했다.

정화는 식사 준비를 끝내고 나서 거실에서 텔레비전을 보면서 동식을 기다렸다. 식탁에는 김치찌개와 밑반찬들이 정갈한 접시에 먹음직스럽게 담겨 있었다. 잠시 후, 동식이 샤워와 스킨케어를 끝마치고 나왔다.

"와, 아침부터 진수성찬이네요."

동식이 식탁을 둘러보며 말했다.

"그렇게 말해주니 고맙구나. 어서 먹자꾸나."

정화가 텔레비전을 끄고 나서 식탁으로 유유히 걸어왔다.

"네, 기다리게 해서 죄송해요."

동식이 정화가 앉을 수 있도록 식탁의자를 꺼내줬다.

"너 씻고 있을 때 후배 도환 씨에게 전화가 계속 걸려오더구나."

정화가 숟가락을 들면서 말했다.

"그래요? 어머니가 받으셨어요?"

동식이 젓가락으로 밑반찬을 집으며 물었다. 그가 어릴 때부터 좋아하는 진미채와 양념깻잎이었다.

"어, 내가 받아서 그런지 별말 하지 않더구나. 너 뭐 하냐고 물어보기에 씻고 있다고 하니까 알겠다고 끊더라고."

정화가 김치찌개 안에 들어간 돼지고개를 한입 베어 먹었다.

"차에서 전화해봐야겠네요."

동식도 김치찌개 안에 건더기를 덜어내서 먹었다.

"지금 안 해봐도 되니? 급한 일일 수도 있잖니."

정화가 밥을 한 숟갈 떠서 먹었다.

"중요한 일이었으면 즉시 바꿔달라고 했을 거예요."

동식이 계란말이를 집어 들면서 말했다. 그는 내심 도환의 얼굴을 떠올리면서 사무실에 무슨 일이 생긴 게 아닐까, 생각했다.

"그래? 별일 아니었으면 좋겠네.

정화가 동식의 표정을 살피면서 말했다.

"무슨 일이 생겼다면 성수 팀장님부터 시작해서 해철 선배까지 휴대폰이 터져라 전화를 했을 거예요."

동식이 웃으며 말했다.

"그렇겠구나."

정화가 따라서 웃었다.

"틀림없이 실없는 소리나 하려고 전화했을 거예요. 요즈음 들어서 저한테 많이 장난치거든요. 선배가 그러니까 연애를 못하는 거다, 인기가 없는 거다 하면서요."

동식이 진미채를 듬뿍 입에 집어넣었다.

"도환 씨, 만난 본적은 없지만 아주 재밌는 사람이구나. 다음에 집에 한번 초대하렴. 도환 씨랑 편 먹고 너를 좀 놀려야겠다."

정화가 큰 소리로 웃었다.

"하하하하, 오늘 가서 전할게요. 어머니한테 초대받았다고 하면 엄청 좋아할 거예요. 해철 선배가 도환이 앞에서 어머니 음식 맛있다고 입술이 마르도록 칭찬했거든요."

동식이 웃으며 말했다.

"해철 씨도 참. 얘야, 너희 팀이 몇 명이니? 도환 씨만 부를 게 아니라 팀원 모두 초대해서 넉넉하게 대접해야겠다."

정화가 진지하게 물었다. 동식이 밥과 반찬을 부지런히 먹으면서 대답했다.

"저희 팀 저까지 해서 모두 여섯 명이요."

"적당하구나. 나는 주일날만 아니면 언제든지 괜찮으니까 한가할 때 방문하길 원한다고 전해주렴"

정화가 포스트잇을 가지고 와서 '동식의 팀, 총 여섯 명'이라고 적었다.

"네, 그렇게 전할게요. 다들 엄청 좋아할 것 같아요."

동식이 웃었다.

"기대에 부응할 수 있도록 만반의 준비를 해야겠다. 그건 그렇고 동식아, 밥 먹고 나서 커피 마실 거니?"

정화가 포스트잇을 식탁 벽면에 붙이고 나서 물었다.

"커피는 사무실에서 마실게요. 시간이 조금 간당간당할 것 같아요."

동식이 시계를 확인하고 나서 대답했다.

"그래, 그렇게 하렴."

정화가 빈 그릇을 싱크대에 가져가면서 말했다.

"어머니 그냥 두세요. 설거지는 제가 할게요."

동식이 밥을 마저 먹고 일어났다.

"커피 마실 시간도 없는 녀석이 설거지를 하려고? 됐으니까 어서 빨리 출발하렴."

정화가 동식을 거칠게 몰아냈다.

"어머니도 참. 가만 보면 고집이 보통이 아니시라니까."

동식이 마지못해 밀려났다.

"이제 알았니?"

정화가 피식 웃으며 싱크대로 되돌아갔다. 동식은 자신의 방으로 들어가서 옷을 신속하게 갈아입은 뒤에 차 키와 휴대폰을 챙겼다. 도환의 전화를 제외하고는 팀에서 따로 온 연락은 없었다.

"어머니, 저 가요. 무슨 일 있으면 전화 드릴게요."

동식이 말했다.

"그래, 오늘 하루도 힘 내거라."

정화의 목소리가 매우 우렁찼다.

동식은 차에 올라타자마자 도환에게 전화를 걸었다. 연결음이 여러 번 채 나오기도 전에 도환이 전화를 받았다.

"네, 동식 선배."

도환이 말했다.

"아침부터 웬 전화냐."

동식이 아파트 경비원에게 인사를 했다. 도환이 잠시 머뭇거리다가 대답했다.

"아……. 별거 아니에요. 여쭈어볼 게 있었는데 잘 해결됐어요.

도환이 말했다.

"물어본 것과 해결된 것을 소상히 말하시오."

동식이 대로로 진입하면서 되물었다.

"선배가 일전에 맡았던 강필준 사건에 대해서 물어보려고 했어요. 서촌 살인사건과 유사성이 있는 것 같아서요."

도환이 태연하게 거짓말을 했다.

"강필준? 나는 강필준 사건에 대해서 잘 모르는데? 그거 내가 아니라 해철 선배 동기가 담당한 사건인가 그럴걸."

동식이 차 속도를 높이며 말했다.

"네, 긴가민가해서 해철 선배한테 물어봤어요. 전화하니까 그렇다고 하시더라고요."

도환이 태연하게 맞장구를 쳤다.

"싱겁기는. 오늘부터 서촌 살인사건 다시 조사하기로 한 거야? 성수 팀장님이 그렇게 말씀하셨어?"

동식이 앞차들을 하나씩 추월해갔다.

"…… 아직 확실히 결정난 건 아니고요. 여하튼……. 사무실에 오시면 압니다. 청에 도착하시면 우선 해철 선배한테 연락 한번 해 보세요."

도환이 머뭇머뭇하다가 대답했다.

"왜? 사무실에서 보면 되는 거 아니야?"

동식이 의아한 표정으로 되물었다.

"그렇긴 한데……. 우선 한번 해 보십쇼. 선배, 팀장님이 불러서 전화 끊어야 할 것 같습니다. 과속하지 마시고 조심히 오십시오."

도환이 전화를 황급히 끊었다.

"도, 도환아?"

동식은 후배의 전화가 끊어지자 어찌 된 영문인지 알 수 없어서 고개를 갸우뚱거렸다. 대화 내용이 매우 어수선하고 급작스러웠다. 도환이 평소 실없는 얘기를 자주 하는 것은 맞지만 일할 때만큼은 사뭇 진지한 후배였다. 동식은 고개를 갸웃거리면서 액셀러레이터를 지그시 밟았다.

2015년 05월 10일 토요일 08:50

강력 3팀 사무실 회의실에서 성수 팀장을 중심으로 팀원들이 옹기종기 모여 있었다. 회의가 시작되지 않았지만 팀원들의 표정에서 비장함이 물씬 묻어났다. 성수 팀장이 도환에게 건네받은 인쇄물을 유심히 바라보다가 손목시계로 시간을 확인하며 말했다.

"회의 시작하자."

"네."

팀원들이 자세를 고쳐 앉았다. 성수 팀장이 숨을 크게 들이켜고 나서 말했다.

"애석하게도 이번 사건은 우리가 담당하게 됐다. 서촌살인사건을 재개하고 싶다고 말했는데 무슨 이유에서인지 안 된다고 하더라. 우리가 알 수 없는 큰 뜻이 있을 테니까 겸허히 받아들이도록 하자."

"네, 알겠습니다."

팀원들이 풀죽은 목소리로 말했다.

"수사법상 동식은 이 사건에서 제외된다. 사건이 해결될 때까지 다른 팀으로 지원 가든지 휴가 처리를 하든지 할 거야. 본인이 원하는 방법으로 최대한 도와줄 생각이다."

성수 팀장이 동식을 언급하자 팀원들의 표정이 일순간 어두워졌다. 성수 팀장이 팀원들의 표정을 살피고 나서 말을 차분하게 이어나갔다.

"미제사건 팀에서 적극적으로 도와준다고 하니까 모르는 게 있으면 스스럼없이 물어봐. 소포는 도환이가 정제시키는 대로 언론에 내보낼 거야. 한동안 제보전화랑 이메일 때문에 골치 좀 아플 거다."

"네."

팀원들이 힘없는 목소리로 대답했다.

"회의 끝나면 우체국 가서 용의자랑 접촉했던 직원들 만나봐. 우체국이랑 주위 건물, 대로변 시시티브이 모두 뒤져보고."

성수 팀장이 팀원 준우와 지원을 지목했다.

"네, 알겠습니다."

지원과 준우가 대답했다. 그때, 동식이 강력 3팀 사무실로 빠른 걸음으로 들어오는 것이 보였다.

"제가 말하고 오겠습니다."

해철이 성수 팀장에게 손을 들었다.

"그래."

성수 팀장이 고개를 끄덕였다. 해철이 회의실 바깥에서 영문을 알 수 없다는 표정으로 서 있는 동식에게 천천히 다가갔다.

"동식아, 나가서 담배 한 대 좀 태우자."

"왜요? 지금 회의 중인 거 아니에요?"

동식이 의아한 표정으로 되물었다.

"아니야, 팀장님이 지난 사건 때문에 화가 나서 애들한테 쿠사리 주고 있는 거야. 분위기 안 좋으니까 잠시 다녀오자."

그가 거짓말을 했다.

"그러면 같이 혼나야 되는 거 아니에요? 쟤들은 시키는 대로 한거잖아요."

동식이 회의실을 유심히 살폈다.

"애들한테만 따로 하실 말씀이 있겠지. 고집 피우지 말고 어서."

해철이 동식의 어깨를 붙잡고 황소처럼 출입문으로 끌고 갔다. 동식은 의아한 눈빛으로 회의실을 여러 차례 뒤돌아봤다. 아무리 봐도 혼내고, 혼나는 상황처럼 보이지 않았기 때문에 께름칙한 감정을 지우려고 해도 지울 수가 없었다.

동식과 해철은 건물 옥상에 있는 쉼터로 향했다. 쉼터에서 쉬고 있던 순경들이 그들을 보고 인사를 하며 자리를 비켜주었다.

"잘 잤냐?"

해철이 담배에 불을 붙이고 나서 동식에게 말했다.

"네, 그런데 진짜로 무슨 일이에요? 아무리 봐도 훈계하는 상황처럼 보이지는 않던데."

동식이 진지한 표정으로 되물었다.

"동식아, 실은 말이다."

해철이 담배를 뻐끔뻐끔 피우고 나서 난감하다는 표정으로 말했다.

"도대체 무슨 일인데요. 성수 팀장님도 그렇고 도환이도 그렇고 다들 평소 같지 않게 주뼛주뼛하고."

동식이 답답하다는 표정을 지었다. 해철이 먼 산을 바라보며 혼잣말을 구시렁거렸다.

"휴, 괜히 한다고 해가지고."

"선배! 답답하니까 속 시원하게 말 좀 해 보세요. 왕따시키는 것도 아니고 어떤 상황인지는 알아야 할 것 아니에요."

동식이 언성을 높였다. 해철이 한숨을 푹푹 쉬고 나서 조심스레 운을 뗐다.

"어젯밤에 우리 팀으로 소포 하나 온 거 알고 있지? 도환이가 가져 왔을 때, 너도 같이 있었다면서."

"네, 제가 뜯으려다가 말았죠."

동식이 택배 상자를 떠올렸다. 해철이 차분하게 말을 이어나갔다.

"네가 집으로 돌아가고 나서 도환이가 소포를 뜯어봤나 봐. 소포 안에는 폴라로이드 사진으로 구성된 앨범이랑 노트가 한 권 들어 있었어."

"그런데요?"

동식이 입술을 매만지며 물었다.

"도환이가 어찌 된 영문인지 파악하려고 앨범이랑 노트를 이리저리 분석했나 봐. 그랬더니 말이다."

해철이 말하기 곤란하다는 표정으로 코를 매만졌다.

"네, 그래서요?"

동식이 그의 눈을 물끄러미 바라봤다.

"도대체 뭐가 나왔는데요?"

"미제사건 범인이 사건을 추억하기 위해서 사진을 찍은 거 같더라고…… 혹시나 해서 여러 팀한테 자문을 구했더니 범인이 보낸 게 확실하다고 하더라."

해철이 동식의 시선을 회피하면서 말했다.

"어떤 미제사건이요?"

동식의 눈이 휘둥그레졌다.

"20년 전에 일어났던 노부부연쇄살인사건. 팀장님이 사건 안 맡겠다고 했는데……."

동식이 해철의 말을 끝까지 듣지 않고 출입문을 향해 달려 나가기 시작했다.

"동식아, 동식아, 정동식!"

해철이 소리를 지르며 동식을 뒤쫓았다. 동식은 난다 긴다 하는 강력계 팀원들 중에서도 운동 능력이 가장 뛰어나기로 유명했다. 계단을 내려가고, 복도를 달리면 달릴수록 두 사람의 거리는 더더욱 벌어졌다.

그 시각, 팀원들은 회의를 끝내고 자신의 자리로 흩어졌다. 지원과 준우는 우체국에 가기 위해서 나갈 채비를 했고, 도환은 언론에 내보낼 것들을 성수 팀장과 추려내고 있었다.

"팀장님 이 사진들은 빼는 게 낫겠죠?"

도환이 흉기 사진을 가리키며 물었다.

"응, 그것들은 빼."

성수 팀장이 대답했다. 그때, 동식이 강력 3팀 사무실 문을 세차게 열고 들어왔다. 쿵, 팀원들의 시선이 모두 그에게 쏠렸다.

"김도환! 집중해서 계속해."

도환의 시선이 출입문으로 향하자 성수 팀장이 목소리를 깔고 말했다.

"네, 죄송합니다."

도환이 어쩔 줄 모르는 표정으로 대답했다. 동식이 성수 팀장에게 다가와서 말했다.

"팀장님, 저랑 단둘이 얘기 좀 하시죠."

"나는 너랑 할 말이 없는데."

성수 팀장이 동식을 바라보지 않고 말했다.

"하서야 합니다."

동식의 목소리가 높아졌다. 그때, 사무실로 해철이 달려왔다.

"해철한테 어디까지 들었는지 모르겠지만 내 생각은 매우 확고하다. 우리 팀이 사건 맡게 된 이상 너는 수사에 참여할 수 없다. 수사법상 불가능하다는 건 너도 잘 알고 있지? 그러니까 괜히 투정 부리지 마라."

성수 팀장의 시선이 동식의 눈에 머물렀다.

"피해 안 가게 하겠습니다. 저도 수사 할 수 있도록 해주십쇼."

그가 물러서지 않고 말했다.

"네가 수사에 참여하는 것 자체가 팀원에게 피해야. 다른 팀 지원해서 도와줄 거 아니면 휴가 쓰고 좀 쉬어."

성수 팀장이 강경하게 말했다.

"아니요, 저는 이 사건 꼭 해야겠습니다."

동식이 말했다.

"네가 이성적으로 행동한다고 하더라도 그게 공정한 수사로 이어질 것 같아? 그리고 만에 하나 네가 개입되어 있다는 게 언론에 밝혀지면 뒷감당은 어떻게 할 건데?"

성수 팀장의 목소리가 한층 높아졌다.

"제발 부탁드립니다."

동식이 간절하게 말했다.

"안 되는 건 안 되는 거야. 사적인 것도 아니고, 공적인 것 때문에 더 이상 불편해지지 말자. 동식아, 네 주위를 둘러봐. 너 하나 때문에 팀원들이 이렇게 눈치를 봐야겠어?"

성수 팀장이 말했다. 동식이 고개를 돌려 팀원들의 표정을 한 사람, 한 사람 살피기 시작했다. 도환은 고개를 숙이고 코를 매만졌고, 준우와 지원은 머리를 긁적이며 딴청을 피웠다.

"이런데도 피해주는 게 아니야? 동식아, 제발 프로답게 행동해."

성수 팀장이 팀원들에게 더 이상 신경 쓰지 말고 각자 맡은 일을 하라는 제스처를 취했다.

"다녀오겠습니다."

지원과 준우가 작은 목소리로 말하고 나서 사무실을 나섰다. 도환은 사진들을 이리저리 살폈고, 해철은 자신의 자리에서 팀장과 동식의 대화를 엿들었다.

"하루 이틀 생각할 시간 줄 테니까 머리 좀 식히고 와. 지금 네가 여기 있으면 모두가 불편해."

성수 팀장이 말했다. 동식이 우두커니 서서 먼 산을 바라봤다.

"말귀 못 알아들어? 수사 방해하지 말고 사무실에서 나가라고."

성수 팀장이 후속타를 날렸다.

"제 생각이 짧았습니다. 죄송합니다."

동식이 사과를 하고 처량하게 뒤돌아섰다. 그리고 무거운 발

걸음으로 사무실을 나서기 시작했다.

"팀장님도 참. 안 그래도 충격 받은 애한테……. 휴."

해철이 성수 팀장에게 짜증을 내고 나서 동식을 뒤쫓아 갔다.

두 형사는 야외주차장까지 말없이 걸었다. 동식은 용솟음쳤던 화가 조금씩 가라앉자 머리와 마음이 너무 차가워서 온몸이 시렸다. 해철은 측은한 마음에 코끝이 찡해지면서 눈물이 나오려고 했다.

"미제사건 팀이랑 협업해서 수사 진행할 거야. 그리고 팀장님이 도환이랑 정보 추려내서 언론에 공개하기로 했다."

해철이 어렵사리 말을 꺼냈다.

"그래요? 잘됐네요."

동식이 쓴웃음을 지었다.

"두 사람 실력은 굳이 말하지 않아도 잘 알지? 언론에 공개되면 제보가 와르르 쏟아질 거다."

해철이 과장된 몸짓으로 말했다.

"그랬으면 좋겠네요."

동식이 덤덤하게 대꾸했다. 해철은 멋쩍은 표정으로 라이터를 쉴 새 없이 만지작거렸다.

"동식아, 팀장이나 팀원들도 네 심정을 모르지는 않을 거야. 룰이라는 게 있는데 그들이라고 한들 별수 있겠냐."

"성수 팀장님도 별수 없겠죠. 모르는 건 아닌데 이게 참, 받아들이기가 쉽지 않아요."

동식이 한숨을 쉬었다.

"어쩌겠냐. 엎질러진 물을 주워 담을 수도 없고."

해철이 먼 산을 바라봤다.

"그러게요."

두 사람이 동식의 차 앞에 멈추어 섰다.

"말세다, 말세. 죽을 때까지 숨어 지내도 모자랄 판에 소포로 도발을 다 하고 말이야."

"피의자나 용의자가 도발하는 거 생각보다 많잖아요. 제가 궁금한 건, 제가 여기에 있다는 것을 아느냐, 모르냐는 거예요. 옥상에서 처음 들었을 때는 무조건 안다고 생각했는데 곰곰이 생각해보니까 저를 알았다면 수취인 란에 제 이름을 틀림없이 적었을 거예요."

동식이 차 키를 만지작거렸다.

"팀원들의 생각은 반반이었어. 그래서 다른 팀에서도 받았는지 한번 수소문해봤지. 받았다면 불특정 다수에게 보낸 것일 테니까. 결과는 아무도 없었어. 물건은 우리만 받은 거야."

해철이 사람들의 시선을 피해서 담배에 불을 붙였다.

"빌어먹을. 우연히 보낸 곳에 제가 있었을 확률도 높겠네요."

동식이 하늘을 바라보면서 말했다.

"그렇지. 정말 엿 같은 상황이다."

해철이 담배를 뻐끔뻐끔 피웠다.

"휴, 어떻게 하면 좋을지 모르겠어요. 언론에 보도되면 어머니도 아실 텐데. 정말 돌아버리겠어요."

동식이 울 것 같은 표정으로 말했다.

"언론에 보도되기 전에 사실대로 말씀드려. 많이 놀라시겠지만 어머니 나름대로 고민하고, 아파하면서 해답을 찾으실 거야."

해철이 담배꽁초를 버리며 말했다.

"그럴까요?"

동식이 되물었다.

"틀림없이 그럴 거다. 그리고 동식아, 나는 네가 다른 팀 지원 가는 것도 좋지만 이번 기회에 푹 쉬는 것도 나쁘지 않다고 본다. 너 유급휴가도 꽤 쌓였지 않냐. 다른 사건 맡아봤자 집중도 안 될 테고 어머니랑 여행이라도 한동안 다녀오든지 해라."

해철이 동식의 표정을 살피며 진중하게 말했다.

"우선은 하루 이틀 생각해볼게요. 지금 당장은 아무것도 모르겠어요."

동식이 해철의 눈을 바라봤다.

"그래, 잘 생각해봐. 나는 네가 어떠한 결정을 하든지 간에 존중하도록 노력하마."

해철이 동식의 어깨에 손을 올렸다.

"고맙습니다."

동식이 말했다.

"고맙긴 뭘."

해철이 겸연쩍은 표정을 지었다. 두 사람은 잠시 동안 아무런 말도 하지 않고 멍하니 하늘을 바라봤다.

"선배 저 이만 가볼게요. 집에 가서 청소라도 하면서 생각을 좀 정리해야겠어요."

동식이 잠시 동안의 침묵을 깼다.

"그래, 엄한 데로 새지 말고."

해철이 애써 웃으며 말했다.

"제가 무슨 비행청소년입니까."

동식이 차 키 버튼을 누르고 나서 곧바로 운전석에 올라탔다.

"비행청소년이면 천만다행이지. 도착하면 연락하고, 밥 먹을 때도 연락하고, 그냥 틈날 때마다 연락해라."

해철이 차창에 대고 말했다.

"노력은 해 볼게요. 어서 들어가세요."

동식이 시동을 걸고 차를 출발시켰다. 해철은 사무실로 곧바로 돌아가지 않고 동식의 차가 사라지는 것을 끝까지 지켜봤다. 머리가 너무 복잡해서 곧 미쳐버릴 것 같았다.

동식은 건물을 나서자마자 정화에게 곧바로 전화를 걸었다. 대면으로 말하는 것보다는 전화로 전달하는 것이 한결 수월하다는 생각이 들었기 때문이다. 정화는 동식에게 자초지종을 다 듣고 나서도 별다른 반응을 보이지 않았다. 내면에서는 활화산이 격하게 불타올랐지만 티를 내면 안 된다고 생각했기 때문에 끝까지 냉정함을 유지했다. 두 사람은 수고하라는 상투적인 대화로 전화를 끊었다. 서로의 마음을 아주 잘 알았기 때문에 도리어 해 줄 수 있는 말이 그다지 많지 않았다.

2015년 05월 10일 토요일 18:05

민희는 민기의 연락을 받고 종로3가로 향했다. 주말이었기 때문에 광화문 일대는 수많은 인파와 차로 북새통이었다. 그녀는 인사동 입구에 있는 호텔 주차장에 차를 주차하고 쌈지 길을 걷기 시작했다. 길거리에는 전시회를 관람하고 나오는 이들과 한국의 전통적인 것을 담으려는 외국인들로 넘쳐났다. 그녀는 낙원상가 교차로 쪽으로 방향을 틀면서 민기에게 전화를 걸었다.

"나 이제 곧 도착이야."

"그래, 너 보인다."

민기가 멀지 않은 곳에서 그녀를 향해 손을 흔들었다. 그의 곁에 리원이 경직된 자세로 서 있었다. 민희가 좌우를 살피고 나서 신호등을 건넜다.

"기다리게 하지 말고 제발 일찍 좀 다녀."

민기가 여동생을 보자마자 짜증 섞인 목소리로 말했다.

"나 안 늦었는데?"

민희가 어이없다는 투로 맞받아쳤다.

"안 늦기는. 여섯 시에 만나기로 했는데."

민기가 시계를 확인하고 눈을 부라렸다. 민희가 리원에게 묵례를 하고 목소리를 낮추며 말했다.

"오빠가 여기서 보자고 정확히 말한 것도 아니잖아? 왜 이렇게 까칠하게 굴어?"

"그러면 일찍 와서 어디냐고 물어봤으면 됐잖아. 휴대폰은 장식품으로 들고 다녀?"

민기가 입술을 깨물었다.

"말을 말자. 여자 친구 앞에서 이게 뭐 하는 짓이야."

민희가 한숨을 쉬었다. 그의 표정이 딱딱하게 굳어졌다.

"늦은 것도 아닌데 여동생을 왜 그렇게 못 살게 굴어요. 의미 깊은 날을 단 몇 분 때문에 망칠 거예요? 인사시켜주고 식사 장소로 어서 빨리 이동해요."

보다 못한 리원이 민기의 귀에 대고 속삭였다. 민기가 그녀의 말을 듣고 나서 심호흡을 했다.

"그래, 내가 좀 예민했나 보다. 우선 간략하게 인사부터 하고 밥 먹으러 가자. 여기는 내 동생 정민희, 여기는 여자 친구 박리원. 서로 인사해."

민기가 두 사람을 서로에게 소개시켜주었다.

"안녕하세요, 정민희입니다."

민희가 애써 웃으며 말했다.

"안녕하세요, 박리원이라고 합니다."

리원이 어색하게 웃었다.

"오빠한테 언니 말씀 많이 들었어요. 예쁘고 자상하시다고요."

민희가 너스레를 떨었다.

"정말요? 민기 씨가 민희 씨한테 제 자랑 안 하는 줄 알았거든
요. 의외라서 너무 감동이에요. 민희 씨도 듣던 대로 아주 미인이
세요. 걸어오시는데 연예인인 줄 알고 깜짝 놀랐어요."

두 사람이 유쾌하게 인사를 주고받았다. 그들의 인사를 지켜
보던 민기도 표정이 한결 밝아졌다.

"얘가 무슨 연예인이야. 지금부터 5분만 돌아다녀도 얘보다 예
쁜 사람 한 트럭은 나오겠다."

민기가 콧방귀를 꼈다. 리원이 민기의 팔등을 살짝 꼬집었다.

"하하하하, 언니랑 둘이서 만날 걸 그랬나 봐요. 오빠가 가운데
서 초치니까 기분이 상당히 안 좋네요."

민희가 민기에게 적당히 하라는 눈치를 줬다. 민기가 듣는 둥
마는 둥 했다.

"인사는 대충 했으니까 자세한 건 먹으면서 얘기하자."

민기가 두 사람에게 익선동 방향을 가리켰다.

"어디로 가?"

민희가 되물었다.

"공장이었던 곳을 리모델링한 레스토랑인데 일본 바이어들이 추천하더라고. 시장 조사하다가 우연히 들렀었나 봐."

민기가 바이어들과의 대화를 떠올리고 레스토랑에 대해서 설명했다.

"걔들은 틈만 나면 거짓말이던데 믿어도 되는 거야? 생수 마시고 맛있다고 박수 치는 것 보면 영 신뢰가 안 가는데?"

민희가 일본 바이어들의 과장된 몸짓을 떠올렸다.

"민희 씨 정말이에요? 바이어들이 생수도 맛있다고 박수 쳤어요?"

리원이 깔깔 웃으면서 되물었다.

"네, 믿기 어렵겠지만 정말이에요. 저희 가게랑 계약을 하고 싶었던지 엄청 저자세였거든요. 상대 입장을 생각하면 이해가 안 되는 건 아닌데 너무 오버해서 말하니까 반발심이 생기더라고요."

민희가 당시 상황을 떠올렸다. 소도시에서 클럽을 운영하는 야쿠자와의 대화였는데 미팅을 하는 내내 입에 발린 소리만 늘어놓아서 안 좋은 감정으로 뇌리에 박혀 있었다.

"웃기면서도 정말 신기해요. 영업이라는 건 정말 아무나 하는 건 아닌가 봐요."

리원이 웃으면서 말했다. 리원은 남매가 취급하는 물품들을 그다지 유명하지 않은 화가의 그림이나 수제 향수 정도로만 알고 있었기 때문에 바이어들의 과장된 행동이 좀처럼 이해되지 않았다. 그녀가 만약 바이어들이 원하는 물건이 고가의 회화나 각양각색의 마약인 줄 알았더라면 그들의 행동이 신기하거나 터무니없이 느껴지지는 않았을 것이다.

"밑져야 본전이니까 한번 가보자. 먹다가 영 아니면 다른 데로 옮기면 되니까."

민기가 반신반의하는 표정으로 말하면서 주변을 두리번거렸다.

"응.", "그래요."

민희와 리원이 그의 말에 짧게 대답하고 나서 바이어들과의 에피소드나 서로가 알고 있는 종로구의 맛집을 수다스럽게 늘어놓았다. 두 사람은 서로에게 질문하고, 크게 호응하면서 마음의 거리를 조금씩 아주 천천히 좁혀갔다. 위험요소를 제거하고 지극히 일상적인 언어로 대화를 나누고 있었기 때문에 거리를 거닐고 있는 여러 사람들과 비교해 봐도 크게 다른 점이 느껴지지 않았다.

잠시 뒤, 세 사람은 소개 받은 레스토랑에 도착했다. 오래된 구두공장을 수리해서 만든 가게였는데 낙후된 외부의 모습과는 다르게 내부는 아주 모던하게 구성되어 있었다. 모든 탁자가 4인용으로 배치되어 있었고, 조명은 적절한 밝기로 실내를 비추고 있었다. 키친 일부분이 카페테리아 바처럼 오픈 되어 있었기 때문에 시원한 느낌도 물씬 났다.

"사람이 생각보다 엄청 많네."

민기가 웨이터를 부르면서 말했다.

"그러게. 생각했던 것보다는 가게 분위기가 괜찮네."

민희가 가게 내부를 꼼꼼히 살펴보면서 말했다.

"방금 찾아봤는데 사장님의 센스가 좋다는 말이 엄청 많아요. 맛도 나쁜 편은 아닌가 봐요. 민희 씨 이것 봐요. 여기 사장님이 성수동에서도 카페를 운영하나 본데요?"

리원이 민희에게 검색한 것들을 보여주었다.

"예쁘다. 여기는 언니랑 나랑 둘이서만 가는 게 어때요?"

민희가 민기에게 들리도록 말했다.

"그럴까요? 민기 씨 홍보면서 맛있는 거 먹어요. 저는 정말 언제라도 좋으니까 편할 때 스스럼없이 불러줘요."

리원이 웃으면서 말했다. 그때 웨이터가 세 사람을 확인하고 나서 빠른 걸음으로 다가왔다.

"예약하셨어요?"

"네, 18시 30분에 정민기로 예약했습니다."

민기가 말했다. 웨이터가 휴대폰으로 예약자 명을 확인하고 나서 세 사람을 빈자리로 안내했다.

"확인됐습니다. 이쪽으로 오시죠."

"민희야, 리원아 가자."

민기가 오른손으로 방향을 가리켰다. 두 사람이 민기의 뒤를 따라서 움직였다. 그들의 자리는 가게 가장자리에 위치하고 있었다. 세 사람은 메뉴판을 꼼꼼히 살펴본 뒤에 디너 정식 코스 3개와 화이트 와인 1병을 주문했다. 웨이터가 주문서에 주문 받은 메뉴를 부지런히 받아썼다.

"그러면 민희 씨는 브랜드 향수는 쓰지 않고 직접 만드신 거만 사용하는 거예요?"

리원이 음식을 기다리면서 물었다.

"쓰지는 않지만 새 제품이 나오면 구매는 해요. 인기 있는 건 그만한 이유가 있는 법이잖아요? 연구하면서 새로운 걸 만들어보는 거죠. 솔직히 말하면 판매하는 것 중에서 카피한 제품도 꽤 있어요."

민희가 물을 한 모금 마시고 나서 말했다.

"어느 분야든 모방은 있기 마련이잖아요. 그러면 지금 사용하고 계신 건 어떤 거예요? 향기가 너무 좋아서 처음 뵀을 때부터 너무 궁금했어요."

리원이 눈을 크게 뜨고 물어봤다. 민기는 그녀의 옆에서 잠자코 지켜봤다.

"장미, 화이트 머스크, 아이리스 향을 섞어서 만든 거예요. 제가 장미향을 너무 좋아하거든요. 거의 집착 수준이에요. 어릴 때부터 그랬던 것 같아요."

민희가 상기된 얼굴로 대답했다.

"개코야 개코. 안 그래도 냄새에 민감한 애가 특정 향기를 좋아하니까 얼마나 피곤했겠어? 어딜 가나 민폐였다니까."

민기가 그녀와의 추억을 회상하며 고개를 좌우로 세차게 흔들었다.

"어떤 에피소드가 있어요? 몇 가지만 말해주세요."

리원이 웃는 얼굴로 물었다. 민기가 섣불리 말하지 않고 그녀의 눈치를 보자 민희가 얘기해도 좋다는 의미로 고개를 끄덕였다.

"하나만 말하자면 집 근처에 꽃집이 하나 있었는데 애가 꽃향기를 맡는다고 하루 종일 죽치고 앉아서 사장님을 피곤하게 하는 거야. 사장님 눈에는 어린 애가 꽃에 관심이 많으니까 귀엽게 보였겠지. 그러니까 팔기에 애매한 장미를 몇 송이 선물해주셨나봐. 영업 방해하지 말고 집에 가서 맡으라고. 그래서 애가 장미를 가지고 집으로 돌아오더라고."

"그래서요? 그런데 이건 민폐라기보다 아름다운 이야기로 들리는데요."

리원이 흥미로운 표정으로 되물었다.

"고맙게 생각하고 거기서 끝냈으면 참으로 아름다운 이야기였을 거야. 안타깝게도 끝이 아니라 시작이라서 문제였던 거지."

민기가 그때를 떠올리면서 아연실색했다.

"설마, 매일 가셨던 거예요?"

리원이 민희를 바라보며 물었다.

"응, 얘가 장미를 받으려고 틈날 때마다 가게를 찾아간 거야. 어쩔 때는 아는 여동생도 몇몇 데리고 말이야. 사장님은 호의 한 번 잘못 베풀어서 무지막지하게 피해를 보신 거지. 어때, 이 정도면 민폐 중에 왕 민폐 아니야?"

민기가 민희를 향해 두 손을 들면서 말했다.

"사장님도 별문제 없으니까 줬겠지, 그걸 억지로 줬겠어? 언니 안 그래요?

민희가 리원을 바라보면서 되물었다.

"저도 그렇게 생각해요. 줄 만하니까 준 게 아닐까요? 민희 씨처럼 예쁜 소녀가 가게에 매일 찾아온다면 저라도 선물하지 않고는 못 배길 거예요."

리원이 웃으며 대답했다.

"그러니까 그게 민폐인 거야."

민기가 어이없다는 듯이 웃었다.

"민폐라뇨. 아름다운 이야기를 억지로 망치지 말아요."

리원이 강하게 부정했다.

"역시 상황을 제대로 볼 줄 아시네요. 언니, 제가 다음에 향수 하나 선물해드릴게요. 언니한테 너무 잘 어울릴 것 같아요."

민희가 활짝 웃으며 리원의 손을 잡았다.

"정말요? 어떤 향수일지 너무 기대돼요. 저도 뭔가를 준비해야 할 것 같은데 오빠랑 상의 한번 해 볼게요."

리원이 민희의 손을 맞잡으며 너스레를 떨었다. 그때, 종업원이 주문한 음식들을 차례대로 들고 왔다. 고급스러운 접시에 요리들이 정갈하게 담겨 있어서 보는 것만으로도 입안에 군침이 돌았다.

"와! 정말 맛있겠다."

세 사람이 이구동성으로 말했다. 민기가 화이트 와인을 서로의 잔에 따르면서 흐뭇한 미소를 지었다.

"오랜 친구처럼 지내기는 힘들지라도 최대한 자주 만나면서 서로의 안부를 물었으면 좋겠다."

"그럼요. 제가 틈날 때마다 연락할 거예요."

리원이 휴대폰으로 음식들을 찍으면서 말했다.

"저도요. 제가 귀찮게 굴더라도 너무 미워하지 마세요."

민희가 와인 잔을 만지작거리면서 말했다.

"세 사람의 행복을 위해서 건배하자."

민기가 와인 잔을 들면서 말했다. 리원이 사진을 다 찍고 나서 와인 잔을 황급히 들어 올렸다. 민희도 두 사람의 높이에 맞춰서 잔을 들어 올렸다. 세 사람의 사랑과 우정, 행복과 번성을 위해서 건배! 건배!, 세 사람이 와인 잔을 부딪치고 나서 술을 천천히 들이켰다.

그들은 음식과 와인을 마시면서 늦게까지 수다를 떨었다. 취미, 음식, 예술, 정치, 여행에 이르기까지 주제가 매우 다양했다. 세 사람 모두 자신의 기호가 매우 뚜렷했기 때문에 이야기는 끊이질 않고 술술 흘러나왔다. 시간이 가면 갈수록 분위기는 농익었고, 그들은 꽤 취해가고 있었다.

"민희 씨는 신을 믿으시나요? 오빠 말로는 두 분 다 교회에 다니다가 가지 않게 되었다고 하던데요."

리원이 혀가 꼬인 목소리로 물었다.

"지금은 다니지 않고요. 어릴 때 잠시 다녔어요. 음…… 글쎄요, 신의 존재를 부정하는 건 아닌데 믿을 만한 존재인가는 잘 모르겠어요."

민희 또한 혀가 꼬인 목소리로 대답했다.

"저는 어릴 때부터 교회에 다니고 있어요. 신앙심이 매우 깊지는 않지만 없지도 않아요. 그래서 주님을 좋은 분이라고 생각해요. 민희 씨가 왜 그렇게 생각하게 되었는지 물어봐도 괜찮을까요?"

리원이 와인을 들이켜고 나서 되물었다.

"교회에 다닐 때만큼은 얼마간의 신앙심이 있었던 것 같아요. 그런데 여러 가지 일을 겪으면서 점차 안 믿게 됐어요. 그가 세상을 창조한 건 맞지만 창조 이후에는 더 이상 활동하지 않는다는 기분이 들더라고요. 그것을 철학에서는 유명론이라고 하더라고요."

민희가 골똘히 생각한 뒤에 말했다.

"무슨 일이 있었던 거예요?"

리원이 민희의 눈을 물끄러미 바라보면서 되물었다. 민기가 민희에게 더 이상 얘기하지 말라고 눈치를 줬다.

"자질구레한 일들이 꽤 있었어요. 그중에는 목회자와 관련된 일도 있었죠. 물론 소수의 잘못을 보고 절대자와 집단 전체를 매도하는 게 어리석을지도 몰라요. 그런데 말이에요. 절대자가 있음에도 불구하고 안 좋은 일이 연이어 일어나니까 문득 너무 화가 나는 거예요. 도대체 하늘에서 뭐 하고 있기에 이 지경이냐고요."

민희가 민기의 시선을 무시하고 막무가내로 말했다.

"그래서 원망하는 마음으로 신을 안 믿게 된 거예요?"

리원이 그녀의 말을 곰곰이 되새기면서 물었다.

"네, 제 마음속에서 절대자를 지워버렸죠. 그러니까 얼마간은 화가 가라앉더라고요. 이내 다시 터지고 말았지만요."

민희가 배시시 웃으면서 대답했다. 그러고 나서 지나가는 웨이터에게 화이트 와인 한 병을 추가로 주문했다.

"다시 터졌을 때는 화를 어떻게 가라앉히셨어요? 신을 지우는 것보다 더 큰 것은 없을 것 같은데요."

리원이 되물었다. 웨이터가 화이트 와인 한 병을 가져와서 그들의 테이블에 조심스레 내려놓았다.

"신을 지우는 것보다 더 큰 방법은 없죠. 하지만 그것과 상응하는 게 딱 하나 있어요. 히히. 오빠도 아주 좋아하는 건데요."

민희가 화이트 와인을 자신의 잔에 따르며 말했다.

"야! 정민희! 입 안 다물어?"

민기가 그녀를 향해 언성을 높였다. 홀에 있는 웨이터들과 다른 테이블의 손님들이 큰 소리에 놀라서 주위를 두리번거렸다.

"죄송합니다. 죄송합니다."

민기가 주변 사람들에게 미안하다는 제스처를 취했다.

"신을 부정하는 것과 상응하는 게 과연 뭘까요."

리원이 되물었다.

"그것은 말이에요. 토끼를 사냥하는 시간이에요."

민희가 배시시 웃으면서 말했다.

"토끼를 사냥하는 시간이요?"

리원이 영문을 알 수 없다는 표정으로 되물었다.

"한 마리의 토끼가 사람을 구원하는 게 아니라 토끼를 사냥하고 준비하는 시간이 커다란 행복과 만족을 준다, 뭐 그런 거에요."

민희가 와인 잔을 들이켜고 나서 말했다.

"아하, 메시지 자체는 완전히 이해됐어요. 그러면 두 분에게 있어 토끼는 무엇이고 사냥은 무엇인지 말씀해주시겠어요?"

리원이 민희의 빈 잔에 화이트 와인을 곧바로 채워 넣었다.

"토끼는 사람이고요. 사냥은…… 곽곽, 곽곽, 히히, 히히."

민희가 손으로 무엇인가를 박는 시늉을 하면서 큰 소리로 웃었다.

"민희야, 아무리 취했어도 말 좀 가려가면서 하자."

참다못한 민기가 눈을 부라리면서 말했다.

"오빠, 나 하나도 안 취했어. 취했다고 하더라도 공과 사는 엄연히 구분하니까 어린 애 취급하지 마."

민희가 민기를 향해 눈을 부라리며 한 글자, 한 글자 또박또박 말했다. 활화산이 금방이라도 터질 것 같은 분위기가 이어졌다. 그때, 민기의 휴대폰으로 최 사장의 전화가 걸려왔다.

"전화 안 받아도 돼요?"

민기가 최 사장의 이름을 확인하고도 전화를 받지 않자 리원이 걱정하는 표정으로 물었다.

"나중에 해도 돼."

민기가 통화거절 버튼을 누르자마자 곧바로 전화벨이 다시 울렸다.

"뭔 일 있는 것 같으니까 짧게라도 하고 와요. 민희 씨한테 더 이상 곤란한 질문 하지 않을게요."

리원이 걱정하는 표정으로 말했다.

"그러면 짧게 통화하고 올게. 무겁고 진중한 얘기만 하지 말고 가벼운 얘기 좀 하면서 분위기 좀 업 시켜봐."

민기가 못마땅한 표정으로 자리에서 일어났다.

"응, 최 사장한테 안부 좀 전해줘."

민희가 퉁명스럽게 말했다. 민기가 못 미더운 표정으로 건물

밖으로 빠르게 걸어 나갔다. 테이블에 남겨진 두 사람은 팽팽한 긴장감 속에서 외줄 타기와 같은 대화를 이어나갔다.

"민희 씨 한 귀로 듣고 한 귀로 흘릴 테니까 속 시원하게 말해 봐요. 두 사람에게 있어 토끼는 사람이고 사냥은 도대체 뭐예요?"

그녀가 먼저 외줄을 강하게 흔들었다.

"언니가 알아서 좋을 게 하나도 없어요. 그냥 못 들은 셈 치세요."

민희가 중심을 잡고 흔들리지 않았다. 그녀의 표정과 말투가 몇 분 전과는 완전히 달랐기 때문에 리원은 적지 않게 당황했다.

"왜요? 제가 알면 왜 안 되는 거예요?"

"알고 나면 모든 게 이전 같지 않을 테니까요. 언니는 오빠의 일탈을 어디까지 이해하고 용서할 수 있어요?"

민희가 서늘한 눈빛으로 리원에게 물었다.

"글쎄요. 사랑하기 때문에 뭐가 됐든 크게 상관하지 않을 것 같은데요. 누구나 실수는 하기 마련이잖아요."

리원이 그녀의 눈빛에 주눅 들어서 몸을 조금씩 들썩거렸다.

"정말 그랬으면 좋겠네요. 제가 만났던 대부분의 사람들은 진실을 알자마자 무너져 내렸거든요. 일탈의 행위 때문이 아니라 사랑하는 감정 때문에요. 그럼에도 사랑하고, 그럼에도 기다리는 어리석음 때문에요."

민희가 리원의 눈을 물끄러미 들여다봤다. 그녀의 감정이 알 수 없는 두려움과 공포로 요동치는 것이 느껴졌다.

"그래서 도대체 사냥이 뭔데요. 일탈이니 용서니 돌려서 말하지 말고 확실히 말해 봐요. 뭐 사람이라도 죽인 거예요?"

"네, 한 귀로 듣고 한 귀로 흘리겠다고 해서 말해주는 거예요."

민희가 장난기 가득한 얼굴로 배시시 웃었다.

"뭐라고요?"

리원의 낯빛이 급속도로 어두워졌다. 그때 웨이터가 다가와서 두 사람에게 공손하게 말했다.

"말씀 중에 끼어들어서 죄송합니다. 가게 마감 시간이 얼마 남지 않아서요. 그 대신에 사장님께서 방금 주문하신 화이트 와인은 할인 해드리겠다고 합니다."

"아, 네. 짐 챙겨서 곧 나갈게요. 오래 걸리지 않을 거예요."

민희가 웨이터에게 미소 지으면서 말했다.

"양해해주셔서 고맙습니다."

웨이터가 고개 숙여 인사하고 나서 다른 테이블로 이동했다. 민희의 시야에 홀에 있던 많은 사람들이 짐을 챙겨서 하나둘 떠나가는 것이 보였다.

"저 먼저 나가 있을게요. 오빠 짐은 언니가 좀 챙겨주세요."

민희가 자리에서 일어나서 카운터로 뚜벅뚜벅 걸어갔다. 리원은 그때까지도 그녀의 대답이 진담인지 농담인지 알 수 없어서 어안이 벙벙했다. 진담이라기엔 너무 터무니없었고, 농담이라기엔 민희의 눈빛에 흔들림이 없었다. 리원은 남아 있는 와인을 단숨에 들이켜고 나서 자리에서 일어났다. 살인은 과장해서 말한 것이라고 치더라도 남매가 무엇인가를 숨기고 있는 건 확실해보였다. 리원의 내면에서 불편한 감정과 알고자 하는 욕구가 이리저리 뒤섞여서 서서히 불타올랐다.

04

2015년 05월 10일 토요일 13:00

도환은 성수 팀장과 언론에 내보낼 자료를 취합하고 나서 미제 사건 팀으로부터 건네받은 정보들을 다시 한번 검토하고 있었다. 오래전 수사내용을 토대로 용의자의 범죄패턴을 분석하고, 기호를 시대에 맞춰 조금 더 세분화시켰다. 용의자는 과감하고 영리했으며 사람들의 시선과 관심을 컨트롤할 수 있는 인물처럼 보였다. 도주의 순간에도 맞지 않는 옷을 착용하기보다 기장과 양식을 신경 썼으며 택시로 섣불리 이동하기보다는 대중교통을 이용하거나 도보를 선택했다. 모르면 몰라도 화려한 삶을 살면서 많은 이들을 거느리고 있을 확률이 높았다. 도환은 백지에 범인의 조각들을 하나하나 쌓고 맞추어나갔다.

"도환아, 얘네 무슨 일하고 있을 것 같니?"

해철이 자신의 자리에서 취합된 파일들을 훑어보면서 말했다.

"글쎄요, 평범하게 살고 있지는 않을 것 같은데요. 도주하는 와중에도 의상에 신경 쓴 애들인데 평소에는 오죽하겠어요?"

도환이 무덤덤하게 대답했다.

"그렇지, 일반적인 애들이면 아무거나 걸쳐 입고 도망치기 바쁘지. 맞는 옷을 일일이 코디하고 있지는 않지."

해철이 골똘히 생각하고 나서 말했다.

"범죄패턴만 보더라도 과감하고 겁이 없어요. 사건 당시에는 매우 뜨거웠겠지만 범죄를 준비하는 과정은 매우 차가웠을 거예요."

도환이 해철에게 파일 하나를 건넸다. 거기에는 사건사고가 진행되면 진행될수록 완숙해져가는 과정이 표시되어 있었다.

"어떤 일을 하면서 살아가고 있는지는 모르겠지만 확실한 건, 범죄 안 저지르고 조용히 살 것 같지는 않네."

그가 도환에게 건네받은 서류파일을 훑고 나서 되돌려줬다.

"네, 그건 그렇고 동식 선배랑은 얘기 잘 하셨어요?"

도환이 동식의 모습을 문득 떠올리고 나서 물었다.

"아니, 위로한답시고 하긴 했는데 간에 차지도 않았을 거야."

해철이 한숨을 푹푹 쉬면서 아침에 나눴던 대화들을 떠올렸다.

"아무래도 그렇겠죠. 다른 팀 지원하신대요?"

도환이 동식의 자리를 슬쩍 보고 나서 물었다.

"아직 잘 모르겠다고 하더라. 나는 사무실에서 다른 사건 맡는 것보다 집에서 쉬는 게 곱절은 나은 것 같은데."

해철이 사무실을 휘둘러보면서 말했다.

"동식 선배라면 집에서 쉬어도 마냥 편치는 않을 것 같은데요. 집중할 수 있는 것을 찾는 게 사건을 잊는 데 오히려 도움이 될 것 같아요."

도환이 동식의 성향을 떠올리고 나서 말했다.

"그렇긴 해도 몸은 좀 편하지 않겠냐. 아니다. 네 말마따나 동식이 스타일상 일을 너무 쉬어도 몸과 마음이 병들 수 있겠다."

해철이 후배의 말을 듣고 곰곰이 생각한 뒤에 말했다.

"동식 선배가 자체적으로 조사하지는 않겠죠?"

도환이 뜸을 들인 뒤에 물었다.

"단독으로 할 수도 있겠지. 남들이 하지 말란다고 쉽게 단념이 되겠냐. 나라도 이것저것 알아보겠다."

해철이 코를 만지작거리면서 말했다. 그때, 성수 팀장이 자신의 사무실에서 나오면서 두 사람에게 말을 걸었다.

"배 안 고프냐? 밥 먹고 하자. 내가 점심 사마."

"너무 고픕니다."

도환이 자리에서 일어났다.

"둘이서 맛있게 드십쇼. 저는 나중에 먹겠습니다."

해철이 심술궂은 표정으로 말하고 나서 모니터 화면을 뚫어져라 바라봤다. 도환이 두 사람 사이에서 어쩔 줄 모르는 표정을 지었다.

"해철아, 나중에 일 마무리되면 동식이한테 진심으로 사과할테니까 너무 섭섭해하지 마라. 남아 있는 팀원들끼리 의기투합해야 빨리 잡을 수 있지 않겠냐."

성수 팀장이 진중한 목소리로 말했다.

"정말 사과하실 겁니까?"

해철이 반신반의한 표정으로 물었다.

"그래."

성수 팀장이 고개를 끄덕이면서 말했다.

"점심은 뭐 사주실 건데요?"

해철의 표정이 한결 밝아졌다.

"네가 좋아하는 거 사줄 테니까 어서 일어나. 시간 그리 넉넉지 않다."

성수 팀장이 말하고 나서 사무실을 천천히 나섰다. 해철이 별수 없다는 표정으로 일어나서 기지개를 켰다.

"도환아, 가자. 범인 잡으려면 속이 든든해야지."

"그럼요."

두 사람이 성수 팀장의 뒤를 서둘러 따라갔다.

동식은 집으로 돌아가지 않고 사무실 근처에 있는 오피스텔을 렌트하기 위해서 이리저리 바쁘게 움직였다. 집에서도 수사를 충분히 할 수 있었지만 사안이 사안이니만큼 정화를 위해서라도 독립적인 공간이 필요했다. 알맞은 조건과 즉시 입주가 가능한 집이 생각보다 많지 않아서 애를 조금 먹었지만 동식에게는 불평불만을 할 여유가 없었다.

그는 오피스텔 계약을 끝내고 나서 곧바로 개인 수사를 시작했다. 벽면에 수사에 관련된 사진을 붙이고 언론에 공개된 오래된 자료와 수사파일을 취합해나갔다.

범인은 서울 방방곡곡을 돌아다니면서 노부부들을 살해했다. 경찰은 세 번째 피해자가 나올 때까지도 동일범의 소행이라고 미처 생각하지 못했다. 당시만 하더라도 시시티브이의 보급률이 그다지 높지 않았을뿐더러 관할 지역이 다른 경우에는 대부분 정보가 단절되어 있었기 때문이다. 국민정서를 생각해서 연쇄살인이라는 단어조차 극도로 꺼리던 시절이었다. 이후에 사태의 심각성을 깨닫고 나서 관할 지역의 에이스들로 이루어진 전담팀이 급조되었다. 그중에 동인과 그의 파트너인 진호가 포함되어 있었다. 하나, 밥그릇 싸움 때문인지 팀으로서의 기능은 제대로 발휘되지 못한 것처럼 느껴졌다.

동식은 동인의 시선으로 사건을 바라보려고 노력했다. 아버지이기 전에 수사관이면서 유일하게 범인을 직접 목격한 피해자였기 때문이다.

"면식범?"

동식이 피해자들의 얼굴과 사건장소를 바라보면서 혼잣말을 했다. 다른 수사관의 기록에는 담을 넘거나 출입문과 창문을 훼손한 흔적은 없었다고 적혀 있었다. 노부부들끼리 서로 아는 사이도 아닌 것으로 밝혀졌다. 딱 들어맞는 우연이었던 것일까, 우연처럼 보이는 퍼즐이었던 것일까. 동식은 범인과 피해자들의 보이지 않는 실을 찾으려고 두 눈을 감고 생각했다.

"면식범이겠죠? 그렇지 않고서는 설명할 수 없는 것들이 너무 많아요."

도환이 성수 팀장과 해철에게 수저를 건네주었다.

"그렇다고 보는 게 정론이지. 무단으로 침입한 흔적이 없다고 하잖아. 범인이 초인종을 누르고 나서 피해자가 신분을 확인하고 문을 열어준 거지. 거슬리는 건 세 번 다 그랬다는 거야."

성수 팀장이 물티슈로 손을 닦으면서 말했다.

"미제사건 팀에선 뭐래요?"

해철이 물을 한 모금 마시고 나서 되물었다.

"미제사건 팀에서 당시 수사관들한테 물어봤는데 노부부들끼리의 연결고리는 없었다고 하더라. 가족들도 서로에 대해서 들어본 적이 없다고 증언했고. 공식적으로는 모르는 사이인 거지."

성수 팀장도 물을 한 모금 마셨다.

"그러면 비공식적으로는 알 수도 있겠네요."

해철이 곰곰이 생각한 뒤에 말했다.

"그럴 수도 있겠지. 그런데 그때는 계좌를 조회해서 찾는 것도 쉽지 않았던 시절이었으니까. 유가족들도 혹시 모르는 불명예를 생각해서 적극적이지 않았고."

성수 팀장이 차분하게 말했다. 그때 가게 종업원이 특 순댓국 3그릇을 들고 와서 세 사람에게 나누어 주었다.

"미제사건으로 남는 건 다 이유가 있네요. 영리하고 과감한 범인, 유가족의 적극적이지 않은 태도, 급조돼서 자신들의 밥그릇만 챙기기 바쁜 팀원들, 시민들의 미온적 태도."

해철이 특 순댓국을 받아들고 나서 새우젓을 넣고 이리저리 저었다.

"그 시대에는 그 시대 나름대로 최선을 다한 거지. 훗날에는 지금을 돌이켜보면서 바보 멍청이 같은 수사라고 할 수도 있겠지."

성수 팀장이 순댓국에 있는 양념장을 조금 덜어 냈다.

"유가족들한테도 연락 한번 해 봐야겠네요. 심경의 변화가 있을 수도 있으니까요."

도환이 국의 간을 맞추고 나서 말했다.

"그래, 우선 먹고 나서 얘기하자. 지원이랑 준우한테도 주변 시시티브이 다 땄으면 밥 먹으라고 전해."

성수 팀장이 말을 끝내고 식사를 시작했다. 해철과 도환도 팀원에게 메시지를 보내고 나서 숟가락을 바쁘게 움직였다.

동식은 배달음식을 먹으면서 머리를 식히고 있었다. 배가 그다지 고프지 않았지만 생체 리듬을 지키지 않으면 수사에 방해가 될 수도 있었기 때문에 먹을 것을 억지로 채워서 넣었다. 맛이 그다지 느껴지지 않았을뿐더러 외롭고 쓸쓸했다. 그는 적적함을 달래기 위해서 뉴스를 틀어놓고 나서 휴대폰으로 관련 뉴스를 검색해보았다. 아직까지는 특별한 게 업데이트 되어 있지 않았다. 동식은 검색엔진을 끄고 도환에게 메시지를 보내기 위해서 문자 애플리케이션을 열었다.

"도환아, 점심 뭐 먹었냐?"

"특 순댓국이요. 선배는요?"

도환으로부터 답장이 왔다.

"나는 중국집 볶음밥. 너무 맛없다."

동식이 빠른 속도로 답장을 적었다.

"그래도 다 드세요. 아깝잖아요."

도환으로부터 곧바로 답장이 왔다.

"그래, 수사는 잘 진행되고 있냐?"

동식이 음식을 꼭꼭 씹으면서 문자 메시지를 보냈다.

"네, 밥 먹고 나서 자료 한 번 더 검토 중이에요. 늦어도 두 시간 안에 언론사에 보낼 것 같아요. 19시 뉴스부터 보도될 것 같으니까 보시고 이상한 거 있으면 말씀해주세요."

동식이 문자 메시지 내용을 메모하고 나서 답장을 보냈다.

"나한테 피드백 들었다고 하면 너 팀장한테 죽는다."

"피드백은 괜찮을 거예요. 성수 팀장님 그 정도로 꽉 막히신 분은 아니에요."

동식이 도환의 메시지를 확인하고 나서 피식 웃었다.

"그래, 그 정도는 어쩌면 괜찮을지도. 또 연락할게. 수고해라."

"네, 선배도요."

그가 도환의 메시지를 읽고 나서 시간을 확인했다. 19시가 되려면 여유가 좀 있었다. 동식은 19시가 될 때까지 개인 사무실에 구비할 것들을 체크하기 시작했다. 미니 복합기, 화이트보드, 커피포트, 사무용품 등등. 최대한 간추리고 간추려도 그 수가 적지 않았다. 동식은 모바일로 주문할 수 있는 것들은 모바일로 주문하고 나서 즉시 필요한 것들을 사기 위해서 개인 사무실을 황급히 나섰다.

강력 3팀 사무실 회의실에 모든 팀원들이 하나둘 모여들었다. 성수 팀장이 화장실에 다녀와서 팀원 준우와 지원에게 수사 내용을 물었다.

"그래, 어떻게 됐어? 준우가 말해봐."

"얘네 보통내기가 아닙니다. 우체국 시시티브이를 확인했더니 마스크, 장갑, 모자를 착용하고 나서 환자복에 휠체어를 타고 왔더라고요. 목이 아프다는 시늉을 하면서 현금으로 대금을 결제했는데 연기가 너무 자연스러워서 집배원이 의심조차 하지 않았더군요."

준우가 차분하게 말하고 나서 혀를 내둘렀다.

"그럼 우체국을 나서고 나서는?"

성수 팀장이 어이가 없다는 표정으로 되물었다.

"휠체어를 타고 계속 이동하더라고요. 그래서 얼마간은 정말 몸이 불편한 녀석인 줄 알았습니다. 5백 미터가량을 움직였으니까요. 그런데 어느 순간 시시티브이가 없는 사각지대 쪽으로 사라지더라고요. 그러고 나서 끝입니다. 근처 시시티브이를 샅샅이 뒤져봤는데 거리가 멀어서 남자가 운전하는 차인지조차도 구분하기 쉽지 않습니다."

준우가 열변을 토하고 나서 성수 팀장의 말을 기다렸다.

"휠체어의 남자가 운전했다는 보장도 없으니까⋯⋯. 분담해서 근처에 있던 차들을 모조리 조회해봐. 그러고 나서 폐차장이나 중고 장터에 팔린 차들이 있는지 대조해보고. 분명히 갖고 있지 않고 급하게 처리했을 거야."

성수 팀장이 곰곰이 생각한 뒤에 말했다.

"네, 알겠습니다."

팀원들이 일제히 대답했다.

"도환은 언론에 내보낼 자료에 우체국 장면을 추가시켜. 장애인이든 아니든 최측근이라면 휠체어를 탄 모습도 구분할 수 있을 거야. 프로필과 몽타주는 취합한 그대로 가자."

성수 팀장의 눈이 이글거렸다.

"네, 알겠습니다."

팀원들이 업무를 메모하면서 대답했다.

"그래, 집중하되 쉴 수 있을 땐 쉬면서 해라. 열만 낸다고 잡을 수 있는 놈들이 아닌 것 같다."

"네, 그렇게 하겠습니다."

성수 팀장이 말을 끝내고 의자에서 일어났다. 팀원들이 회의실에서 업무를 분담한 뒤에 각자의 자리로 이동했다.

몇 시간 뒤, 동식은 오피스텔 주변에 있는 대형마트에서 필요한 것들을 구매하고 개인 사무실로 되돌아왔다. 책상에 미니 복합기를 설치하고 사무용품을 용도에 맞게 정리했다. 화이트보드를 창문에 두고 나서 커피포트와 생수, 각 휴지를 부엌 탁자 위에 올려두었다. 화장실 앞에 롤 휴지와 타월을 두고 나서 시간을 확인하니 시곗바늘은 어느새 18시 50분을 가리키고 있었다.

그는 노트북을 신속하게 켜고 티브이 화면은 뉴스 화면에 맞춰두었다. 아무것도 나오지 않았음에도 불구하고 동식의 심장이 세차게 요동쳤다.

잠시 뒤, 시골 밥상을 소개하는 프로그램이 끝나고 나서 19시 생방송 뉴스가 시작되었다. 헤드라인에는 '노부부연쇄살인사건의 용의자가 경찰청에 메시지를 보내오다'가 적혀 있었다.

"속보입니다. 20년 전, 두 명의 수사관과 여섯 명의 노인을 살해했던 노부부연쇄살인사건의 용의자가 서울경찰청 수사부 형사과에 소포를 보내왔습니다. 소포를 받았던 강력범죄수사과 3팀 김도환 경위는 소포를 확인하고 상부에 보고하였고 내·외부의 조사결과 해당 용의자가 보낸 것이 맞다는 결론을 내렸습니다. 소포에는 범행에 관련된 폴라로이드 사진 여러 장과 수기가 적힌 노트가 있었다고 합니다."

여성 아나운서가 차분한 목소리로 말했다. 그때 성수 팀장이 기자회견장에 나타나자 화면이 빠르게 전환되었다. 성수 팀장은 검정색 정장을 입고 다부진 표정으로 꼿꼿하게 서 있었다.

"서울경찰청 수사부 형사과 강력범죄수사과 3팀에서는 5월 9일 20:00시에 20년 전 노부부연쇄살인사건의 용의자로부터 소포를 받았습니다. 소포를 받았던 사건 담당자는 내용물을 확인하고 상부에 보고하였고 내·외부의 조사결과 해당 용의자가 보낸 것이 맞는다는 결론을 내렸습니다. 5월 10일 수사부 수사차장 지시에 따라 형사과 과학수사과 합동으로 수사팀을 편성하였습니다. 5월 10일 00:00시부터 17:00시까지 조사결과 5월 6일 17:00시 마포구 우체국에 신원미상의 남자가 휠체어를 타고 와서 소포를 부친 다음 500미터가량을 이동한 뒤에 시시티브이가 없는 사각지대에서 사라졌습니다. 본 수사팀은 휠체어를 탄 남자를 20년 전 노부부 연쇄살인사건의 용의자로 판단하여 추적 중에 있습니다. 소포는 6인치의 사진앨범과 캠퍼스 노트 1권이었으며 폴라로이드 사진 28장으로 구성되어 있었습니다. 노트에는 사건에 관련된 수기가 기록되어 있었습니다."

성수 팀장이 또박또박 말했다. 기자회견장의 소리가 조금씩 줄어들면서 다시금 여자 아나운서 화면으로 전환됐다.

"수사팀이 언론에 공개한 정보에는 피해자의 신상정보와 당시의 사용했던 흉기 사진을 제외한 배경 사진, 전시회 등등이 있습니다."

여성 아나운서의 내레이션이 깔리고 폴라로이드 사진이 차례대로 나오기 시작했다. 동식은 사진들을 유심히 살폈다.

"사진에 관련된 장소를 찾는 데 총력을 기울이고 있으며 해당 장소를 아는 이들의 제보를 기다리고 있습니다. 캠퍼스 노트에 적힌 수기에는 7개의 문장이 적혀져 있었으며 문장은 사건 날짜와 아포리즘으로 구성되어 있었습니다. '1994/11/20 꽃은 식물에 속한다. 하나 식물에 속하지 않는 꽃도 있기 마련이다. 1994/12/23 우리들은 인간으로 태어났지만 단 한 번도 사회에서 제대로 된 대접을 받지 못하고 자랐다. 우리들은 거짓된 위선에 좌절했고 분노했다. 1995/01/19 우리들의 삶이 신의 장난감에 불과한 것처럼 그들의 삶 또한 우리들의 장난감에 불과하다. 1995/03/28 장난감이 삶을 완성시키지는 않지만 지루한 시간을 보내는 데에는 매우 탁월하다. 1995/04/23 장난감을 고르고, 포장을 뜯고, 맛볼 수 있었기 때문에 우리는 버틸 수 있었다. 1995/05/08 계획되어 있지 않던 사냥에 성공하다. 그들의 모습은 전율을 일으켰다.

1996/02/08 인간의 삶이 계속되는 한 우리들의 사냥은 영원히 끝나지 않을 것이다.' 수사국은 잠언과 신조, 해당 날짜의 의미를 파악 중에 있습니다."

아나운서의 내레이션이 끝나고 화면은 다시금 기자회견장으로 전환되었다. 성수 팀장은 용의자의 몽타주와 프로필을 설명했다.

"용의자의 당시 나이를 16세에서 18세로 보고 현재 나이를 37세에서 39세 정도로 추정하고 있습니다. 남성 용의자의 키는 182센티에서 184센티 사이, 여성 용의자의 키는 165센티에서 167센티로 추정하고 있습니다. 호남형 얼굴이며 남매로 판단됩니다. 화려한 옷차림과 장미향을 선호하는 것으로 알려져 있습니다. 본 수사팀은 시민 여러분의 적극적인 활동과 제보를 기다리고 있습니다. 많은 연락 부탁드립니다."

성수 팀장이 말을 끝내고 카메라를 향해 묵례를 했다. 팀장 주위로 기자들의 타이핑하는 모습이 와이드하게 비춰졌다. 동식은 뉴스 화면을 물끄러미 바라보면서 인터넷 기사가 업데이트되기를 느긋하게 기다렸다.

2015년 05월 10일 토요일 23:00

민기가 레스토랑 바깥으로 나와서 최 사장의 전화를 받았다.

그는 민희와 리원의 대화가 무척 신경 쓰였기 때문에 통화를 오래할 생각이 없었다.

"네, 최 사장님."

"정 대표님, 통화하기가 왜 이렇게 힘이 듭니까."

최 사장이 이기죽거렸다.

"힘들긴요. 무슨 일로 전화하셨어요? 제가 급한 용무를 보고 있어서요."

민기가 귀찮은 투로 물었다.

"약속하신 물품이 아직도 도착하지 않아서 연락 드렸습니다. 김 실장한테 전화를 걸어도 도통 받지를 않아서요."

최 사장이 말했다.

"하, 최 사장님. 고작 그거 때문에 전화를 그렇게 하신 겁니까. 거래처에 순차적으로 보내고 나서 보낸다고 말씀드렸는데요."

민기가 한숨을 쉬면서 말했다.

"고작이라뇨. 그렇게 말씀하시니까 참으로 섭섭합니다. 그리고 순차적으로 보낸다는 말씀을 단 한 차례도 하신 적 없고요."

최 사장이 단호하게 말했다.

"안 했다면 죄송합니다. 요 며칠 너무 바빠서요. 김 실장도 그럴 겁니다. 최 사장님이랑 일정 맞춰보라고 전달할게요."

민기가 귀찮은 말투로 대답했다.

"정 대표님 김 실장한테 지금 당장 전달 좀 해주시겠습니까. 늦어도 내일 정오까지는 받았으면 해서요."

최 사장이 당당한 말투로 제안했다.

"하, 최 사장님. 아마추어처럼 왜 그러십니까. 듣자 듣자 하니까 요구가 좀 지나치십니다. 이렇게 하면 거래 못 합니다."

민기가 언성을 높이면서 말했다. 그때 최 사장으로부터 동영상이 링크된 문자 메시지가 도착했다.

"정 대표님, 지금 문자 메시지 하나 도착했죠? 열어보시면 링크가 하나 있을 겁니다. 열어서 한번 시청해보십쇼."

최 사장이 익죽거리면서 말했다. 민기가 홈 버튼을 누르고 나서 최 사장이 보낸 메시지를 확인했다. 링크에 첨부된 5분가량의 동영상에는 남매의 사건을 다룬 경찰의 기자회견과 언론사의 뉴스특보가 담겨 있었다.

"저는 오랫동안 너무 궁금했었습니다. 회장님을 도왔던 직원들이 정체를 모르는 이들에게 살해를 당했는데 왜 찾다가 마신 걸까. 그것도 모자라서 어느 날 문득 출신을 알 수 없는 십 대의 남매를 조직의 양자로 택하시고 왜 극진히 보살피신 걸까. 오랫동안 아무리 생각해도 그 이유를 모르겠더라고요."

최 사장이 말했다. 민기는 최 사장의 말에 아무런 대꾸를 하지 않고 그저 듣기만 했다.

"그런데 오늘 뉴스를 보고 나서 얼마간의 궁금증을 해소하게 되었습니다. 회장님은 그들을 찾다가 마신 게 아니라 이미 찾았던 거지요. 안 그렇습니까? 회장님과 그들 사이에 어떠한 거래가 있었는지는 모르겠지만 거두어주시고 양자로 택하신 거죠."

최 사장이 남매를 처음 봤던 날을 떠올리면서 말했다.

"최 사장님 상상력이 매우 풍부하시네요. 시나리오 작가 하셔도 되겠습니다."

민기가 화를 억누르면서 말했다.

"과찬이십니다. 김 실장도 휠체어 타고 이동하느라 많이 힘들었겠습니다. 제가 다음에 칼슘이랑 마그네슘이라도 챙겨드려야겠네요."

최 사장이 이죽거리며 김 실장을 걱정했다.

"그러시든가요. 말씀 다 끝나셨으면 전화 이만 끊겠습니다. 김 실장한테 연락드리라고 말해놓겠습니다."

민기가 거친 숨을 몰아쉬고 나서 말했다. 민희와 리원이 계산을 하고 출입문으로 나오는 것이 보였다.

"늦어도 내일 정오까지입니다. 정 대표님 자알 생각해보십쇼. 자존심 때문에 일을 그르치는 거 보기에 영 좋지 않습니다. 그거야말로 아마추어 같은 일 아니겠습니까?"

최 사장이 흐흐거리고 나서 전화를 끊었다. 민기는 최 사장의 전화가 끊어진 것을 확인하고 나서 몹시 화가 났다.

"일이 잘 안 풀렸나 봐요?"

리원이 걱정스러운 눈빛으로 물었다.

"응, 거래처 사장이 말을 상당히 기분 나쁘게 하네. 거슬러서 미쳐버리기 일보 직전이야."

민기가 쓴웃음을 지으면서 말했다.

"최 사장 말투는 원래 그렇잖아. 하루 이틀도 아닌데 뭐. 매맛을 조금 봐야 정신을 차린다니까."

민희가 담배에 불을 붙이면서 말했다.

"평소보다 훨씬 건방지고 재수 없어. 휴, 주기적으로 참교육을 시켰어야 했는데 내가 어리석었어."

민기가 분을 이기지 못하고 이를 갈았다. 리원은 남매의 대화를 들으면서 두 사람의 대화가 전혀 일반적이지 않다는 느낌을 받았다. 거래처와의 통화가 밤늦게 이루어지는 것은 차치하더라도 매맛이라든지 건방지다든지 참교육과 같은 단어가 나오는 게 좀처럼 이해되지 않았다.

"김 실장한테 내가 말해둘까?"

민희가 담배를 뻐끔뻐끔 태웠다.

"아니야, 김 실장한테 내가 얘기할게. 그건 그렇고 근처 호텔 바에 가서 한 잔 더 할까? 아니면 오늘은 이쯤에서 헤어질래?"

민기가 심호흡을 하고 나서 두 사람에게 물었다. 리원은 남매의 눈치를 보면서 어느 쪽도 괜찮다고 대답했다.

"오늘은 이쯤에서 끝내자. 앞으로 자주 볼 사인데 너무 내달리기만 해도 안 좋잖아."

민희가 담배꽁초를 재떨이에 버리면서 말했다.

"그럴까? 리원아, 괜찮지?"

민기가 리원에게 물었다. 그녀가 괜찮다는 듯이 고개를 주억거렸다.

"두 사람은 언니네 집으로 가는 거야? 아니면 호텔?"

민희가 하품을 하고 나서 두 사람에게 물었다. 민기가 광화문역에 있는 호텔 이름을 말하면서 그리로 갈 거라고 대답했다.

"그래? 더 좋은 데로 가지. 나는 별 다섯 개 호텔이면서 그렇게 냄새가 구린 데는 처음 봤다니까. 방향제를 도매로 구매한 것 같아."

민희가 호텔의 향기를 떠올리고 나서 표정을 찡그렸다.

"그래요? 민기 씨랑 얼마 전에도 갔는데 이상한 냄새를 전혀 못 느꼈거든요. 제가 많이 둔감한가 봐요."

리원이 똑같은 향기를 떠올리고 나서 의아한 표정을 지었다.

"개코라서 그래. 별 6~7개 호텔 가더라도 똑같은 소리 하니까 신경 쓰지 마. 야, 정민희! 우리는 여기서 택시 탈 건데 너는 어떻게 할래? 가는 길에 내려줄까?"

민기가 리원에게 대답하고 나서 민희에게 물었다.

"괜찮아, 오랜만에 사람 구경하면서 좀 걷고 싶어. 호텔 주차장까지 그리 멀지도 않고."

민희가 앞 머리카락을 뒤로 쓸어서 넘겼다.

"그래, 네 마음대로 해라."

민기가 대수롭지 않은 표정으로 대답했다.

"리원 언니 오늘 만나서 너무 반가웠어요. 다음에 집에 한번 들르세요. 좋은 거 많이 대접해드릴게요."

민희가 의미심장한 미소를 지으면서 리원에게 악수를 청했다.

"저도 민희 씨 만나서 너무 좋았어요. 시간 내서 들르도록 할게요."

리원이 억지로 웃으면서 민희의 손을 강하게 잡았다. 두 사람에게서 묘한 기류가 맴돌았다. 민기는 두 사람 사이의 기류를 전혀 눈치채지 못하고, 택시를 잡으려고 도로변을 좌우로 두리번거렸다.

"택시 오네. 민희야, 나중에 보자."

그들 앞에 개인택시가 멈추어 서자 민기가 리원을 잡아끌었다.

"그래, 나중에 보자. 언니랑 좋은 시간 보내."

민희가 민기에게 유쾌하게 말했다. 민기가 택시 좌측 가장자리에 들어가서 택시 기사에게 행선지를 말하고 있을 때, 리원은 차 문을 닫고 나서 민희를 물끄러미 바라봤다. 민희가 서늘한 눈빛으로 그녀를 내려다봤다. 그리고 "토끼를 사냥하는 시간"이라고 입술을 크게 움직여서 말했다.

민기와 리원은 호텔 스위트룸에 도착하자마자 격렬하게 사랑을 나누기 시작했다. 두 사람은 서로의 몸을 맹렬히 애무하고 탐하면서도 서로 다른 생각으로 머리가 매우 복잡했다. 민기는 최사장을 어떻게 처리하면 좋을지 고민했고, 리원은 민희의 눈빛과 말을 곰곰이 되새겼다. 머리는 한없이 복잡하고 어지러웠지만 아랫도리는 윗도리와는 다르게 쾌락으로 천천히 젖어갔다. 두 사람은 고민과 쾌락 사이를 오가면서 외줄타기를 하다가 서서히 절정을 맞이했다.

"한숨 자고 나서 씻을 거예요?"

리원이 민기의 품에 안겨서 물었다.

"음, 생각보다 졸리지 않네. 조금 쉬다가 샤워를 하든지 반신욕을 하든지 해야겠어. 리원이는?"

민기가 천장을 바라보면서 말했다.

"저도요. 로비에 도착했을 때는 엄청 졸렸는데 지금은 생각보다 괜찮아요. 민기 씨 나올 때까지 고민하다가 씻든지 말든지 해야겠어요."

리원이 웃으면서 말했다.

"마음 가는 대로 해."

민기가 리원에게 입을 맞추고 나서 침대에서 일어났다.

"화장실 가요?"

리원이 침대 옆에 있는 탁자에서 텔레비전 리모컨을 집으면서 물었다.

"물 좀 마시고 오려고. 아니야, 이왕 일어난 김에 씻고 올게."

"그래요."

민기가 리원에게 한 번 더 입을 맞추고 스위트룸 거실로 터벅터벅 걸어갔다. 리원은 리모컨으로 채널을 이리저리 바꿔가면서 재밌는 것이 없는지 바지런하게 살폈다. 케이블 방송에서 그녀가 좋아하는 예능프로그램이 재방송 중이었다. 그녀가 채널 고정을 하고 볼륨을 더욱이 높였다.

"리원아, 씻고 올게."

민기가 욕실에 들어가면서 큰 소리로 외쳤다.

"네."

리원이 리모컨 음 소거 버튼을 누르고 대답했다. 잠시 뒤, 욕실 문이 닫히는 소리가 들리고 샤워기 소리와 욕조 물 받는 소리가 연이어 들렸다. 리원은 음 소거 버튼을 다시 한번 누르고 나서 예능프로그램을 시청했다.

민기는 욕실에서 틀 수 있는 물을 모두 틀고 나서 김 실장에게 전화를 걸었다. 수화음이 몇 초 흐르고 김 실장이 전화를 받았다.

"네, 대표님."

"김 실장님, 부탁할 것이 하나 있는데요."

민기가 욕실 바깥으로 들리지 않게 말했다.

"네, 말씀하십쇼."

김 실장이 로봇처럼 말했다.

"직원들 데리고 최 사장 가게에 가서 물건 좀 건네주고 나서 죽지 않을 만큼만 손봐주고 와주세요."

민기가 세면대 거울에 자신의 얼굴을 비추면서 말했다.

"알겠습니다. 더 시키실 건 없으시고요?"

김 실장이 무덤덤하게 되물었다.

"음, 손보고 나서 '정 대표님과 정 마담에게 다시는 까불지 않겠습니다. 신경을 거슬리게 해서 정말 죄송합니다.'라고 말하는 것을 동영상으로 찍어주세요."

민기가 물을 묻혀서 자신의 앞 머리카락을 뒤로 넘겼다.

"네, 끝나는 대로 연락드리겠습니다."

김 실장이 대답하고 나서 직원들을 부르는 소리가 들렸다.

"네, 고맙습니다."

민기가 전화를 끊고 선반 위에 휴대폰을 놔뒀다. 그리고 욕조에 물이 얼마나 차 있는지 두리번거렸다. 물이 차려면 시간이 조금 더 필요했다.

'소파에서 쉬고 있을까. 아니야, 뉴스 기사나 다시 봐야지.'

민기가 휴대폰을 다시 집어 들어서 최 사장이 보낸 링크를 재열람하기 시작했다. 시시티브이 속에 김 실장과 부하 직원이 일을 완벽하게 처리하는 것이 보였다. 우체국에서도, 바깥에서도 서두르는 모습이 전혀 느껴지지 않았다.

'김 실장은 모자람 없이 완벽하게 해냈어. 그렇다면……'

최 사장이 알아낼 수 있었던 건 김 실장의 실수에서 비롯됐다기보다는 배경 지식과 눈썰미 때문이었을 것이다. 최 사장의 입만 제대로 단속한다면 문제 될 것이 없었다. 차도 휠체어도 폐차한 지 오래였다. 경찰과 언론사는 갈피를 전혀 잡지 못하고 시민들의 제보만을 기다리고 있었다. 남매가 계획했던 대로였다. 민기는 레스토랑 앞에서 뉴스를 봤던 것과는 다르게 기분이 매우 좋고 흡족했다. 네티즌들의 댓글을 읽어봐도 두려움과 공포, 그리고 절대로 잡을 수 없을 것이라는 부정적인 시선뿐이었다. 민기는 댓글 하나하나에 추천을 누르면서 이내 폭소를 터뜨렸다.

리원은 시간 가는 줄 모르고 예능 프로그램을 보다가 휴대폰 홈 버튼을 눌렀다. 알림 화면에 친구들에게 받은 메시지와 인터넷 뱅킹 알림, 그리고 실시간으로 화제가 되는 기사들이 카테고리에 따라서 좌르륵 떠 있었다. 리원은 메시지와 계좌이체 항목을 신속히 확인하고 이목을 끄는 기사들을 클릭했다. 평소 좋아하던 배우의 스캔들과 여름휴가 추천 장소 및 스타일에 관한 기사를 차례대로 읽고 있을 때, '지난밤 조회 수가 제일 높은 시사 뉴스'라는 알림이 새로 떴다. 리원은 평소 시사뉴스를 그다지 좋아하지 않았음에도 불구하고 운명에 이끌리듯 기사를 클릭했다. 제목은 '20년 전 노부부연쇄살인사건 용의자로부터의 강한 도발'이었다.

"아, 이 사건."

리원이 탄성을 질렀다. 학창 시절, 세간의 화제가 되었던 사건이었기 때문에 그녀도 잘 알고 있었다. 리원은 학창시절의 기억을 새록새록 떠올리면서 호기심 어린 눈빛으로 기사를 차근차근 읽어나갔다. 용의자가 잠자코 있다가 별안간 경찰에게 소포를 보내서 강하게 도발했다는 것과 경찰청은 전담 수사팀을 만들어서 용의자를 쫓고 있다는 내용이 주를 이루었다.

"끝까지 잠자코 있지. 자충수 될 것 같은데."

그녀가 혼잣말을 하면서 경찰 기자회견과 아나운서의 코멘트가 달린 동영상 뉴스를 클릭했다. 남성 아나운서의 내레이션이 흘러나오고 나서 용의자가 우체국 내·외부에서 휠체어를 타고 이동하는 모습이 비춰졌다. 용의자의 자연스러운 행동은 첩보 영화 속 이중 스파이를 방불케 했다. 그리고 장면이 전환되어 경찰이 사건 경위와 함께 용의자의 프로필과 몽타주를 설명하는 부분으로 이어졌다. 리원은 침을 꼴깍 삼키면서 휴대폰 화면에 온 정신을 집중했다. 예능 프로그램은 어느새 뒷전이었다.

'······ 용의자의 당시 나이를 16세에서 18세로 보고 현재 나이를 37세에서 39세 정도로 추정하고 있습니다. 남성 용의자의 키는 182센티에서 184센티 사이. 여성 용의자의 키는 165센티에서 167센티로 추정하고 있습니다. 호남형 얼굴이며 남매로 판단됩니다. 화려한 옷차림과 장미향을 선호하는 것으로 알려져 있습니다. ······'

리원은 용의자의 프로필과 몽타주를 보는 순간 화들짝 놀랐다. 언뜻 보기에도 민기, 민희와 매우 흡사했기 때문이다. 몽타주의 특징, 신체 사이즈, 나이대, 장미향을 선호한다는 것까지. "에이, 말도 안 돼."

리원이 혼잣말을 읊조렸다. '한 마리의 토끼가 사람을 구원하는 게 아니라 토끼를 사냥하고 준비하는 시간이 커다란 행복과 만족을 준다, 뭐 그런 거예요.' 리원은 민희의 서늘한 눈빛과 그녀와의 대화를 곰곰이 떠올렸다. 온몸에 닭살이 돋으면서 섬뜩한 기분이 들었다. 그때 쿵 하는 소리와 함께 민기가 욕실 문을 열고 나왔다.

"리원아, 자고 있니? 안 자고 있으면 씻고 와. 욕조에 깨끗한 물 받아놨어."

"네, 알겠어요."

리원이 휴대폰 애플리케이션을 황급히 종료하면서 대답했다. 그녀의 심장박동이 형언할 수 없이 빠르게 뛰었다.

"광화문 바라보면서 샤워하니까 기분이 너무 좋다."

민기가 샤워 가운을 걸치고 나서 방으로 걸어왔다.

"그렇죠? 저도 욕조에서 광화문 바라보는 거 너무 좋아요."

리원이 긴장한 나머지 랩 하듯이 말투가 매우 빨라졌다.

"무슨 일 있어? 말투가 갑자기 왜 그래?"

민기가 리원의 눈을 물끄러미 바라보면서 물었다.

"민기 씨 샤워하는 동안 기분 좋아서 술 한 잔 더 했거든요. 취기가 뒤늦게 올라왔나 봐요."

리원이 방금 전보다는 빠르지 않은 말투로 말했다. 민기가 의아하다는 표정으로 리원에게 다가왔다.

"괜찮은 거지? 어디 아픈 거 아니지?"

"정말 괜찮아요. 금방 씻고 올 테니까 침대에서 쉬고 계세요."

리원이 민기의 입술에 입을 맞추고 나서 욕실로 살금살금 걸어갔다. 그녀가 몸을 제대로 가누기 힘들 정도로 심장이 쿵쾅쿵쾅 뛰었다. 민기는 리원의 뒷모습을 유심히 바라보면서 자신이 욕실에 있는 동안 무슨 일이 일어났던 것인지 헤아려보았다. 찰칵, 욕실 문이 닫히는 소리가 들리자마자 그가 쓰레기통과 거실 냉장고를 체크하기 시작했다. 입구 쓰레기통, 거실 쓰레기통, 서재 및 룸 쓰레기통을 아무리 뒤져봐도 빈 병이나 빈 캔이 보이지 않았다. 냉장고에 먹다 남긴 것도 없었다. 민기가 어이없다는 표정으로 욕실로 다가가서 문을 쿵쿵쿵, 두드리기 시작했다.

2015년 05월 11일 일요일 03:30

동식이 본가 아파트 지하 주차장에 차를 주차하고 나서 엘리베이터에 탑승했다. 5시간가량 언론에 공개된 자료들을 스크랩하고

2시간 동안 용의자가 다녀갔던 우체국과 사각지대를 돌아다녔다. 별다른 소득을 얻지 못한다고 하더라도 용의자의 시선으로 범죄 현장을 바라보는 것은 무엇보다 중요하다는 생각이 들었다.

'마포구에 살고 있기 때문에 해당 우체국을 이용한 것일까? 혹은 일터가 근처일까? 그렇지 않다면 이것마저 우연인 것일까?'

동식은 경우의 수를 끊임없이 생각하면서 도어 록을 열었다. 거실에서 티브이 불빛이 요란하게 깜빡거리고 있었다.

"동식이니? 수사하느라 안 들어올 줄 알았는데 의외구나."

정화가 티브이 채널을 황급히 바꾸면서 말했다.

"성수 팀장님이 집에서 맘 편하게 쉬고 오래요. 수사 첫날부터 사무실에서 밤새우고 그러면 오래 못 버틴다고."

동식이 정화의 눈을 바라보지 않고 거짓말을 했다.

"팀장님께서 혜안이 넓으시구나. 기자회견장에서 정장 입은 모습도 멀끔하니 보기 좋더라. 평소에도 그렇게 입고 다니시면 좋겠는데 말이야."

정화가 억지로 웃으면서 말했다.

"그러게 말이에요. 워낙에 캐주얼한 것을 좋아하셔서 가지고요. 다른 팀의 팀장들은 세미 정장 같은 것도 많이 입으시던데."

동식이 맞장구를 치면서 소파에 앉았다.

"매 순간 멋을 내는 게 쉽지 않지. 그건 그렇고 어미가 수사에 대해서 잘은 모르지만 용의자가 만만하게 보이지는 않더라. 그러

148

니까 오랫동안 안 잡혔던 거겠지."

정화가 종교 방송을 틀어놓고 나지막하게 한숨을 쉬었다.

"그렇죠. 만만하지 않은 건 사실이에요. 그래도 요즈음은 시시티브이나 스마트 폰이 많이 보급화됐고 과학수사가 많이 발전되어서 틀림없이 잡을 수 있을 거예요."

동식이 애써 밝은 목소리로 말했다.

"그렇다면 다행이고. 제보 전화도 많이 오겠구나?"

정화가 뒤돌아보면서 물었다.

"네, 제보 전화 받으면 장난 전화도 많고 터무니없는 전화도 많은데 100통 중에 1~2통은 결정적인 게 있어요. 그것을 잘 추려내야겠죠."

동식이 다소곳하게 대답했다.

"피해자와 수사팀은 온몸에 피가 마를 지경인데 그 와중에도 장난 전화를 하는 사람들이 있나 보구나."

정화가 어이가 없는 표정으로 웃었다.

"장난 전화 하는 사람들은 대부분 어리거나 젊은 애들이고요. 대부분은 터무니없는 것도 혹시나 하는 마음에 하는 거예요. 귀찮고 피곤하지만 적은 것보다는 많은 게 훨씬 나아요."

동식이 소파에서 일어났다.

"그렇구나. 들어가서 잘 거니?"

정화가 동식을 올려다보면서 물었다.

"네, 아침부터 많이 바쁠 것 같아서요. 용의자가 들렀던 우체국도 다시 가봐야 되고, 목격자도 찾아봐야 돼서요."

동식이 성수 팀장의 수사방식을 떠올리고 나서 태연하게 거짓말을 했다.

"그러면 지금 건네주는 게 나을 것 같구나. 호출 받고 먼저 나갈 수도 있잖니."

정화가 거실 탁자 밑에 있던 자그마한 박스 상자를 동식에게 건넸다.

"이게 뭐예요?"

동식이 정화에게 박스 상자를 건네받으면서 되물었다.

"네 아버지의 수사일지. 제대로 읽어보지 않았는데 노부부연쇄살인사건에 관련된 것도 상당히 있는 것 같더라. 오래된 거라서 얼마나 도움이 될지는 모르겠지만 한번 살펴보거라."

정화가 무덤덤하게 말했다.

"고맙습니다. 아버지가 집에서는 수사에 관련된 거 일절 말씀 안 하셨다고 하지 않았어요? 서류 같은 것도 안 가지고 오셨다면서요."

동식이 박스 상자를 방 안에 놔두고 나서 물었다.

"그랬지. 가족들이 영향 받는 것이 싫다고 하셨으니까. 그것도 팀원들이 챙겨준 게 아니라 아버지 돌아가시고 나서 개인 사무실에서 발견된 거야."

150

정화가 동인의 모습을 떠올리며 흐뭇하게 웃었다.

"개인 사무실이요?"

동식이 동인의 수사일지를 훑어보면서 되물었다.

"응, 몰랐는데 개인 사무실이 있었더라고. 반지하 집을 전세로 빌려서 오랫동안 사용하고 있었나 봐."

정화가 웃으면서 말했다.

"아버지답네요. 다 읽고 나서 범인 잡으면 납골당에 가서 절이라도 해야겠어요."

동식이 동인의 모습을 떠올리고 눈시울이 살짝 붉어졌다.

"그래, 범인 잡으면 꽃이라도 사서 같이 가자꾸나. 시간이 많이 늦었다. 이만 자거라."

정화가 티브이를 끄고 안방으로 들어갔다.

"네, 어머니도 안녕히 주무세요."

정화가 안방으로 들어가는 것을 확인하고 동식이 자신의 방문을 닫았다. 그러고 나서 책상에 앉아서 동인의 수사일지를 차근차근 읽기 시작했다.

노부부연쇄살인사건에 관련된 수사일지는 A4용지로 40장가량이었다. 전반부는 관할 지역에서 용의자 사건을 처음으로 맞닥뜨린 것, 중반부는 전담 수사팀에 합류해서 수사를 이어나간 것, 후반부는 동인의 개별적인 수사가 주를 이루었다. 수사일지는 수사파일에 기록된 내용과 중복되는 것도 상당히 많았지만 중복되지 않는 것도 제법 있었다.

　동인의 지극히 개인적인 생각을 업데이트하지 않은 것은 차치하더라도 용의자와 관련된 것을 수사했음에도 불구하고 수사 파일에 기록하지 않은 것은 참으로 의문스러운 일이었다. 동식은 감정적인 것과 그렇지 않은 것을 나누어서 최대한 냉정하게 바라보려고 노력했다.

「노부부연쇄살인사건 수사일지」

- 평창 동에 위치한 고급 주택가 거리에서 용의자들의 뒷모습이 시시티
  브이에 단 한 번 찍혔다. 아무리 봐도 성인남녀의 모습으로 보이지 않
  아서 소름이 돋는다. 범인은 청소년인 것일까? 남자의 키는 매우 크지
  만 체격이 왜소해서 중, 고등학생처럼 보인다.

- 여자 용의자의 체격이 아들 동식과 비슷하다. 동식의 키가 또래에 비
  해 큰 것은 사실이나 결코 큰 키가 아니다. 어른들의 보호를 받아야 하
  는 이들이 타인을 무자비하게 살해하고 있다는 사실이 마음을 괴롭게
  한다.

- 그들은 여러 가지 방법으로 피해자들을 살해했다. 목을 조르거나, 칼
  로 찌르거나, 트로피나 화분 같은 것으로 피해자의 두개골을 내리쳤
  다. 처음에는 금품을 챙겨 달아났지만 종내에는 피해자의 물건에 손끝
  하나 대지 않았다.

- 매우 과감하고 거침이 없다. 지문이나 족적도 남기지 않는다. 배후에

서 누군가가 범죄를 가르치고 사주하는 것일까?

- 특별한 원한관계가 보이지 않는다. 피해자들은 보육원이나 특수학교에 많은 돈을 꾸준히 기부했다. 탐문 결과, 내연관계도 없었고 사생활이 아주 깨끗하다. 겉으로 드러나지 않는 사건이 있었던 걸까? 설마 일부러 청렴한 사람들을 노리는 걸까? 피해자들이 기부한 보육원에 한번 들러봐야겠다.

- 팀장은 보육원에 들르는 것이 시간 낭비라고 했다. 나는 지푸라기라도 잡는 심정으로 시간을 내서 가 볼 생각이다.

- 첫 번째로 들렀던 평강 보육원에서 아무런 소득이 없었다. 팀장에게 무시를 당하고 화를 삭이느라 애를 썼다.

- 두 번째로 들렀던 은혜 보육원에서도 아무런 소득이 없었다. 마음이 너무 불편해서 집으로 돌아가지 않고 동네를 서성였다.

- 수사팀의 분위기가 점점 최악으로 치닫고 있다. 언론은 경찰을 헐뜯고 시민들은 경찰을 조롱한다. 상부에서는 다른 사건의 피의자를 용의자로 삼자는 얘기가 나왔다고 한다. 믿을 수가 없다.

- 보육원 네 군데를 돌아다녀봤지만 아무런 정보를 얻지 못했다. 똑같은 날들이 이어지면서 사무실의 분위기는 초상집과 다를 바 없다.

- 파트너와 조사했던 것을 또다시 조사했다. 몸과 마음이 지친다. 보육원 한 군데가 마지막으로 남았다. 그곳에서 아무것도 얻지 못한다면 모든 것을 다시 시작해야 한다.

동인의 수사일지는 '그곳에서 아무것도 얻지 못한다면 모든 것을 다시 시작해야 한다.'에서 단절되어 있었다. 아무리 봐도 뒷장이 타인으로 인해 훼손된 것처럼 보이지는 않았다. 정화의 증언대로라면 전담 수사팀에서 발견된 것이 아니라 개인 사무실에서 발견된 것이기 때문이다. 팀원들이 자신들이 유리한 방향으로 훼손하고 나서 개인 사무실에 놔뒀을 가능성도 있지만 그렇다면 '팀장이 동인을 무시했다.'거나 '다른 사건의 피의자를 용의자로 삼자.'는 얘기를 가만히 내버려 뒀을 리가 없었다. 동식은 동인의 수사일지 마지막 장과 동인의 사고 날짜 사이의 간극을 비교해보았다. 두 날의 차이는 한 달이었다.

동식은 책상에서 30분가량 눈을 붙이고 나서 먼동이 틀 때까지 동인의 자료를 읽고 분석했다. 단절된 부분이 무척이나 신경 쓰였지만 없는 것을 언제까지나 붙잡고 늘어질 수만은 없다는 생각이 들었다. 동식은 휴대폰 메모장에 사건 타임라인을 정리하면서 우선 동인이 들렀던 보육원에 가보기로 결정했다. 유가족들의 증언과 보육원에서의 정보가 합쳐진다면 새로운 정보를 얻어낼 수 있을 것이라고 판단했다.

똑똑, 정화가 잠에서 깨어났는지 부엌과 거실을 부산스럽게 오가다가 동식의 방을 노크했다.

"네."

동식이 뒤돌아보면서 말했다.

"동식아 일어…… 밤새도록 수사했나 보구나."

정화가 책상에 앉아 있는 동식의 모습을 보고 말했다.

"아니에요, 일찍 일어난 거예요."

동식이 동인의 수사일지를 덮으면서 말했다.

"이럴 줄 알았으면 아침에 일어나서 줄 걸 그랬다."

정화가 동인의 물품들을 눈으로 가리키면서 말했다.

"조금이라도 푹 잤으니까 너무 괘념치 마세요. 덜 자더라도 수사하면서 마음 편한 게 훨씬 나아요."

동식이 스트레칭을 하고 나서 수사파일과 동인의 물품들을 한곳에 정리하기 시작했다.

"네 아버지랑 똑같은 말을 하는구나. 이런 것 보면 피는 못 속인다니까."

정화가 웃으면서 말했다.

"아버지도 체력이 보통이 아니셨네요."

동식이 상의를 갈아입고 나서 외투를 걸쳤다.

"말도 마라. 쉬지 않고 일하면서도 너랑 틈틈이 놀아줬잖니. 그러면서도 교회에 빠짐없이 나간 것 보면 강골은 강골이야."

정화가 동식의 모습을 떠올리며 말했다.

"제가 아버지 체력의 반만 닮아서 신앙심이 안 좋고 결혼을 못하나 봐요. 닮으려면 다 닮았어야 했는데."

동식이 하나로 모은 수사 물품들을 부엌 탁자로 가져가면서 말했다.

"그건 체력의 문제가 아니라 의지의 문제 같은데? 집사님들 얘기 들어보면 너 소개 받고 싶다고 하는 자매님이 꽤 된다고 하더라."

정화가 동식의 뒤를 쫓으면서 잔소리를 했다.

"집사님들이 어머니 기분 좋으라고 거짓말 하시는 거예요. 꽤 됐으면 진즉에 연락이 왔겠죠."

동식이 웃으면서 대꾸했다.

"너는 여자의 마음을 하나도 모르는구나. 시대가 아무리 변했어도 잘 모르는 사람에게 연락하는 게 어디 쉬운 것 같니? 무례하고 가볍다고 생각해서 망설이고 주춤할 수 있는 거란다."

정화가 자신의 생각을 굽히지 않고 말했다.

"그런가요? 어머니가 그렇게 생각하신다면 그게 맞겠죠. 참, 아버지의 분실물 중에 신분증 말고 다른 것도 혹시 있었어요?"

동식이 식탁 위에 있는 주전부리를 먹고 나서 진지한 얼굴로 되물었다.

"분실물? 글쎄다. 없었던 것 같은데? 사무실에서 네가 직접 확인해보면 되지 않니?"

정화가 동식의 질문을 듣고 곰곰히 생각한 뒤에 말했다.

"없었다고 기록되어 있는데요. 수사를 하다 보면 피치 못할 사정으로 누락되는 것도 있을 수 있거든요."

동식이 차분한 목소리로 말했다.

"그렇구나. 딱히 떠오르는 게 없는데⋯⋯. 나중에 곰곰이 생각해보마."

정화가 고개를 갸웃거리고 나서 말했다.

"고맙습니다. 그렇다고 해서 너무 억지로 생각하진 마세요."

동식이 부드럽게 말했다.

"그래, 그건 그렇고 배고프지? 금방 식사 준비할 테니까 밥 먹자꾸나."

정화가 고개를 끄덕이고 냉장고 쪽으로 걸어갔다.

"전 괜찮으니까 어머니만 챙겨서 드세요. 아침 일찍 회의가 있어서 가는 길에 샌드위치나 먹으려고요."

동식이 주전부리를 하나 더 먹고 나서 수사 물품을 가슴팍으로 들어 올렸다.

"수사하는데 그걸로 되겠니?"

정화가 측은한 표정으로 물었다.

"점심, 저녁 잘 먹으면 돼요. 그리고 요즈음 샌드위치가 얼마나 잘 나오는데요. 웬만한 정식보다 나아요."

동식이 웃으면서 말했다.

"점심은 꼭 잘 챙겨 먹어라."

정화가 걱정스러운 눈빛으로 말했다.

"네, 시간 되면 이따가 연락드릴게요."

동식이 정화에게 인사를 건네고 서둘러 아파트를 나섰다. 거
짓말이 점점 늘어나는 것이 마음 편치 않았지만 그렇다고 해서 사
실대로 말할 수는 없는 노릇이었다. 지금은 사건을 해결하는 것
이 무엇보다도 중요했다. 동식은 엘리베이터 거울 속에 비친 자
신의 얼굴을 물끄러미 바라보면서 의지를 다시 한번 다졌다.

2부⋯

2015년 05월 11일 일요일 03:30~
2015년 05월 16일 금요일 16:40

05

리원은 세면대 물을 강하게 틀어놓고 침대에서 봤던 동영상 뉴스를 다시 한번 재생했다. 여러 번 돌려봐도 용의자의 몽타주와 프로필이 그와 그녀처럼 느껴졌다. 리원은 심호흡을 하고 다른 동영상 뉴스를 클릭했다. 타 언론사에서는 용의자가 보낸 메시지와 폴라로이드 사진이 큼지막하게 부각되어 있었다. 리원은 7개의 짧은 문장을 유심히 읽어 나갔다. 그리고 읽는 족족 어휘와 어법에서 민희의 말투가 겹쳐 보였다. 차이가 있다면 용의자의 메시지는 정제되고 차분한 것에 반해 민희는 격정적이고 거침이 없다는 것이었다.

'문어체와 회화체의 차이인 것일까. 그렇지 않다면 용의자라는 색안경을 끼고 보고 있기 때문에 그런 것일까? 모든 게 너무 딱 들어맞잖아. 이럴 수가 있는 건가. 우연의 일치로 몽타주, 프로필, 나눴던 대화마저 일치할 수가 있나.'

리원이 의구심과 섬뜩함에 발을 동동거리고 있을 때, 쿵쿵쿵 민기가 욕실 문을 두드렸다. 리원의 심장이 세차게 뛰면서 온몸에 식은땀이 났다.

"리원아, 문 좀 열어봐."

민기가 쿵쿵쿵, 욕실 문을 한 번 더 두드렸다.

"민기 씨 왜요?"

리원이 집어들 것을 이리저리 두리번거리면서 찾았다.

"여하튼 문 좀 열어봐. 걱정돼서 그래."

민기가 초조한 목소리로 말했다.

"잠시만 기다려주세요. 발에 물기가 많아서요."

리원이 발가락에 물을 묻히고 나서 타월로 닦았다. 그리고 뉴스 시청 기록을 황급히 삭제했다.

"무슨 일이에요?"

리원이 타월로 성기를 가리고 주뼛주뼛한 자세로 욕실 문을 열었다. 민기가 초조하고 긴장된 얼굴로 그녀를 맞이했다.

"술 마셨다면서 왜 빈 병이나 빈 캔이 없어? 혹시 나 속인 거야?"

"안 속였어요. 제가 민기 씨를 속일 리가 있나요."

리원이 긴장된 투로 말했다.

"그러면 어찌 된 영문인지 말해줄 수 있어?"

민기가 의심스러운 눈빛으로 되물었다.

"민기 씨가 샤워하고 있을 때, 복도에서 소란스러운 소리가 났어요. 무슨 일인가 싶어서 확인했더니 젊은 남녀가 싸우고 있더라고요. 그리고 잠시 후에 호텔 직원이 오더니 그들을 황급히 중재 시켰어요."

리원이 이야기를 황급히 지어냈다.

"그래서 어떻게 됐어?"

민기가 흥미로운 듯이 되물었다.

"그리고 그들은 방으로 들어갔어요. 호텔 직원들이 투숙객들에게 미안하다면서 뒷수습을 했죠. 그때 호텔 직원과 제가 눈이 마주쳤고 필요한 거 없냐는 말에 빈 병 좀 대신 버려달라고 한 거예요. 카운터에 물어보시면 알 거예요."

리원이 민기의 눈을 빤히 쳐다보면서 말했다.

"그렇구나. 욕조 물을 너무 세게 틀어놔서 못 들었나 보다. 나는 리원이가 아픈데 안 아픈 척 거짓말하는 줄 알았잖아."

민기의 표정이 한결 밝아지면서 말했다.

"아프면 아프다고 말할게요. 너무 걱정하지 마세요."

리원이 민기의 볼에 입맞춤을 했다.

"그래, 거실에서 쉬고 있을 테니까 마저 씻고 와. 사랑해, 리원아."

민기가 다정하게 말하고 나서 욕실 문을 밀어주었다. 그리고 고개를 갸웃거리면서 거실로 걸어갔다.

"네, 이따가 봬요."

리원이 욕실 문을 닫고 잠금 버튼을 눌렀다. 그러고 나서 욕실 손잡이를 붙잡고 바닥에 조심스럽게 앉았다.

"휴."

다리에 힘이 풀리면서 짙은 한숨이 내쉬어졌다. 뚝뚝, 그녀의 등과 허리에서 식은땀이 흥건하게 흘러내렸다. 리원은 타월로 땀을 닦아내고 가까스로 욕조로 이동했다. 욕조에 몸을 담그면서 앞으로 어떻게 하면 좋을지 한참을 고민했다. 담당 수사팀에 제보하는 것이 좋겠다는 생각이 들면서도 확실하지 않은 제보로 관계가 악화되고 파탄 날 수도 있다는 두려움이 뒤미처 뒤따랐다. 리원은 머리가 지끈지끈 아파서 미쳐버리기 일보 직전이었다. 평소에 좋아하던 호텔에서의 반신욕도 도시의 야경도 더 이상 눈에 들어오지 않았다.

몇 시간 뒤, 민기는 거실 소파에서 졸고 있다가 김 실장으로부터 걸려온 전화벨 소리에 잠에서 깨어났다.

"네, 김 실장님 어떻게 됐어요?"

"애들이랑 죽지 않을 만큼 팼습니다. 그런데 최 사장이 사과를 도통 안 하네요. 면전에 칼을 들이밀어도 꿈쩍도 않습니다."

김 실장이 큰 목소리로 또박또박 말했다.

"꼴에 자존심은 있나 보네요. 결국엔 누가 이기나 보죠. 김 실장님은 직원 2, 3명 남겨 놓고 천천히 돌아오세요."

민기가 휴대폰 볼륨을 줄이고 나서 말했다.

"알겠습니다. 애들한테 물도 먹이지 말라고 전달할까요?"

김 실장이 무덤덤하게 되물었다.

"아니요, 물은 괜찮아요. 최 사장은 술이나 약만 못 하게 하면 돼요. 걔네들 다루는 건 김 실장님이 더욱더 잘 아시잖아요."

민기가 주위를 두리번거리면서 말했다.

"과찬이십니다. 그러면 분부대로 하겠습니다."

김 실장이 조용한 곳에서 저벅저벅 움직이는 소리가 들렸다.

"네, 고맙습니다. 김 실장님 힘 많이 쓰셨을 텐데 보양식이라도 드시고 오세요."

민기가 말을 끝내고 하품을 했다.

"네, 그렇게 하겠습니다. 대표님 이따가 뵙겠습니다."

퍽퍽, 퍽퍽, 수화기 너머로 최 사장 고함 소리가 들렸다.

"그래요."

민기가 전화를 끊고 소파에서 기지개를 켰다. 스위트룸 거실 너머로 여명이 천천히 밝아오고 있었다. 그가 도시의 풍경을 물끄러미 바라보다가 침실 방향으로 천천히 걸어갔다. 리원이 샤워 가운을 걸친 채로 침대에서 쌔근쌔근 자고 있었다.

"얘는 샤워를 언제 끝낸 거야. 소파에서 자는 거 봤으면 좀 깨우지."

민기가 구시렁대면서 리원을 내려다봤다. 리원은 옅은 숨을 내쉬면서 몸을 이리저리 뒤척였다.

"잘도 자네."

민기가 그 모습을 유심히 바라보다가 침대 위에 놓인 리원의 휴대폰을 발견하고 조심스레 집어 들었다.

'패턴이 이거던가.'

민기가 잠금 화면에 N을 그려서 넣었다. 찰칵, 잠금 화면이 바탕화면으로 전환되면서 두 사람의 커플 사진이 나왔다. 민기가 사진을 흐뭇하게 바라보고 나서 리원의 메시지와 인터넷 검색 결과를 이리저리 훑어봤다. 경기도 맛집, 여름휴가, 5성급 호텔의 향기, 5성급 호텔의 냄새, 영화관 신작 개봉날짜, 군살을 없애는 법, 화장품 반값 할인 day 등등이 줄지어서 나왔다.

"훗."

민기가 작은 목소리로 웃음을 터뜨리고 나서 친구들과의 메시지를 이리저리 살펴봤다. 맛집에 왔다, 호텔 야경이 너무 예쁘다, 술맛이 좋다 등등 지극히 일상적인 대화밖에 존재하지 않았다. 민기가 만족스러운 표정으로 휴대폰을 제자리에 다시 두었다. 그러고 리원의 볼에 입을 맞추고 침대에 몸을 뉘었다. 민기는 침대가 푹신푹신하고, 이부자리가 보들보들해서 우선 기분이 좋았다. 게다가 리원을 향한 의구심이 완벽하게 가셨고, 최 사장의 오만방자함을 박살 냈기 때문에 몸과 마음이 날아갈 듯이 가벼웠다. 민기는 잠시 동안 콧노래를 흥얼거리다가 이내 깊은 잠에 빠져들었다.

팀원들이 성수 팀장의 호출을 받고 강력 3팀 회의실에 모여 있었다. 잠을 줄여가면서 수사를 했음에도 불구하고 별다른 소득이 없어서 그런지 사무실의 분위기는 그다지 밝지 않았다. 성수 팀장이 믹스 커피를 마시면서 회의실로 들어왔다.

"다들 왜 이렇게 처져 있어? 어디 첫술에 배부를 수 있나."

"맞습니다."

도환이 성수 팀장의 말에 맞장구를 쳤다.

"용의자가 탔던 것으로 추정되는 차가 구형 산타페라는 거지?"

성수 팀장이 준우에게 물었다.

"네, 시시티브이에 찍혔던 모든 차들을 조사해봤는데 구형 산타페만이 정식으로 등록되지 않은 차였습니다."

준우가 성수 팀장을 바라보면서 말했다.

"그렇다면 구형 산타페는 도대체 어디로 사라졌을까. 중고장터에도 없고, 폐차장에도 없고. 시외로 빠져나간 흔적도 안 보이고."

성수 팀장이 손목시계를 만지작거리면서 말했다

"모종의 관계가 있다고밖에 설명되지 않습니다. 번호판을 바꿔서 이동했을 가능성도 존재하고요."

해철이 펜을 굴리면서 말했다.

"음, 만약에 그렇다면 잡을 도리가 없지. 서울과 경기도에 있는 구형 산타페를 모조리 조사할 수도 없는 노릇이고. 사건 당일이나 다음 날에 시외로 빠져나가는 구형 산타페가 있는지 마지막으로 조사해 봐. 그것도 없으면 제보 위주로 가자."

성수 팀장이 해철, 준우, 지원에게 말했다.

"네, 알겠습니다."

팀원들이 풀죽은 목소리로 대답했다.

"제보 전화에서 뭐 건져낸 거 있냐?"

성수 팀장이 도환에게 물었다.

"용의자의 메시지를 발표하고 나서 200통가량의 제보 전화가 걸려왔습니다. 100통가량은 경찰에 대한 불신과 비판의 목소리였고 90통가량은 장난 전화였습니다. 장난 전화 가운데는 정장을 입은 팀장님의 모습이 나쁘지 않다는 의견도 더러 있었습니다."

도환이 진지하게 말했다.

"어이가 없어서 웃음이 나온다. 분위기 상쇄시키려고 한 말이라면 딱 한 번 넘어가줄 테니까 장난치지 말고 진지하게 보고해."

성수 팀장이 도환에게 엄포를 놓았다.

"죄송합니다. 이어서 하겠습니다. 용의자의 메시지를 지인이 언급한 적 있다는 제보가 10통가량 있었습니다. 조사 결과 8통가량은 사건과 크게 관련 있어 보이지는 않습니다. 2통은 참고인 조사를 조금 더 해 봐야 할 것 같습니다."

도환이 팀원들에게 사과하고 나서 말했다.

"왜 그런지 한번 말해봐."

성수 팀장이 자세를 고쳐 앉으면서 말했다.

"네, 첫 번째 전화는 몽타주와 닮은 남매를 알고 있다는 제보였습니다. 조사 결과, 언급된 남매는 살인사건 피해자가 후원하던 보육원에서 자랐습니다. 그것 말고는 유사성이 그다지 있지는 않습니다."

도환이 심호흡을 하고 말했다.

"남매의 직업과 전과 기록은?"

성수 팀장이 진지한 목소리로 물었다.

"두 사람 다 초등학교에서 교사를 하고 있습니다. 조사 결과 전과 기록은 없습니다."

도환이 조사 내용을 보여주면서 말했다.

"몽타주랑 그다지 닮은 것 같지도 않은데?"

해철이 용의자로 언급된 남매의 사진을 유심히 바라보면서 말했다.

"저는 닮은 것처럼 보이는데요."

"저도요."

지원과 준우가 남매의 사진을 물끄러미 바라보고 나서 말했다.

"조사해보면 알겠지. 그리고 다음은?"

성수 팀장이 용의자의 사진을 유심히 바라보고 나서 도환에게 물었다.

"다른 두 사람도 피해자가 후원하던 보육원에서 자랐습니다. 앞서 말한 남매랑 다른 보육원입니다. 보육원에서 알게 되어서 연인으로 발전했으며 동거 생활을 하고 있습니다. 남자는 낮에는 음식 배달원, 저녁에는 노래방 실장을 맡고 있으며 여자는 노래방 도우미를 하다가 얼마 전에 네일숍을 차렸습니다."

도환이 서류 페이지를 넘기고 나서 말했다.

"전과 기록은?"

성수 팀장이 두 남녀의 사진을 물끄러미 바라보면서 물었다.

"조사 결과 여자는 없고 남자만 전과기록이 있습니다. 도박 및 순경 폭행, 여대생을 성추행한 혐의입니다."

도환이 조사 결과를 또박또박 말했다.

"잡놈이구만."

해철이 한심스러운 눈빛으로 말했다.

"도박과 알코올 중독으로 오랜 기간 심리치료를 받았다고 합니다. 빚도 꽤 있는 것으로 알려져 있습니다."

도환이 팀원들에게 말했다.

"참고인 조사에 응하지 않을 수도 있겠네."

성수 팀장이 턱을 괴면서 말했다.

"그럴 것 같습니다. 그래도 연락은 한번 해 보겠습니다. 괜한 오해 받는 게 싫을 수도 있으니까요."

도환이 성수 팀장에게 말했다.

"그래, 참고인 조사를 받고 안 받고는 그들의 자유니까. 해철아, 너는 어떻게 생각해? 붙어볼 만한 가치가 있을까?"

성수 팀장이 시계를 만지작거리면서 해철에게 물었다.

"제 개인적인 생각에는 큰 기대를 안 하는 게 좋을 것 같습니다. 남매든 이놈이든 너무 엉성합니다. 그래도 만일을 대비해서 안 하는 것보다는 하는 게 낫겠죠. 피해자와의 연관성도 무시할 수 없고요."

해철이 고개를 갸웃거리고 나서 말했다.

"그렇긴 하지. 도환이는 새로운 제보 전화 조사하면서 월요일에 연락 한번 해 봐. 그때쯤이면 구형 산타페 건도 얼추 마무리될 테니까."

성수 팀장이 고개를 끄덕이고 도환에게 말했다.

"네, 알겠습니다."

도환이 구형 산타페 사건 이후, 참고인 조사라고 필기하면서 대답했다.

"참고인 조사 불응하거나 께름칙한 것이 나오면 남매는 지원이랑 준우가 조사하고, 남자는 해철이랑 도환이가 조사해."

성수 팀장이 팀원들을 하나하나 지목하면서 말했다.

"네, 알겠습니다."

팀원들이 일제히 대답했다.

"그리고 미제사건 팀한테 피해자들이 후원했던 보육원 정보 좀 알아달라고 전해. 거기서 뭔가 나올 수도 있을 것 같다."

성수 팀장이 도환에게 말했다.

"네, 알겠습니다."

도환이 미제사건 팀, 피해자들이 후원했던 보육원 정보라고 메모했다.

"그래, 모두 밤새 수사하느라고 수고했다. 돌아가면서 조금이라도 눈 좀 붙여. 배고픈 사람은 아침도 좀 먹고."

성수 팀장이 자리에서 일어나면서 말했다.

"네."

팀원들이 제각기 다른 표정으로 회의실을 천천히 나섰다. 도환은 하품을 하면서 자료들을 정리하기 시작했고, 해철은 책상에 엎드려서 선잠을 잤다. 지원과 해철은 팀원들의 커피와 주전부리를 사기 위해서 건물 바깥으로 나갔다. 성수 팀장은 상사에게 회의 내용을 보고하기 위해서 자료들을 취합하기 시작했다.

2015년 05월 11일 일요일 11:00

동식은 개인 사무실에서 샌드위치와 커피를 마시면서 동인의 수사 일지에서 읽었던 보육원들을 조사하고 있었다. 언급되었던 네 곳 모두 폐쇄되지 않고, 여전히 운영되고 있었다. 동식은 보육원의 위치와 행정실 운영시간을 체크하면서 부지런하게 배를 채웠다. 그는 잠시 생각한 뒤에 강원도 춘천시에 있는 은혜 보육원부터 가기로 결정했다. 그때 후배 도환으로부터 전화가 걸려왔다.

"여보세요."

"동식 선배 뭐 하세요?"

도환이 밝은 목소리로 동식의 안부를 물었다.

"네가 알아서 뭐 하게, 인마."

동식이 커피를 마시고 나서 말했다.

"후배가 사랑하고 존경하는 선배 안부 물어볼 수도 있는 거죠. 왜 이렇게 까칠하게 구십니까."

도환이 너스레를 떨었다.

"너는 물에 빠지면 수면 위로 입만 둥둥 뜰 거다."

동식이 피식 웃으면서 말했다.

"그렇다면 다행이죠. 입이라도 보면 누군가 구하러 올 거 아니에요. 여하튼 됐고요. 선배 뭐 하고 계십니까."

도환이 농을 부리면서 물었다.

"한숨 푹 자고 나서 책 읽고 있다, 인마."

동식이 수사 일지를 읽으면서 뻔뻔하게 거짓말을 했다.

"책이요? book? 선배가 책은 무슨 책이에요. 딱 봐도 밤새 뉴스 보고 파일 정리하는 목소리구만. 저한테만 솔직히 말해 봐요. 혼자서 몰래 수사 중이죠?"

도환이 동식을 장난스럽게 취조했다.

"아니야, 인마. 수사하고 싶어서 온몸이 근질근질한 사람한테 그게 지금 할 소리냐."

동식이 호흡을 가다듬고 진지하게 말했다.

"이거 영 수상한데. 그래서 선배가 알아낸 건 뭐예요?"

도환이 펜을 굴리면서 말했다.

"김도환, 장난 그만 치자. 한 번만 더 그러면 후배고 뭐고 없다."

동식이 한숨을 쉬고 목소리를 깔았다.

"버릇없이 굴어서 죄송합니다."

도환이 풀죽은 목소리로 말했다.

"나도 예민하게 굴어서 미안하다. 음, 그건 그렇고 팀장님이나 팀 분위기는 좀 어떠냐. 수사는 잘되어 가고 있고?"

동식이 헛기침을 하고 나서 수사에 대해서 넌지시 물었다.

"아니요, 팀원들 모두 이리저리 고생은 하고 있는데 실속이 그다지 없어요. 그래서 다들 축 처져 있고요."

도환이 하품을 하고 나서 말했다.

"그렇구나. 다들 사무실에 있냐?"

동식이 깊은 숨을 내쉬고 되물었다.

"지원이랑 준우는 톨게이트에 시시티브이 따러 갔고요. 해철 선배는 책상에서 자다가 담배 태우러 갔어요. 사무실엔 저 혼자입니다."

도환이 사무실을 휘둘러보면서 말했다.

"시내에서 용의자 차 못 찾았나 보네. 그럴 만도 하지. 시시티브이 보니까 딱 봐도 아마추어가 아니더라."

동식이 '시내에서 용의자 차 찾지 못함'이라고 메모했다.

"빙고. 시외로 진즉에 빠져나갔다고 추측하고 있어요."

도환이 용의자의 차를 곁눈질하면서 말했다.

"운 좋게 찾는다고 하더라도 대포차라면 용의자를 추려내는 게 쉽지 않겠네. 만에 하나 번호판이라도 바꿨다면 추적하는 거조차 만만치 않을 거고."

동식이 회의 내용을 단번에 추리하고 나서 말했다.

"성수 팀장님도 똑같은 생각이시더라고요. 해 볼 만큼 해 보고 나서 제보 전화 위주로 하는 것이 낫다는 판단이신 것 같아요."

도환이 하품이 연거푸 나오자 커피를 억지로 들이켰다.

"음, 그게 훨씬 나을 수도 있겠다. 때로는 쫓아가는 것보다 가로지르는 게 해답일 때가 있으니까."

동식이 턱을 만지면서 진지하게 말했다.

"네, 다행히도 제보 전화가 많이 오고 있어요. 기자회견 끝나자마자 미친 듯이 걸려오더니 200통을 넘더라고요."

도환이 혀를 내둘렀다.

"뭐 좀 건졌어? 기밀사항이라서 말하기가 좀 그런가."

동식이 넌지시 물었다.

"아니요, 기밀이라서 그런 게 아니라 정말 아무것도 없어요. 비밀로 할 거였으면 애당초 회의 내용도 말 안 했죠."

도환이 솔직하게 말했다.

"그래, 솔직하게 말해줘서 고맙다."

동식이 '제보 전화 딱히 성과 없음'이라고 메모했다.

"이런 걸로 뭘요. 동식 선배, 성수 팀장님이랑 해철 선배 오시네요. 다시 전화 드릴게요."

도환이 복도를 확인하고 나서 말했다.

"그래, 무슨 일 있으면 연락해. 내가 할 수 있는 선에서는 두 손 두 발 들고 도와줄 테니까."

동식이 진지하게 말했다.

"알겠습니다. 선배도 궁금한 거 있으시면 연락주세요. 그럼 이만 끊겠습니다."

도환이 황급히 말하고 나서 전화를 끊었다.

"그래, 수고……."

뚜뚜뚜뚜, 동식은 도환의 전화가 끊어진 것을 확인하고 나서 개인 사무실을 서둘러 나서기 시작했다.

성수 팀장과 해철이 사무실 입구에서 진지하게 얘기를 나누다가 들어왔다. 두 사람 다 생각이 매우 복잡한 듯 표정이 딱딱하게 굳어 있었다.

성수 팀장은 사무실로 들어오자마자 팀장 사무실로 곧바로 들어갔고, 해철은 믹스 커피를 만들어서 자신의 자리로 터벅터벅 걸어왔다.

"성수 팀장님이랑 어찌 같이 들어오시네요?"

해철이 자리에 앉자 도환이 물었다.

"흡연실 다녀오다가 우연히 만났어."

해철이 믹스 커피를 후루룩 마시고 나서 말했다.

"아, 팀장님은 왜 저렇게 진지하세요? 표정이 엄청 굳으셨던데."

도환이 조심스럽게 물었다.

"음, 그게 동식이 휴가 문제 때문에 과장님이랑 좀 다퉜나 봐."

해철이 하품을 하면서 서류 파일들을 이리저리 살펴봤다.

"왜요?"

도환이 한 발자국 가까이 다가갔다.

"간단해. 팀장님은 위에서 어떻게든 힘을 써주길 바라는 거고, 과장은 보는 눈이 있으니까 다른 팀에 지원을 가든 정식으로 유급 휴가를 쓰든 하라는 거지."

해철이 준우와 지원에게 문자 메시지를 날리면서 말했다.

"동식 선배 유급 휴가 많이 남아 있지 않아요? 다 쓰면 몇 주는 될 것 같은데."

도환이 대수롭지 않게 말했다.

"팀장님 생각은 그게 아닌 거지. 사건 흘러가는 것 보니까 몇

주로도 부족할 것 같은가 봐. 쉴 때 쉬더라도 유급으로 쉬는 게 천만 배 낫잖아."

해철이 문자를 날리고 도환을 쳐다봤다.

"그렇죠, 그러면 유급 휴가로 처리해놓고 최대한 빨리 잡는 게 낫겠네요."

도환이 곰곰이 생각한 뒤에 말했다.

"동식이가 쉬겠다고 하면 그게 베스트 중에 베스트지. 어, 그래. 준우야, 일은 잘되어 가고 있냐?"

해철이 도환에게 말하고 나서 준우에게 전화를 걸었다.

"선배 저 잠시 바람 좀 쐬고 올게요."

도환이 곰곰이 생각한 뒤에 고개를 끄덕이면서 자리에서 일어났다.

"그래, 조심히 다녀와라."

해철이 휴대폰을 잠시 내려놓고 말했다.

"네."

도환은 사무실을 나와서 복도를 저벅저벅 걸었다. 동식에게 성수 팀장과 과장 간의 일을 말할까 말까 고민하다가 썼던 문자를 모조리 지웠다. 사건 내적인 것으로 홍역을 치르고 있는 사람에게 사건 외적인 것으로 마음을 더욱더 복잡하게 만들고 싶지 않았다. 도환은 건물 바깥으로 나갈까, 말까 고민하다가 옥상 쉼터로 향했다. 1층 로비에서 많은 사람들과 마주하는 것보다는 바람을 쐬면서 도시의 풍경을 바라보는 것이 한결 나을 것 같았기 때문이다.

　잠시 후, 그는 옥상 쉼터에 도착해서 타 팀원들이 없는 곳에 자리를 잡았다. 사무실에 하루 종일 처박혀서 소득 없는 조사만 해서 그런지 바람을 쐬는 것만으로도 머리가 맑아지고 마음이 정화됐다. 도환은 햇볕이 내리쬐는 방향으로 누워서 살포시 눈을 감았다. 잠을 제대로 못 잔 탓에 온몸이 금세 노곤해지면서 졸음이 마구 쏟아졌다.

　몇 시간 뒤, 동식은 한참을 달린 끝에 강원도 춘천에 있는 은혜 보육원에 도착했다. 동식의 조사 결과, 은혜 보육원은 다른 보육원에 비해서 그리 크지 않은 편에 속했고 아이들의 숫자도 적은 편이었다. 동식이 보육원 사무실과 생활관 사이에 있는 주차장에 차를 주차하고 내리자 보육원 아이들이 공놀이를 하다 말고 그를 물끄러미 바라봤다.

　"애들아, 보육원 사무실이 어디니?"

　동식이 어색한 표정으로 물었다.

　"저기요."

　아이들이 동식의 정면에 위치한 건물을 가리키면서 말했다.

　"고맙다. 아저씨, 이상하고 나쁜 사람 아니니까 신경 쓰지 말고 공놀이하렴."

　동식이 어색하게 웃고 사무실 건물로 허겁지겁 걸어갔다. 아이들은 동식의 뒷모습을 물끄러미 바라보다가 한 아이의 신호와 함께 공놀이를 서둘러 재개했다.

"휴."

동식은 사무실 건물에 들어와서 아이들의 모습을 힐끗 바라본 뒤에 원장실과 행정실이 있는 방향으로 천천히 걸어갔다. 복도에는 은혜 보육원의 역사와 소개 글이 곳곳에 게재되어 있었다. 은혜 보육원은 한국 전쟁 이후, 강주권 씨와 김희자 씨 등 3인이 피난민 아동들을 자택에서 보호하다가 태동된 곳이었다. 1958년 보육원 설립인가를 받고 1975년 현재의 부지를 구입해 지금까지 운영되고 있었다.

똑똑, 동식이 원장실 문을 두드리고 나서 말했다.

"실례합니다. 오전에 전화 드렸던 형사입니다."

"네, 잠시만 기다려주세요."

장 원장이 자리에서 일어나 문을 열어주었다.

"처음 뵙겠습니다. 정동식입니다."

동식이 인사를 했다.

"반갑습니다. 은혜 보육원의 원장을 맡고 있는 장영준입니다. 이쪽으로 오시죠."

장 원장이 인사를 하고 동식을 빈자리로 이끌었다. 그리고 원장실 냉장고에서 과일 주스를 꺼내어 동식에게 조심스레 건넸다.

"고맙습니다."

동식이 과일 주스를 건네받고 말했다.

"별거 아니지만 맛있게 드세요. 그건 그렇고 저희 보육원을 졸업한 학생들의 인적 사항을 보고 싶다고요?"

장 원장이 진지한 표정으로 물었다.

"네, 전화로 말씀드렸던 그대로입니다. 용의자를 조사하는 와중에 은혜 보육원 관련 소스가 나와서요. 확실한 게 아니기 때문에 원장님께서 거절하신다면 저희 입장에서는 별 도리가 없습니다."

동식이 장 원장의 눈을 물끄러미 바라보면서 말했다.

"그렇군요. 익숙한 공간인데도 형사님이랑 독대하니까 제법 긴장되고 위축이 되네요. 도둑이 제 발 저린 것처럼 말이죠. 다들 보통 이럽니까?"

장 원장이 헛기침을 하고 나서 물었다.

"대개 그렇다고 하더라고요. 아무래도 제 얼굴이 보기 편한 얼굴이 아니어서 그런 것 같습니다."

동식이 살포시 웃으면서 말했다.

"곱상하게 생기신 분이 왜 그런 말씀을 하십니까."

장 원장의 표정이 조금 누그러졌다.

"과찬이십니다. 그럼 곰곰이 생각해보시고 나서 스스럼없이 말씀해주세요. 제가 있는 게 불편하실 수도 있으니까 차에서 기다리고 있겠습니다."

동식이 자리에서 일어나려고 했다.

"차에 안 가셔도 됩니다. 지금 즉시 정보를 정리해서 갖다드릴 테니 어서 빨리 시작하시죠. 그리고 이 일은 직원들은 일체 모르는 일이고 저 혼자만의 독단적인 행동으로 해주시길 바랍니다."

장 원장이 동식을 제지하고 자리에서 일어나서 이동하기 시작했다.

"고맙습니다. 혹시 문제가 생기면 제가 전부 책임지겠습니다."

동식이 감사의 인사를 전했다.

"말이라도 고맙습니다. 잠시만 기다려주세요."

장 원장이 서류 파일들을 가지러 원장실을 나섰다. 동식은 그제야 과일주스를 마시기 시작했다. 헛물만 켜고 돌아갈 수도 있었던 상황이었기 때문에 주스가 훨씬 더 맛있게 느껴졌다.

"저희 보육원이 설립되고 나서 1,300명 정도가 졸업을 해서 사회로 나갔어요. 입양되는 경우를 제외하고는 해마다 10명이 채 안 돼요. 형사님께서 전화로 말씀하신 내용으로 추려보면 100명에서 150명 정도 될 겁니다."

잠시 뒤, 장 원장이 서류 파일들을 가지고 와서 동식에게 건넸다.

"제 예상이랑 어느 정도 비슷하네요. 저는 오히려 더 적을 거라고 생각했습니다."

동식이 장 원장에게 서류 파일을 건네받고 수사를 재빠르게 시작했다. 몽타주 혹은 프로필과 흡사한 학생들을 최대한 추려내고 하나하나 대조하는 방식이었다.

"저희 보육원 말고 다른 곳에도 가실 예정입니까?"

몇 시간 뒤, 장 원장이 추려진 학생들의 인적 사항을 유심히 바라보면서 물었다.

"네, 몇 군데 더 가 볼 예정입니다."

동식이 서류들을 부지런하게 훑어보면서 말했다.

"실례가 안 된다면 어디 어디인지 여쭈어 봐도 되겠습니까? 저도 보육원을 맡은 지 오래되어서 보육원에 관련된 거는 조금 알고 있거든요. 주변 사람들도 발이 꽤 넓고요."

장 원장이 동식에게 넌지시 말했다.

"정말입니까? 알아봐주시면 저야 너무 좋죠. 어떤 분야든 해당 사람들만 알 수 있는 게 있는 법이니까요."

동식의 눈이 일순간 반짝거렸다.

"말만 번지르르하고 실속은 없을 수도 있습니다."

장 원장이 노트와 펜을 가지고 와서 동식을 향해 고개를 여러 차례 끄덕였다.

"강원도 강릉시에 있는 동백 보육원, 경기도 동산시에 있는 에덴 보육원, 경기도 춘원시에 있는 평강 보육원입니다."

동식이 동인의 수사 일지에서 읽었던 보육원들을 언급했다.

"강릉 동백 보육원, 동산 에덴 보육원, 춘원 평강 보육원. 저희 보육원과 연결 고리가 있는지 한번 알아보도록 하겠습니다."

장 원장이 다른 세 곳의 보육원을 필기하면서 말했다.

"고맙습니다. 내·외부적으로 엮여있는 게 하나라도 있다면 사건을 해결하는 데 커다란 실마리가 될 거예요."

동식이 어색하게 웃고 서류 파일을 다음 장으로 넘겼다.

"부디 도움이 될 수 있었으면 좋겠네요. 오호라, 강필구 씨가 이때 졸업을 하셨군요."

장 원장이 동식이 읽으려고 하는 서류 파일을 보면서 말했다.

"강필구? 원장님이 아시는 분이에요?"

동식이 강필구의 서류를 보고 장 원장에게 되물었다.

"잘은 모르고요. 보육원에서 몇 번 봐서 얼굴만 아는 정도입니다. 가끔씩 술 마시고 찾아와서 술주정을 마구 하거든요."

장 원장이 강필구를 떠올리면서 말했다.

"술주정이요? 왜요?"

동식이 흥미로운 듯이 되물었다.

"정확한 이유는 잘 모르겠습니다. 자기 삶이 보육원에 오면서부터 꼬였다나 뭐라나. 얘기 들어보면 도박 빚이 많아서 애인에게도 버림받은 것 같고요. 딱 봐도 문제가 많아 보이는 사람입니다."

장 원장이 강필구와의 대화 내용을 떠올리며 말했다.

"이분, 키가 어떻게 돼요?"

동식이 강필구의 사진을 보면서 장 원장에게 되물었다.

"꽤 큽니다. 180센티는 족히 넘을 거예요."

장 원장이 확신에 찬 목소리로 말했다.

"용의자의 몽타주와는 완전히 다른데……. 혹시 모르니까 메모는 해둬야겠네요."

동식이 강필구의 이름과 인적 사항을 메모하면서 말했다. 그리고 추려내고 추려낸 사람들의 정보를 하나로 취합하기 시작했다.

"생각했던 것보다 빨리 끝나네요."

장 원장이 동식을 바라보면서 말했다.

"제가 남들보다 빠른 편입니다. 옆에서 많이 지루하셨을 텐데 성심성의껏 도와주셔서 정말 고맙습니다."

동식이 수사를 끝마치고 자리에서 일어났다.

"별말씀을요. 제가 다른 보육원에 대해서 한번 알아보고 연락드리겠습니다. 담당 사무실로 전화해서 정 형사님 찾으면 되겠지요?"

장 원장이 일어나서 동식에게 악수를 청했다.

"네, 그렇게 하시면 됩니다. 아니면 제가 개인 연락처 알려드릴 테니까 이 번호로 연락주세요. 부재중이면 확인하는 대로 연락드리겠습니다."

동식이 악수를 하고 자신의 명함을 장 원장에게 건넸다.

"알겠습니다, 그럼 안녕히 가십시오. 멀리 안 나가겠습니다."

장 원장이 인사를 했다.

"원장님도 안녕히 계십시오."

동식이 인사를 건네고 원장실을 서둘러 나섰다. 오랜 시간 서류와의 혈투를 벌여서 그런지 머리가 지끈지끈 아프고 몸이 노곤했다.

그가 사무실 건물을 나섰을 때, 보육원 아이들은 공놀이를 끝내고 생활관으로 이미 들어가고 없었다. 동식은 차에 올라타서 주변에 있는 음식점을 내비게이션으로 검색하기 시작했다. 서울로 돌아가는 길에 음식점이 다닥다닥 붙어 있었다. 동식은 한참을 고민한 끝에 눈에 보이는 음식점을 아무거나 누르고 차를 재빨리 출발시켰다.

2015년 05월 11일 일요일 19:10

민희는 신촌 멀티숍에서 명품 옷을 여러 벌 구매하고 자신이 제일 아끼는 스포츠카에 올라탔다. 그녀 혼자만으로도 주변 사람들의 시선이 집중되었는데 화려하고 세련된 스포츠카까지 더해지자 사람들의 이목이 더더욱 집중되었다. 그녀는 사람들의 시선을 즐기면서 스포츠카에 시동을 걸고 액셀러레이터를 지그시 밟았다. 붕붕, 차가 부드러운 엔진소리와 함께 힘 있게 나아가기 시작했다.

민희는 20분을 달려서 망원동에 위치한 자신의 살롱에 도착했다. 살롱은 오랫동안 신발 공장이었던 곳을 헐값에 사들여서 내부를 세련되고 현대적으로 리모델링했다. 한강시민공원과 그다지 멀지 않은 곳에 위치하고 있었기 때문에 시세가 상당한 곳이었는데 공장 대표가 회장에게 큰 빚을 졌던 게 매입에 매우 유리하게 작용했다. 도보로 가기에는 애매한 거리에 위치하고 있었고, 차로 가려고 해도 샛길을 이용하지 않으면 안 됐기 때문에 브이아이피를 모시기에는 최고의 요새였다.

민희는 주차장에 주차를 하고 살롱 내부로 느긋하게 들어섰다. 가게 안에 있던 모든 직원들이 그녀를 향해서 허리를 숙이고 인사를 했다.

"정 대표님이나 김 실장님 출근하셨어요?"

민희가 여자 매니저에게 물었다.

"네, 두 분 다 출근하셨습니다. 살롱을 함께 돌아보신 뒤에 사무실로 가셨어요."

여자 매니저가 공손하게 말했다.

"그래요, 살롱 내부에서 시큼한 냄새가 조금 나는 것 같은데 오픈 전까지 방향에 조금 더 신경 써 주세요. 청소는 말할 것도 없고요."

민희가 코를 킁킁거리고 나서 말했다.

"네, 알겠습니다."

여자 매니저가 허리를 숙이면서 말했다.

"아, 그리고 이번 주에 들어올 물품들 한 번 더 정리해서 김 실장님한테 말씀해주세요. 정 대표님이랑 확인해보게요."

민희가 동남아에서 들어오는 약 샘플과 그림을 떠올리고 나서 말했다.

"네, 확인하는 대로 김 실장님한테 알리겠습니다."

여자 매니저가 민희의 말을 메모하면서 말했다.

"그래요. 급한 거 아니니까 쉬엄쉬엄 해도 돼요. 그럼 나중에 봬요."

"네, 나중에 뵙겠습니다."

민희가 여자 매니저와 인사를 주고받고 나서 3층에 있는 자신의 사무실로 올라갔다. 그 시각, 민기와 김 실장은 그녀의 사무실에서 커피를 마시고 있었다.

"굿 이브닝."

민희가 사무실 문을 열면서 말했다.

"정 마담 좀 일찍일찍 다녀라."

민기가 민희를 보자마자 거들먹거리면서 말했다.

"왜 보자마자 시비일까?"

민희가 자신의 자리에 쇼핑백을 내려놓으면서 말했다. 흠, 김 실장은 남매 사이에서 어쩔 줄 몰라서 헛기침을 했다.

"일터가 네 놀이터야? 손님 응대해야 하니까 메이크업은 숍에서 받는 거 이해할게. 그런데 쇼핑을 꼭 출근 전에 해야 하니?"

민기가 쇼핑백을 보고 못마땅한 표정으로 쏘아붙였다.

"내가 가게 영업시간에 쇼핑하러 갔어? 출근 전에 자유롭게 할 수도 있는 거잖아. 왜 이렇게 나를 못 잡아먹어서 안달일까?"

민희가 어이가 없다는 표정으로 말했다.

"애 봐라, 네가 개인적인 일로 출근 시간을 안 지키니까 그런 거 아니야."

민기가 언성을 높이면서 말했다.

"얼마 전부터 5분, 10분 가지고 되게 기분 나쁘게 말한다. 물론 약속 시간 어긴 건 내 잘못이 맞는데 비난하는 정도가 너무 지나치다는 거 본인은 알고 있어?"

민희가 인상을 찌푸리면서 민기의 말에 반박했다.

"남 탓하는 거 또 시작이네. 끝까지 본인 과실은 별로 없다 이거지."

민기가 고개를 갸웃거리면서 말했다.

"말은 똑바로 해. 내 잘못도 분명히 있다고 했잖아!"

민희의 표정이 어두워지면서 책상을 세차게 내리쳤다.

"으흠, 두 분 다 그만 진정하시고 가게 운영이랑 매매 건에 대해서 말씀 나누시죠."

김 실장이 크게 헛기침을 하고 차분한 목소리로 말했다.

"김 실장님 죄송합니다. 정 마담이 아직 철부지라서 공사를 제대로 구분하지 못하네요. 제가 따로 교육시키겠습니다."

민기가 민희를 힐끗 보고 나서 김 실장에게 놀리는 투로 말했다. 쿵, 민희가 책상을 한 번 더 내리치고 사무실을 나서기 시작했다.

"대표님⋯⋯."

김 실장이 민기에게 무언으로 훈계를 하고 곧바로 민희를 따라 나섰다. 민희는 사무실을 나서자마자 분에 못 이겨서 얼굴을 가리고 눈물을 글썽였다. 3층을 청소하고 있던 직원들이 그 모습을 보고 어쩔 줄 몰라서 서로의 눈치만 봤다.

"다들 3층은 됐으니까, 다른 층 위주로 정리해."

민희를 따라 나온 김 실장이 직원들에게 차분하게 말했다.

"네, 알겠습니다."

직원들이 큰 소리로 대답하고 일사불란하게 아래층으로 내려갔다.

"정 대표님께서 최 사장 일로 스트레스를 많이 받으신 것 같습니다. 마담에게 미처 말씀드리지 못했는데 최 사장이 뉴스를 보고 나서 두 분을 겁박하는 언행을 계속했거든요."

김 실장이 직원들이 모두 밑층으로 내려간 것을 확인하고 나서 말했다.

"정말이에요? 그래서 어떤 조치를 취했어요?"

민희의 눈이 휘둥그레졌다.

"네, 새벽에 이런 일이 재발하지 않도록 교육을 충분히 시켰습니다. 목숨 아까운 줄 알면 다시는 그러지 않을 겁니다."

김 실장이 또박또박 말했다.

"그렇다면 천만다행이고요. 제가 생각하는 최 사장은 자기 목숨이 여러 개인 줄 아는 것 같거든요. 수틀리면 뭔 짓을 할지 도저히 가늠이 안 돼요."

민희가 고개를 저으면서 말했다.

"수틀리지 않게 제가 잘 감시하겠습니다. 혹시 무슨 일이 생기면 최 사장을 그냥 지워버리겠습니다."

김 실장이 결의에 찬 눈빛으로 말했다.

"고마워요. 김 실장님이 있어서 늘 든든하네요."

민희의 표정이 한결 누그러졌다.

"아닙니다. 당연히 해야 하는 것을 그저 한 것뿐입니다. 그러니까 고맙다고 말씀 안 하셔도 됩니다."

김 실장이 민희의 눈을 바라보면서 말했다.

"가게 실무 보랴, 뒤처리 하랴, 게다가 철부지 여사장 기분까지 맞춰주신다고 하루가 도통 남아나질 않겠어요."

민희가 김 실장의 눈을 바라보면서 웃었다.

"그렇게 하지 않으면 하루가 생각보다 되게 깁니다."

김 실장이 어색하게 웃었다.

"힘들지는 않으세요?"

민희가 되물었다.

"적응이 돼서 괜찮습니다."

김 실장이 목소리를 가다듬고 말했다.

"다행이네요. 그래도 김 실장님 업무 조금이라도 덜어드릴 수 있게 아무쪼록 분발하겠습니다."

민희가 호흡을 가다듬고 말했다.

"고맙습니다. 그럼 저는 먼저 사무실에 들어가서 대표님과 얘기 나누고 있겠습니다. 기분이 여전히 별로시면 살롱을 한번 돌아다녀 보세요. 두 분께서 해놓은 것들을 보면 기분전환이 될 겁니다."

김 실장이 그녀에게 공손하게 말하고 나서 사무실로 저벅저벅 걸어갔다. 민희는 김 실장의 뒷모습을 물끄러미 바라보다가 엘리베이터를 타고 지하실로 내려가기 시작했다.

민희가 지하실에 도착하자 직원들이 청소를 하다 말고 일렬횡대로 모여서 큰 목소리로 인사를 했다.

"안녕하십니까."

"네, 김 매니저만 저 따라 오시고 다른 분들은 하던 일 계속하세요."

민희가 직원들에게 묵례를 하고 나서 차분한 목소리로 말했다.

"마담께서 지하에는 어쩐 일이십니까."

지하 1층 남자 매니저가 너스레를 떨면서 말했다.

"기분 전환 겸 왔어요. 요즈음 이것저것 밀수입되는 게 많아서 많이 바쁘시죠?"

민희가 고급 미술품이 보관된 방에 들어가면서 말했다.

"괜찮습니다. 두 대표님께서 최신식 항온항습기계를 설치해주셔서 지하실 직원들의 일이 많이 줄었습니다. 허허."

지하 1층 남자 매니저가 호탕하게 웃으면서 말했다.

"다행이네요. 그래도 기계는 기계니까 직원들이 상시로 체크해야 돼요. 고가의 그림 하나 잘못되면 피해가 막심하니까요."

민희가 고급 미술품을 둘러보고 약을 관리하는 방으로 들어갔다.

"물론이죠. 직원들이 최상의 온도와 습도를 지키려고 상시 대기하고 노력하고 있습니다."

지하 1층 남자 매니저가 굽실거리는 투로 말했다.

"고맙습니다. 배고프거나 목마르면 다른 매니저들한테 말해서 잘 챙겨서 드세요. 다른 층보다 인원이 부족하니까 자리 비우기가 좀 그렇잖아요."

민희가 약을 관리하는 방을 이리저리 살펴보면서 호기롭게 말했다.

"네, 그렇게 하고 있습니다. 손님들이 너무 많이 오셔서 위층 직원들이 지하실로 올 수 없을 때는 2~3명 정도만 위로 보내기도 합니다."

지하 1층 남자 매니저가 조심스럽게 말했다.

"그 정도는 괜찮아요. 이번에 동남아에서 밀수입되는 약은 관리하는 방법이 조금 복잡하다고 하던데 해당 전문가가 오면 제대로 숙지해봐요."

민희가 지하실을 한번 휘둘러보고 나서 엘리베이터로 향했다.

"네, 분부대로 하겠습니다."

지하 1층 남자 매니저가 비굴하게 대답하고 나서 청소하고 있는 직원들을 손짓으로 불렀다.

"그래요. 나중에 다시 올게요. 수고하세요."

엘리베이터가 지하실에 멈추자 민희가 위층 버튼을 누르면서 말했다.

"안녕히 들어가십시오."

직원들이 일렬횡대로 모여서 허리를 깍듯이 숙였다.

"네."

민희는 1층과 2층을 돌아다니면서 구석구석을 꼼꼼히 체크했다. 1층 로비는 출근 전과는 다르게 시큼한 냄새가 거의 나지 않고 아름다운 꽃향기가 났다. 청소 상태도 먼지 한 톨 없이 깨끗했고, 직원들의 헤어스타일이나 메이크업도 매우 세련되고 훌륭했다.

1층 전시회장에서 그림을 판매하는 직원들도 그림 배경지식 하나하나 모자람 없이 아주 잘 숙지하고 있었다. 경호원들의 모습도 늠름하고 든든해서 경찰이 불시에 들이닥쳐도 아무런 흠집을 낼 수 없을 것처럼 보였다.

2층 대형홀과 바도 아주 쾌적하고 분위기가 좋았다. 자신이 손님으로 왔다고 하더라도 오래 머무르면서 돈을 쓰고 싶은 분위기였다. 민희는 흡족한 표정으로 브이아이피 룸을 둘러보고 나서 3층 자신의 사무실로 향했다.

김 실장의 말처럼 그들이 여태껏 이뤄낸 것들을 보고 있자니 기분이 더할 나위 없이 좋아져서 사소한 다툼과 갈등은 더 이상 대수롭지 않게 느껴졌다.

06

2015년 05월 13일 화요일 15:50

성수 팀장을 비롯해 강력 3팀 멤버들은 참고인 소환 조사를 끝마치고 사무실로 차례차례 돌아왔다. 며칠 동안 구형 산타페를 부지런하게 추적했지만 아무런 성과를 얻지 못했기 때문에 참고인 조사가 무엇보다 중요했다. 하지만 제보 전화에서 첫 번째 용의자로 지목되었던 교사 남매는 사건 당일 알리바이가 확실했고, 자신들이 기억하는 범위 내에서 사실만을 정확히 증언했기 때문에 오래 붙들어둘 이유가 부족했다.

"두 사람은 용의선상에서 완전히 배제할까요?"

준우가 성수 팀장에게 물었다.

"그래, 더 조사해봤자 시간 낭비일 것 같다."

성수 팀장이 고개를 끄덕이고 나서 자신의 사무실로 들어갔다.

남은 건 두 번째 용의자로 지목되었던 강필구였다. 강필구는 교사 남매와는 다르게 사건과 전혀 관련 없는 이야기들만 횡설수설 늘어놓았기 때문에 조사 시간을 매우 지체시켰다. 팀원들을 골탕 먹이려는 듯 추후에 문제가 될 수 있다고 여러 차례 설명해도 기분에 따라 말한 것들을 이리저리 번복하기 바빴다. 해철과 도환이 언성을 높여서 화내며 '술을 자주 마셔서 기억력이 좋지 않다.', '피의자 조사도 아닌데 왜 이렇게 화를 내면서 강압적이냐?' 등등 감 놓아라 배 놓아라 뻔뻔하게 행동했기 때문에 두 사람의 심기는 한계치에 다다랐다.

"이렇게 만난 것도 인연인데 다음에 한번 놀러 오십쇼. 화끈하게 모시겠습니다. 히히."

강필구가 해철과 도환에게 노래방 명함을 건네면서 말했다.

"네, 조사 받느라 수고하셨습니다. 그럼 조심히 들어가세요."

도환이 강필구를 서둘러 보내고 사무실로 털레털레 돌아왔다.

"도환아, 저 새끼 일부러 장난치는 거지?"

해철이 사무실에 돌아와서 냉수를 벌컥벌컥 마시면서 말했다.

"글쎄요, 처음에는 일부러 그러는 것 같았는데 몇 시간 지켜보니까 또 아닌 것 같기도 하고요. 주의력 결핍 장애 같은데……. 진실은 자기만 알겠죠."

도환이 말하고 나서 넌더리가 난다는 듯 한숨을 쉬었다.

"정말 사람이 싫다, 사람이 싫어."

해철이 강필구의 얼굴을 떠올리면서 진저리를 쳤다.

"해철아, 도환아 우리 일이 이런 걸 어쩌겠냐. 사람이 죽을 만큼 싫어도 할 건 해야지. 그래 안 그래?"

성수 팀장이 팀장 사무실 문을 열고 나오면서 말했다.

"성수 팀장님, 제가 사람이 죽을 만큼 싫어도 안 한다고 하진 않았습니다."

해철이 짜증 반, 농담 반으로 말했다.

"해철 선배 말이 맞습니다. 사람이 싫어도 안 한다고 하진 않았습니다."

도환이 해철의 말에 맞장구를 쳤다.

"그렇다면 다행이고. 자, 박 교사 남매는 지금부터 용의선상에서 완전히 배제한다. 조금만 쉬고 나서 교대로 강필구 뒤를 밟자. 해철, 도환 두 사람이 우선 미행하고, 지원, 준우 두 사람은 사무실에서 남아서 일하다가 시간 맞춰서 교대해."

성수 팀장이 해철과 도환, 지원과 준우를 짝지어서 가리켰다.

"네, 알겠습니다."

팀원들이 일제히 대답했다.

"그래, 나도 강필구 쫓는 거 썩 내키지는 않는데 지금으로서는 별도리가 없지 않냐. 새로운 거 나올 때까지 할 수 있는 걸 해 봐야지."

성수 팀장이 별수 없다는 표정으로 말했다.

"맞습니다, 할 수 있는 걸 제때 해야 나중에 후회도 안 남고요."

지원이 호기롭게 말했다.

"그래, 그렇게 생각해주니까 팀장으로서 너무 고맙다. 그럼 다들 조금이라도 편히 쉬어라. 아침부터 참고인 조사하느라 고

생했다."

성수 팀장이 평소와는 다르게 감정적인 말을 내뱉고 자신의 사무실로 들어갔다.

"팀장님도 제법 지치시나 봐요. 평소답지 않으시네요."

팀장 사무실 문이 닫히자 도환이 해철에게 소곤소곤 말했다.

"그러게 말이다. 노력은 하는데 성과가 없으니까 감정이 이따금 요동칠 만하지."

해철이 하품을 하고 나서 의자에 온몸을 기대었다.

"음, 뭐 하나 터질 거 같은데 안 터지네요."

도환이 머리를 매만지면서 말했다.

"곧 터질 거다, 암 그렇고말고. 야, 도환아, 딱 30~40분만 쉬고 나서 나가는 게 어때?"

해철이 자신의 책상에서 목 베개를 꺼내면서 말했다.

"그러시죠. 한숨 푹 주무세요. 제가 이따가 깨워드릴게요."

도환이 휴대폰 알람 설정을 30분 후로 맞췄다.

"그래, 너도 좀 쉬면서 해라."

해철이 목 베개를 의자에 받치고 나서 눈을 살포시 감았다.

29분 후, 도환이 휴대폰으로 시간을 확인하고 알람 설정을 껐다. 그리고 해철을 조심스레 깨우기 시작했다.

"해철 선배 일어나세요. 30분 지났어요."

"강필구 씨는 지금……."

해철이 드릉대면서 잠꼬대를 했다.

"해철 선배 이제 나가봐야 된다니까요."

도환이 해철의 어깨를 지그시 누르고 좌우로 흔들었다.

"어?…… 어. 그래, 잠시만."

해철이 잠에서 깨어나 눈과 눈썹을 비비적거렸다.

"운전 제가 할 테니까 피곤하시면 차 안에서 조금 더 주무세요. 드르렁거리는 소리가 너무 커서 숨넘어가시는 줄 알았어요."

도환이 수사 파일을 성수 팀장에게 가져다주고 와서 말했다.

"짧은 시간인데도 나름 깊게 잤다. 뭐, 후배님이 그렇게 해주신다니까 굳이 마다하지 않겠습니다. 자알 부탁드립니다."

해철이 자리에서 일어나 기지개를 켰다.

"네. 해철 선배, 저 미제사건 팀 사무실에 얼른 다녀올 테니까 바깥에서 잠시만 기다리고 계세요. 오래 걸리지 않을 거예요."

도환이 차 키와 지갑을 챙기면서 말했다.

"그래, 밖에서 담배 한 대 피우고 있을게. 일찍 안 오면 나 내버려두고 너 혼자 가서 미행해라."

해철이 커피포트로 털레털레 걸어가서 믹스 커피를 만들기 시작했다.

"그건 도저히 힘들 것 같은데요."

도환이 쩝, 소리를 내면서 사무실을 먼저 나섰다.

"저 놈 자식 봐라. 선배한테 한마디도 안 지려고 해요. 어휴, 이만 가봐야겠다. 팀장님 다녀오겠습니다, 준우야, 지원아 다녀올게."

해철이 믹스 커피를 호로록 마시고 팀원들에게 인사를 했다.

"조심히 다녀오세요."

"교대할 때 연락드리겠습니다."

지원과 준우가 수사 파일을 정리하면서 해철에게 인사를 했다.

잠시 뒤, 해철은 도환을 기다리면서 야외에서 담배를 태우고 있었다. 그때, 그의 시야 너머로 동식의 차가 경찰서로 들어오는 것이 보였다. 해철은 담배를 피우다 말고 동식의 차에 서서히 다가갔다.

"동식아."

동식이 운전석에서 내리자 해철이 큰 목소리로 말했다.

"해철 선배, 그동안 잘 지내셨어요? 잠은 푹 자고요?"

동식이 해철을 보고 깜짝 놀란 얼굴로 물었다.

"잠이야 뭐, 넉넉히 자고 있으니까 걱정 마라."

해철이 인자하게 웃었다.

"다행이네요. 저도 생각보다 아주 잘 자고 있습니다."

동식이 웃으면서 말했다.

"그래, 잠이라도 잘 자야 몸과 마음이 그나마 좋아지지. 그건 그렇고 웬일이냐? 너 온다는 얘기 못 들었는데."

해철이 영문을 알 수 없다는 표정으로 되물었다.

"아, 성수 팀장님이 말씀 안 하셨나 보네요. 음, 팀장님이랑 잠시 얘기 좀 나누려고요."

동식이 차분한 목소리로 말했다.

"무슨 얘기? 너 설마 말도 안 되는 걸로 또 고집 피우려는 거 아니지?"

해철이 걱정스러운 눈빛으로 말했다.

"아니에요, 선배. 쉬는 거 때문에 그런 거예요. 오해하지 마세요."

동식이 너스레를 떨면서 말했다.

"아, 그래. 그 문제가 있었지 참. 너 유급 휴가 꽤 남은 것 같던데 그거 우선 다 사용해. 포상이랑 이것저것 다 합치면 3~4주 정도 되지 않냐."

해철이 동식의 휴가 문제를 떠올리고 나서 진지하게 말했다.

"그렇게 하려고요. 다른 팀 지원해서 소일거리라도 할까 말까 고민해봤는데 아무리 생각해도 쉬는 김에 푹 쉬는 게 나을 것 같아요."

동식이 쓴웃음을 지으면서 말했다.

"그래, 잘 생각했다. 다른 팀 가봤자 집중도 잘 안 될 거야. 지방에 연고가 있어서 지역을 완전히 옮길 것도 아니고."

해철이 동식의 어깨를 살포시 두드리면서 말했다.

"네."

동식이 마지못해 웃었다. 그때 도환이 팀장에게 부탁받은 일을 마무리하고 건물 바깥으로 나왔다.

"어, 동식 선배?"

도환이 동식을 발견하고 화들짝 놀랐다.

"김도환, 잘 지냈냐?"

동식이 도환을 보고 환하게 웃었다.

"네, 혼내는 사람이 한 사람 줄어들어서 잘 지낼 수밖에 없네요. 여기서 한 사람만 더 없으면 딱 좋을 것 같아요."

도환이 눈으로 해철을 가리키면서 농을 부렸다.

"입만 산 건 여전하네."

동식이 도환의 시선을 확인하고 크게 웃었다.

"초지일관을 지키려고 합니다. 그건 그렇고 동식 선배 무슨 일로 오셨어요? 아, 휴가 건 땜에 오신 건가?"

도환이 동식의 일을 하나하나 떠올리고 나서 말했다.

"이 자식, 눈치 하나는 기가 막히게 빠르네."

해철의 눈이 휘둥그레졌다.

"빤한 거 아니에요? 그게 아니라면 동식 선배가 수사하겠다고 금식 투쟁이라도 벌이겠어요?"

도환이 해철에게 이기죽거리면서 말했다.

"일 절만 해, 인마. 이 자식이 선배들 놀리는 거에 재미 들려가지고 브레이크 밟을 줄 모르네."

동식이 도환에게 헤드록을 걸었다.

"죄송해요, 죄송해요. 앞으로 조심하겠습니다."

도환이 앓는 소리를 억지로 내면서 웃었다.

"쟤가 나중에 한 팀의 팀장이 되고, 과장이 된다고 생각하면 끔찍하다, 끔찍해."

해철이 진저리를 치면서 말했다.

"제가 왜요. 장난칠 때는 치더라도 수사할 때는 확실히 하잖아요. 안 그렇습니까?"

도환이 두 사람에게 의기양양한 표정으로 말했다.

"그건 그래. 리더가 되면 잘할 거야. 휴, 나는 이만 팀장님 뵈러들어가 봐야겠다. 해철 선배 간만에 봐서 너무 좋았습니다. 도환아, 네 덕분에 간만에 크게 웃었다."

동식이 휴대폰으로 시간을 확인하고 나서 해철과 도환에게 인사를 건넸다.

"그래, 어서 들어가 봐. 팀장이랑 얘기 잘해서 최대한 좋은 방향으로 처리하고. 우리도 일 하나 처리하러 이만 가봐야겠다."

해철이 동식의 어깨를 툭툭 쳤다.

"동식 선배 연락드릴게요."

도환이 손으로 전화하는 시늉을 했다.

"그래, 조심히 다녀와."

동식이 도환의 몸을 툭 치고 나서 1층 로비로 저벅저벅 걸어 갔다. 팀원들의 우려와는 다르게 동식의 컨디션이 그다지 나쁘게 보이지 않았다. 해철과 도환은 동식의 뒷모습을 물끄러미 바라보다가 차가 주차되어 있는 방향으로 움직이기 시작했다.

동식은 건물 내부로 들어와서 곧바로 형사과 강력 3팀 사무실로 향했다. 익숙한 공간임에도 불구하고 며칠 동안 자리를 비워서 그런지 낯설고 불편한 기운이 맴돌았다. 동식은 복도에 나와 있는 타 팀 멤버들과 짧은 인사를 주고받으면서 불편한 감정을 해소시키려고 노력했다.

잠시 후, 그는 강력 3팀 사무실 앞에 도착해서 손등으로 출입문을 살짝 두드렸다. 툭툭, 준우가 작업을 하다가 동식의 노크소리를 듣고 출입문으로 고개를 돌렸다.

"동식 선배."

준우가 자리에서 일어나서 출입문을 황급히 열어주었다. 성수 팀장과 지원도 준우의 목소리를 듣고 동식의 존재를 확인했다.

"두 사람 다 잘 지냈지?"

동식이 준우와 지원에게 인사를 건넸다.

"그럼요, 선배도 잘 지내셨죠?"

지원이 동식에게 안부 인사를 건넸다.

"어, 나는 요즈음 잘 먹고 잘 쉬어서 컨디션이 좋다."

동식이 웃으면서 대답했다.

"다행이네요. 방금 전에 해철 선배랑 도환 선배 나가셨는데 혹시 마주치셨어요?"

준우가 바깥을 가리키면서 말했다.

"어, 딱 마주쳐서 얘기 나눴어."

동식이 고개를 끄덕였다. 그때 성수 팀장이 자신의 사무실 문을 두드리고 나서 손목시계를 가리켰다.

"준우야, 지원아 팀장님이랑 할 얘기 있어서 이만 가봐야겠다. 나중에 보자."

"네, 나중에 봬요."

동식이 두 사람에게 인사를 건네고 성수 팀장의 사무실로 저벅저벅 걸어갔다. 준우와 지원은 자신들의 자리로 돌아가서 귀를 쫑긋 세우고 성수 팀장과 동식을 힐끗 번갈아 봤다.

"생각보다 잘 지내는가 보구나."

성수 팀장이 동식에게 악수를 청했다.

"네, 덕분에 잘 쉬어서 그렇습니다."

동식이 성수 팀장의 손을 잡았다.

"의외네. 일벌레가 일을 쉬면 답답해서 힘들 줄 알았거든."

성수 팀장이 자리에 앉으면서 말했다.

"저도 그럴 줄 알았는데 하루 지나니까 금세 적응이 되더라고요. 인간은 역시 상황에 맞게 진화하나 봅니다."

동식이 뻔뻔하게 거짓말을 했다.

"부디 거짓말이 아니길 바란다. 괜히 딴짓해서 잘못되면 너도 안 좋고, 팀도 안 좋고 피차 피곤하고 불편하잖니."

성수 팀장이 동식의 눈을 들여다보면서 말했다.

"그럼요. 서로에게 이득은 되지 못할지언정 해가 되지는 말아야죠."

동식이 성수 팀장의 시선을 피하지 않고 말했다.

"그래, 다른 팀에 지원 간다든지 다른 지역으로 갈 생각은 없는 거지?"

성수 팀장이 눈을 깜박이고 나서 물었다.

"네, 다른 사건 맡아봤자 집중도 안 될 것 같고요. 다른 곳으로 간다고 하더라도 이곳으로부터 자유로울 수 없을 것 같아요. 아시다시피 연고도 없고요."

동식이 쓴웃음을 지으면서 말했다.

"그래. 그렇다면 통화에서 얘기했던 대로 우선 유급 휴가로 처리하자. 이것저것 덧붙이면 조금 더 쉴 수 있을 거야."

성수 팀장이 서류를 확인하고 나서 말했다.

"네, 그렇게 하겠습니다."

동식이 차분하게 말했다.

"음, 그래. 그 사이에 과장님이랑 얘기 한 번 더 해 볼게. 너는 아무것도 신경 쓰지 말고 어머니랑 좋은 시간 보내는 데 집중해."

성수 팀장이 거친 숨을 내쉬고 명령조로 말했다.

"네, 변동사항 있으면 연락주세요."

동식이 고개를 끄덕였다.

"그래, 연락하마. 통화로 충분히 할 수 있는 얘기인데 오라 가라 해서 미안하다. 네 상태가 어떤지 위에서 직접 확인하라고 하더라고. 개인적으로도 그렇게 하고 싶었기 때문에 과장 핑계 대면서 널 불렀다. 넓은 마음으로 이해해라."

성수 팀장이 서류를 철에 넣으면서 말했다.

"저도 팀장님이랑 팀원들 볼 수 있어서 좋았습니다."

동식이 마지못해 웃었다.

"그래, 그리고 일전에 감정적으로 다그쳤던 건 진심으로 사과하마. 내가 부족해서 너의 마음을 제대로 헤아리지 못했어."

성수 팀장이 뜸을 들이고 나서 말했다.

"아닙니다. 팀장님은 리더로서 해야 할 일을 그저 하셨을 뿐입니다. 신경 쓰지 마십시오. 이미 다 잊었습니다."

동식이 고개를 저으면서 말했다.

"그렇게 생각해주니까 고맙다. 그래, 이만 들어가 봐."

성수 팀장이 동식에게 악수를 청했다.

"네, 연락드리겠습니다."

동식이 성수 팀장과 악수를 하고 팀장 사무실을 나섰다. 지원과 준우가 동식이 나오는 것을 보고 자리에서 서둘러 일어났다.

"앉아, 앉아. 급한 일이 생겨서 바로 가야 돼."

동식이 두 사람에게 앉으라고 손짓을 했다.

"바로 가시게요?"

준우가 엉거주춤하게 서서 되물었다.

"어, 회포는 다음에 술 한잔하면서 풀자. 오늘은 각자 맡은 일 하고."

동식이 웃으면서 말했다.

"알겠습니다. 선배 몫까지 최선을 다하겠습니다."

지원이 겸연쩍게 웃으며 말했다.

"그래, 내 몫까지 부탁한다. 그리고 이건 얼마 안 되지만 커피라도 사 먹을 때 사용해."

동식이 봉투를 탁자 위에 올려두고 서둘러 사무실을 나섰다.

"동식 선배, 미안하게 왜 그러세요."

준우가 자리에서 박차고 나왔다.

"수고해."

동식이 이만 들어가라는 제스처를 취하고 복도를 저벅저벅 걸어갔다. 지원과 준우는 서로의 얼굴을 멍하니 바라보면서 어쩔 줄 몰라 머리를 긁적였다.

"얼마 안 된다잖아. 부담스러워하지 말고 근무할 때 맛있는 거 사 먹어."

성수 팀장이 커피포트 전원을 켜면서 말했다.

"네, 알겠습니다."

준우가 봉투를 챙겨서 자신의 자리로 돌아갔다.

2015년 08월 13일 화요일 19:00

해철과 도환은 편의점에서 산 토스트와 액상 커피를 마시면서 용의자 강필구를 미행하고 있었다.

"쟤를 제보한 사람은 도대체 누구야?"

해철이 토스트를 한입 베어 먹고 물었다.

"같은 오피스텔에 사는 이웃사람이요."

도환이 액상 커피를 마시고 나서 말했다.

"아하, 뭐라고 제보했는데?"

해철이 도환을 쳐다보면서 물었다.

"제보자가 살고 있는 오피스텔에 용의자의 몽타주, 프로필과 매우 흡사한 사람이 살고 있다고요. 술을 마시든 안 마시든 이웃사람들에게 시비 걸고, 협박하는 것을 보면 제정신이 아닌 것 같아서 너무 불안하다고요."

도환이 제보 전화를 떠올리고 말했다.

"에후, 참고인 조사 받는데도 그렇게 까부는데 일상생활에서는 오죽할까. 안하무인이겠지. 안 봐도 비디오다."

해철이 한숨을 쉬고 나서 고개를 저었다. 그 시각, 강필구는 노래방 바깥으로 나와서 직원들과 담배를 태우며 지나가는 여자들을 품평했다.

"입이 도통 쉬지를 않네요. 목소리도 크고, 사용하는 단어 하나하나 저급하기 짝이 없고."

도환이 강필구를 바라보며 한심스럽다는 표정을 지었다.

"저런 놈들은 목소리 작게 내고 침묵하는 게 상대한테 지는 거라고 생각해서 그래. 허영으로 가득 차 있어서 자신이 잘난 사람이라는 것을 끊임없이 확인해야 하거든."

해철이 콧구멍 주위를 만지작거리면서 말했다.

"아무리 봐도 강필구가 사람을 죽이고 나서 조용히 살 수 있을 것처럼 느껴지지는 않네요."

도환이 토스트를 천천히 한 입 베어 먹었다.

"모든 팀원들이 그렇게 생각하지 않을까. 마땅한 대안이 없으니까 혹시나 해서 지켜보는 거지."

해철이 도환의 토스트를 물끄러미 바라봤다.

"해철 선배, 나중에 몇 개 더 사 올게요. 그러니까 제 거는 눈독 들이지 마세요."

도환이 해철을 힐끗 쳐다보고 말했다.

"그냥 본 거야, 자식아. 눈독을 들이긴 뭘 들여."

해철이 도환의 시선을 피하면서 입술을 매만졌다.

"아님 말고요."

도환이 토스트를 베어 먹고 우걱우걱 씹었다.

"나중에 편의점 다녀올 때 먹을 거 좀 넉넉히 사 와라. 아니다, 재 건물 안으로 들어가면 내가 다녀올게."

해철이 고개로 강필구를 가리키면서 말했다.

"네, 그러세요. 아니면 국밥 같은 거라도 드시고 오시든가요."

도환이 휴대폰으로 주변 순댓국집을 검색해서 해철에게 보여 줬다.

"맛있어 보이네. 흠, 이왕 먹는 거 제대로 먹는 게 아무래도 낫겠지?"

해철이 메뉴를 이리저리 둘러보면서 말했다.

"네, 괘념치 말고 다녀오세요. 무슨 일 있으면 바로 연락드릴게요."

도환이 웃으면서 말했다. 그때 강필구가 직원들과 함께 건물 안으로 들어가기 시작했다. 도환이 그 모습을 확인하고 해철에게 다녀오라는 시늉을 했다.

"그래, 금방 다녀오마. 무슨 일 있으면 곧바로 연락하고."

해철이 조수석을 박차고 나가면서 말했다.

"네, 조심히 다녀오세요."

도환이 해철을 배웅하고 강필구의 노래방을 유심히 올려다봤다. 이른 시간이라 그런지 노래방을 이용하는 사람의 숫자가 그다지 많지 않았다. 도환은 사냥감을 기다리는 맹수처럼 숨을 죽이고 잠자코 때를 기다렸다.

그 시각, 동식은 자신의 사무실에서 수사를 이어나가고 있었다. 새벽 일찍부터 나와서 보육원 2곳을 들르고, 성수 팀장과 면담까지 했기 때문에 체력적으로 되게 힘에 부쳤다. 졸음이 미치도록 쏟아지고, 몸이 노곤했지만 일분일초도 헛되게 사용할 수 없다는 강박으로 억지로 버티고 있었다.

동식은 책상에 앉아서 한참을 생각하다가 벽면에 붙여둔 보육원 사진을 보고 나서 차례차례 떼어냈다. 오전에 들렀던 강릉시에 있는 동백 보육원과 춘원시에 있는 평강 보육원의 사진이었다. 그는 두 보육원에서 부지런히 조사를 했지만 아무런 성과를 얻지 못했다. 큰 기대를 한 것은 아니었지만 심적으로 쫓기고 있었기 때문에 실망감과 허무함이 이루 형언할 수 없이 상당했다.

이제 남은 것은 경기도 동산시에 있는 에덴 보육원과 지역조차 알 수 없는 무명의 보육원이었다. 에덴 보육원에서조차 아무런 성과를 얻지 못한다면 은혜 보육원에서 가려낸 이들을 다시 조사하는 수밖에 없었다.

동식은 한숨을 쉬면서 용의자로 의심되는 이들의 사진을 휘둘러봤다. 체형은 엇비슷해도 몽타주와 비슷한 사람은 단 한 사람도 없었다. 용의자가 소포를 보낸 날에도 알리바이가 저마다 확

212

실했다. 동식은 돌파구가 마땅히 보이지 않아서 머리가 지끈지끈 아팠다. 그때, 동식의 휴대폰에 등록되지 않은 번호로부터 전화가 걸려왔다.

"여보세요."

동식이 힘없는 목소리로 말했다.

"정동식 형사님 휴대폰 번호 맞습니까?"

장 원장이 아리송한 목소리로 물었다.

"네, 그런데 누구십니까?"

동식이 자신의 이름과 직함이 거명되자 기운을 억지로 차리면서 말했다.

"정 형사님 안녕하십니까. 저 은혜 보육원 원장 장영준입니다."

장 원장이 반가운 목소리로 말했다.

"아, 장 원장님 단번에 못 알아봬서 죄송합니다. 밀린 서류 정리하느라 정신이 도통 없어서요."

동식이 서류를 일부러 만지작거리면서 바쁜 시늉을 했다.

"아닙니다, 충분히 그럴 수 있죠. 정 형사님 업무 때문에 바쁘시면 나중에 다시 전화 드릴까요?"

장 원장이 조심스레 되물었다.

"아니요, 지금 통화해도 괜찮습니다. 편히 말씀하세요."

동식이 자세를 고쳐 앉으면서 말했다.

"네, 다름이 아니라 정 형사님 저희 보육원에 다녀가고 나서 도움이 될 만한 게 없을까 해서 회계 장부랑 이전 원장들의 대장을 샅샅이 비교해봤거든요."

장 원장이 또박또박 말했다.

"네, 계속 말씀하시죠."

동식이 책상 서랍에서 메모장을 끄집어내서 은혜 보육원 회계 장부, 이전 원장들의 대장 비교라고 적었다.

"그런데 이상한 게 눈에 띄더라고요."

장 원장이 말했다.

"어떤 거죠?"

동식이 되물었다.

"감사를 어떻게 빠져나갔는지 모르겠지만 80년대 중반부터 90년대 초반까지 수입과 지출이 누락되어 있거나 일치하지 않는 게 여러 개 보이더라고요."

장 원장이 뜸을 들이고 나서 말했다.

"조세 회피 가능성이 농후하네요."

동식이 장 원장 말이 끝나자마자 곧바로 대답했다.

"저도 그렇다고 생각합니다. 홍해복지재단이라는 곳으로 돈이 많이 샜는데 찾아보니까 지금은 존재하지 않는 곳이었어요."

장 원장이 심호흡을 하고 말했다.

"홍, 해, 복지재단 맞나요?"

동식이 조세회피 가능성 농후, 홍해복지재단 등등을 메모했다.

"네, 홍해복지재단입니다."

장 원장이 홍해복지재단을 또박또박 발음했다.

"한번 조사해봐야겠네요. 지금 근무하고 있는 직원들 중에서는 그 당시의 원장과 아는 사이는 없는 거죠?"

동식이 골똘히 생각한 뒤에 되물었다.

"네, 없습니다. 시간이 상당히 흘렀으니까요. 당시 원장에게 자초지종을 물으려고 연락을 해봤더니 예상했던 대로 전화를 받지 않더라고요."

장 원장이 달뜬 목소리로 말했다.

"연락처가 바뀌었을 수도 있으니까요. 그 당시엔 휴대폰이 흔하지 않던 시절이기도 하고요."

동식이 차분하게 말했다.

"그래서 이 지역에 터를 잡고 있는 분들에게 넌지시 물어봤죠. 원장이 아니더라도 직원들 근황을 아는 분이 있냐고요."

장 원장이 호흡을 가다듬고 말했다.

"근황을 아는 분들이 있던가요?"

동식이 펜을 만지작거리면서 되물었다.

"아니요, 애석하게도 없었습니다. 원장이 보육원 일을 그만두고 미국으로 갈 거라는 얘기를 자주 했다던데 저로서는 확인할 방법이 없어서요."

장 원장이 매우 아쉬워했다.

"그것도 제가 한번 알아보겠습니다. 다른 곳도 비슷한 상황이라면 홍해복지재단이랑 용의자랑 관련 있을 가능성이 높겠네요."

동식이 은혜 보육원 당시 임직원들 근황은 알 수 없음이라고 메모했다.

"그럴 수도 있겠군요. 정 형사님 다른 보육원은 가보셨습니까?"

장 원장이 되물었다.

"네, 오늘 동백 보육원과 평강 보육원을 다녀왔어요."

동식이 거짓 없이 사실 그대로 말했다.

"두 곳이나요? 동백이랑 평강 보육원이면 강릉이랑 춘원이지 않습니까. 어휴, 하루 종일 욕보셨네요. 성과가 좀 있으셨습니까?"

장 원장이 측은한 마음에 한숨을 쉬고 나서 물었다.

"아니요. 아무런 성과가 없었습니다. 솔직하게 말씀드려서 회계 장부는 볼 생각조차 하지 못했고요."

동식이 솔직하게 말했다.

"애석하게 됐네요. 다음에는 반드시 성과가 있을 겁니다. 그리고 제가 알아낸 게 저희 보육원만 저지른 잘못일 수도 있고요."

장 원장이 조심스레 말했다.

"위로해주셔서 고맙습니다. 장 원장님 말씀처럼 다음에는 꼭 성과가 있으면 좋겠네요."

동식이 애써 웃으며 말했다.

"꼭 그렇게 될 겁니다. 그건 그렇고 조세 회피가 맞다면 감사도 감사지만 당시 경찰 수사를 어떻게 빠져나갔는지 모르겠네요. 회계 조사를 안 하지는 않았을 테고요."

장 원장이 당시 상황을 이해할 수 없다는 듯이 말했다.

"모든 이가 장 원장님처럼 청렴결백하지는 않으니까요."

동식이 씁쓸하게 웃으며 말했다.

"아하, 제가 청렴결백한 것은 아니지만 무슨 말씀인지 충분히 이해했습니다."

장 원장이 동식을 따라서 씁쓸하게 웃었다.

"고맙습니다. 오늘 전화 주신 것도 포함해서요. 장 원장님 말씀하신 건 제가 알아보고 조만간 다시 연락드리겠습니다."

동식이 메모장을 물끄러미 바라보면서 말했다.

"정 형사님께 도움이 되었다니 천만다행입니다. 네, 연락 기다리고 있겠습니다. 수고하십시오."

장 원장이 말했다.

"네, 장 원장님도 수고하십시오."

동식은 전화를 끊고 곧바로 도환에게 '편하게 통화 가능할 때 전화 부탁'이라고 문자 메시지를 보냈다. 잠시 후, 도환으로부터 '오래 걸려요?'라고 답장이 왔다. 동식이 '오래 걸릴 수도 있음'이라고 답장하자 도환으로부터 '알겠습니다.'라고 메시지가 왔다.

동식은 도환의 문자 메시지를 확인하고 나서 메모장을 유심히 살펴봤다. 어쩌면 지금까지 풀리지 않았던 수수께끼를 장 원장의 힌트로 풀 수 있을지도 모른다는 생각이 들었다. 동식은 골똘히 생각한 뒤에 메모장에 여러 가지 가능성을 그리기 시작했다.

2015년 05월 13일 화요일 22:00

최 사장이 정신을 차리고 주위를 유심히 살펴봤다. 공들여 만든 사무실은 엉망진창이었고, 김 실장과 함께 왔던 직원들은 아직도 떠나지 않고 사무실 한편에 머물러 있었다. 최 사장은 그들을 보자마자 너무 놀란 나머지 눈을 질끈 감았다.

'이 개새끼들은 왜 안 가는 거지. 정 남매한테 사과하지 않으면 정말 나를 죽일 셈인가. 이런 좆같은. 김 실장이 들이닥친 게 언제지. 하루 이틀? 아니면 사흘 전?'

최 사장은 김 실장이 갑작스레 들이닥친 때를 오랫동안 상기했다. 그러고 나서 잠시 뒤, 실눈을 뜨고 남아 있는 정 남매 직원들을 몰래 지켜봤다.

'김 실장은 소수만 남겨 놓고 간 건가. 아니면 사무실 바깥에서 기다리고 있는 건가.'

최 사장은 그들이 깨어 있는 것이 아니라 소파에 기대어 쿨쿨 자고 있다는 것을 금세 알 수 있었다. 소파 주위로 술병과 주전부리들이 널브러져 있었기 때문이다.

'남겨 놓고 간 모양이로군. 김 실장이 있었다면 마시게 내버려 뒀을 리가 없지. 시발, 지금이 절호의 기회인데……. 그래 죽기 아니면 까무러치기지.'

최 사장이 심호흡을 하고 자신의 책상 쪽으로 엉금엉금 기어가기 시작했다. 책상 서랍 안에 회칼과 가위가 있었기 때문이다.

'시발, 좆같이 아프네.'

취기와 약 기운이 사라진 지 오래였기 때문에 김 실장과 부하 직원들에게 맞은 곳이 미치도록 쑤시고 괴로웠다.

'개새끼들, 이런 시발 새끼들.'

최 사장은 사무실 바닥에 부서진 잔해들과 닿고 쌍욕을 퍼부었다. 따끔거리고 쓰라려서 미칠 것 같았지만 포기하면 죽도 밥도 안 되는 상황이었기 때문에 이를 악물고 천천히 앞으로 나아갔다.

'됐어, 여기까지 온 거면 반은 된 거야.'

그가 책상 앞에 도착해서 남매의 부하 직원들이 자고 있는 쪽을 봤다. 그들은 여전히 아무것도 모르고 곤히 잠들어 있었다. 최 사장은 그것을 확인하고 나서 손이 묶여 있는 방향으로 뒤돌아 앉았다. 그러고 나서 심호흡을 하면서 손가락으로 서랍을 열기 시작했다.

'시발, 왜 이렇게 안 열려.'

온종일 아무것도 먹지 않은 데다가 자세마저 구부정했기 때문에 서랍을 여는 것조차 생각보다 쉽지 않았다. 최 사장은 조금만 더, 조금만을 외치면서 가까스로 책상 서랍을 여는 데 성공했다.

'됐어, 정말 다 된 거야.'

그는 주사기로 약을 투여한 것처럼 카타르시스가 온몸에 퍼지는 것을 오롯이 느낄 수 있었다. 최 사장은 감에 의존해서 회칼의 손잡이를 책상 서랍 바닥에 세우고 칼날을 위로 향하게 만들었다. 그러고 나서 손을 위아래로 조심스럽게 움직이기 시작했다. 뚝, 뚝, 뚜둑. 그의 손에 묶여 있던 케이블 타이와 밧줄이 서서히 끊어졌다.

"흐, 흐흐."

최 사장이 두 손을 앞으로 내밀어서 앞뒤로 유심히 살폈다. 손가락과 손등, 손바닥이 많이 상해있었지만 기분이 너무 좋았기 때문에 특별히 괘념치 않았다. 그는 회칼을 집어 들고 곧바로 발목에 묶여 있던 케이블 타이와 밧줄을 잘라냈다. 뚝, 최 사장은 사지가 자유로워지자 두려움과 절망이 단번에 사라지는 것을 느낄 수 있었다. 그는 입에 붙여져 있던 테이프를 떼어내고 정 남매의 부하 직원들에게 조심스레 다가갔다.

2015년 05월 14일 수요일 00:00

민기와 민희 그리고 김 실장은 살롱 회의실에서 새로 들어온

220

물건들을 가지고 이야기를 나누고 있었다. 동남아에서 밀수입한 고가의 그림 몇 점과 2,000명분의 약이었다.

"이번에 동남아에서 수입한 것들 반응이 꽤 괜찮더라."

민기가 담배에 불을 붙이면서 말했다.

"응, 관리하기 빡센 것처럼 말하더니 애들 가르치는 것 보니까 별거 없던데?"

민희가 가소롭다는 듯이 웃었다.

"네가 관리하는 것도 아니면서 말은 번지르르하게 해요."

민기가 담배 연기를 민희에게 내뱉으면서 말했다.

"아 진짜 어이가 없네. 김 실장님 제가 아무리 모자란 동생이어도 면전에 대고 담배 연기 내뱉는 건 너무 몰상식하지 않아요?"

민희가 찡그린 얼굴로 김 실장에게 되물었다.

"음, 몰상식한 것은 아니지만 이번만큼은 정 대표님께서 확실히 잘못하신 것 같습니다."

김 실장이 민희를 바라보고 나서 민기에게 조심스레 말했다.

"정 대표, 김 실장님 말 들었지? 이번만큼은 네가 잘못했다니까 어서 빨리 사과해."

민희가 이기죽거렸다.

"미안하다. 됐지?"

민기가 장난스럽게 사과했다.

"그래, 개똥 같은 사과지만 내가 특별히 받아준다. 다음부터는 조심해."

민희가 익죽거리고 나서 생수를 마셨다.

"후유, 받아줘서 고맙습니다. 김 실장님 이번에 들어온 그림은 반응이 좀 어때요? 관심을 보이는 사람이 있어요?"

민기가 민희에게 장난스럽게 말하고 김 실장에게 진지한 표정으로 물었다.

"아직은 없습니다. 들인 지 얼마 안 됐으니까 못해도 다음 주까지 시간을 두고 지켜보시죠."

김 실장이 차분하게 말했다.

"그럴까요? 큐레이터들도 배경지식을 암기할 시간도 필요하고."

민기가 담배꽁초를 재떨이에 비비면서 말했다.

"네. 시간이 지나도 반응이 별로라면 저번 홍콩 작품처럼 약을 할인해준다는 식으로 하면 될 것 같습니다."

김 실장이 흐트러짐 없는 자세로 말했다.

"그거 좋네요. 정가로 팔기만 하면 되니까 그렇게 하시죠."

민기가 고개를 끄덕이면서 말했다.

"그림 자체가 세련돼서 정가 이상으로 판매할 수 있을 거야. 현대 미술이라는 게 결국엔 메시지보다 해석이잖아. 애들한테 상여금 두둑이 준다면서 소개 글 제대로 써보라고 해 봐. 마르셀 뒤샹 작품처럼 만들어버릴걸?"

민희가 또 다른 방안을 제안했다. 그때 따르릉따르릉, 민희 휴대폰에 모르는 번호로 전화가 걸려왔다.

"아, 간만에 생산적이고 멋있는 말 하는 줄 알았더니 금세 초를 치시네. 정 마담, 회의할 때만큼은 무음이나 진동으로 해놓으라고 했잖아."

민기가 인상을 찌푸리며 말했다.

"깜박했어."

민희가 수신거부 버튼을 누르면서 말했다. 곧바로 그녀에게 걸려온 전화가 끊어졌다. 따르릉따르릉, 이번에는 민기 휴대폰에 모르는 번호로 전화가 걸려오기 시작했다.

"뭐야, 너 이 번호로 전화 왔어?"

민기가 휴대폰 번호를 확인하고 민희에게 보여줬다.

"잠시만, 어, 같은 번호네."

민희가 부재중 전화를 확인하고 나서 말했다.

"여보세요."

민기가 민희와 김 실장에게 양해를 구하고 전화를 받았다.

"정 대표! 나야, 최 사장."

최 사장이 거친 숨을 몰아쉬면서 말했다. 최 사장 주위에는 정 남매의 직원들이 피를 억수 같이 쏟아내고 바닥에 널브러져 있었다.

"이야, 최 사장 안 죽고 용케도 살아있었네."

민기가 휴대폰을 스피커 모드로 전환하면서 말했다.

"네가 보낸 개새끼들 때문에 거의 죽을 뻔했지. 시발 새끼, 회장님 생각해서 대표, 대표 해줬더니 호로 새끼가 자기 주제도 모르고 설치고 있어."

최 사장이 술을 벌컥벌컥 마시면서 말했다.

"최 사장 목숨 여러 개 있는 거 아니야. 네가 이 지랄을 해놓고도 무사할 수 있을 것 같아?"

민기가 손을 바들바들 떨면서 말했다. 김 실장의 표정은 진즉에 굳어졌고 민희도 화가 나서 발을 동동거렸다.

"무사할 거라고 생각했으면 네 새끼들 안 죽였지. 좆같은 새끼들이 가만히 쉬고 있는 범을 건드리고 지랄이야!"

최 사장이 널브러져 있는 직원들을 발로 걷어차면서 말했다.

"최 사장 너는 내 손에 반드시 죽는다. 네가 어디로 도망치든 죽을 때까지 쫓을 거야."

민기가 이를 갈면서 말했다.

"지랄 염병하고 있네. 내가 너희들한테 잡히기 전에 너랑 네 창녀 같은 여동생이 먼저 잡혀갈 거야. 너희들 시체 유기하는 거 경찰서에 보낼 거거든. 평생 감방에서 썩을 거다, 호로 새끼들아."

최 사장이 휴대폰을 집어 던지고 유에스비를 가지러 지하 사무실로 털레털레 내려가기 시작했다.

"이런 개새끼야."

민기가 언성을 높였을 때는 이미 전화가 끊어진 후였다. 그가 화가 나서 재떨이를 문 쪽으로 있는 힘껏 던졌고 민희는 손발을 떨면서 담배를 태우기 시작했다. 쨍그랑, 재떨이가 문에 부딪쳐서 산산이 부서졌다.

"지금부터 직원들 최대한 동원해서 최 사장 잡으러 가겠습니다."

김 실장이 자리에서 일어나면서 말했다.

"저도 같이 가요. 살롱에 무슨 일이 생길 수도 있으니까 다 동원할 필요는 없고요."

민기가 온몸을 푸들푸들 떨면서 자리에서 일어났다.

"나도 같이 갈래. 화가 나서 가게에 도저히 못 있겠어."

민희가 담배를 뻐끔뻐끔 태우면서 말했다.

"너는 가게에 남아 있어라. 최 사장이 아무리 병신 같아 보여도 백정 새끼라서 상대하기 쉽지 않아."

민기가 민희에게 명령조로 말했다.

"저도 대표님 생각이랑 같습니다. 마담은 살롱에 남아서 직원들을 지켜보는 게 좋을 것 같습니다."

김 실장이 민희에게 차가운 어조로 말했다.

"제 몸은 제가 알아서 합니다. 이 와중에 손님 응대하면서 잠자코 앉아 있으라고요? 그게 말이나 돼요?"

민희가 담배꽁초를 탁자에 비비고 나서 말했다.

"마담 제 생각은 그렇지 않습……"

김 실장이 반박하려고 할 때 민희가 언성을 높였다.

"아, 무슨 일 생기면 오빠나 김 실장님이 지켜주면 될 거 아니에요. 긴 말 하지 말고 어서 빨리 가요."

민희의 말을 듣고 민기와 김 실장이 서로의 눈치를 봤다.

"그래, 같이 가자. 김 실장님은 정 마담 옆에서 케어 좀 해줘요."

민기가 김 실장에게 말하고 자리를 박차고 나갔다.

"네, 알겠습니다."

김 실장이 민기의 말에 대답하고 직원들을 호출하기 시작했다. 민희는 풀어헤친 머리카락을 묶고 민기를 서둘러 따라나섰다. 살롱에 형언할 수 없는 긴장감이 스멀스멀 피어올랐다.

최 사장은 지하 사무실에서 유에스비를 가지고 서둘러 지상으로 올라왔다. 그러고 나서 본관 사무실에 들러서 차 키와 지갑을 챙기고, 옷을 갈아입기 위해서 서둘러 탈의했다. 며칠 동안 입은 옷은 너덜너덜 누더기와 다를 바 없었고 벗은 몸에서는 진한 피비린내와 시큼한 땀 냄새가 났다.

최 사장은 편한 운동복으로 갈아입고 거울 속에 비친 자신의 몰골을 확인했다. 종합 격투기를 막 끝낸 선수처럼 얼굴이 엉망진창이었다.

"시발새끼들. 많이도 때렸네."

그가 구시렁대면서 선글라스와 모자를 찾아서 착용했다. 그러고 나서 서둘러 주차장으로 향했다. 배가 고프고 약이 미치도록 하고 싶었지만 먹을 것을 챙길 시간이 도저히 없었다. 설상가상으로 약은 김 실장이 수거해 간 것처럼 보였다.

"김 실장 개좆같은 새끼."

최 사장이 쌍욕을 하면서 5세대 그랜저에 몸을 실었다. 차 안에는 만일에 대비해서 남겨둔 현금 뭉치가 넉넉히 있었다. 족히 몇 개월은 버틸 수 있는 금액이었다.

"휴."

그가 돈을 대충 확인하고 안도의 한숨을 내쉬었다. 그러고 나서 차를 황급히 출발시켰다. 최 사장은 목적지를 정하고 나온 것이 아니었기 때문에 머리가 다소 복잡했다. 서울은 여러모로 무리였고 지금 당장 인천항과 부산항으로 가는 것은 리스크가 컸다. 그렇다고 해서 깡촌으로 가면 그들의 레이더로부터 자유로울 수는 있어도 약을 구하기가 쉽지 않기 때문에 심히 망설여졌다. 외국으로 가지 못하더라도, 설령 편히 쉬지 못할지라도 약이 하고 싶어서 미칠 것 같았다.

"시발, 좆대로 되라지."

최 사장이 인천 부두 방향으로 내비게이션을 찍고 액셀러레이터를 세게 밟기 시작했다.

2시간 뒤, 최 사장은 인천 연안부두 근방에 도착했다. 그는 며칠 머무를 모텔을 정하고 나서 곧바로 모텔 가까이에 있는 편의점에 들어갔다. 그는 편의점 바구니를 챙겨서 양주, 속옷, 과자, 삼각 김밥, 샌드위치, 파스, 연고 등등 손에 잡히는 대로 바구니에 욱여넣기 시작했다.

'도대체 뭔 냄새야. 땀 냄새인가, 피 냄새 같기도 하고.'

편의점 아르바이트생은 최 사장의 심한 악취를 맡고 표정이 일순간 일그러졌지만 티를 내지 않으려고 부단히 애를 썼다.

"말보로 골드 한 보루도."

최 사장이 쇼핑을 다 하고 나서 담배를 가리키며 말했다.

"다 합쳐서 165,000원입니다."

아르바이트생이 상품 바코드를 찍고 억지로 웃으면서 말했다. 최 사장이 가격을 듣고 나서 5만 원짜리 지폐 4장을 꺼내서 그에게 건넸다. 그러고 나서 편의점을 털레털레 나가기 시작했다.

"손님 거스름돈 안 받으셨는데요. 손님!"

아르바이트생이 최 사장을 향해 소리를 지르며 따라 나왔다.

"됐어, 너 가져."

최 사장이 짧게 대답하고 나서 모텔 로비로 엉기적엉기적 걸어 갔다.

"뭐야, 지금 나 보고 가져도 된다는 말이지?"

아르바이트생은 최 사장의 뒷모습을 물끄러미 바라보며 이게 웬 떡이냐는 표정으로 돈을 주머니에 욱여넣었다. 그리고 싱글벙

글한 모습으로 편의점으로 다시 들어갔다.

"60,000원짜리 방으로 우선 5일 치."

최 사장이 모텔 사장에게 30만 원을 건네면서 말했다.

"사장님 뭐 문제 일으킨 거 아니죠? 요즈음 부두 근처 모텔에서 사건사고가 많아서요."

모텔 사장이 앓는 소리로 물었다.

"없어, 있다고 하더라도 당신은 별문제 없잖아."

최 사장이 목소리를 깔고 말했다.

"뭐 그렇긴 하죠. 혹시나 해서 물어봤습니다. 402호입니다. 조심해서 사용해주세요."

모텔 사장이 최 사장에게 방 키를 건넸다. 그가 402호 키를 건네받고 엘리베이터 버튼을 지그시 눌렀다. 딩동, 엘리베이터가 1층에 멈춰 서자 최 사장이 몸을 천천히 움직였다. 잠시 뒤, 402호 모텔 방에 들어서자마자 그는 김밥과 샌드위치를 헐레벌떡 먹기 시작했다. 삭신이 쑤셔서 신음소리가 절로 나왔지만 배가 너무 고파서 먹고 마시는 것을 도저히 멈출 수가 없었다. 그는 김밥 두 줄을 다 먹고 나서 양주를 벌컥벌컥 들이켰다. 키야, 쓰디쓴 알코올이 기도를 타고 몸 안으로 들어오자 최 사장은 자신이 살아있음을 온몸으로 느꼈다.

07

2015년 05월 14일 수요일 04:00

해철과 도환은 여전히 같은 곳에서 강필구를 감시하고 있었다. 용의자는 시간당 두 세 차례 노래방 바깥으로 나와서 담배만 태울 뿐, 특별한 움직임은 보이지 않았다. 노래방을 들어가는 사람들도 대부분 술 취한 회사원이나 노래방 도우미뿐이었다.

"며칠 지나니까 제보 전화도 뚝 끊기고, 기사 양도 확 줄어들었네요."

도환이 휴대폰 애플리케이션으로 기사를 검색하면서 말했다.

"매일매일 자극적인 사건들이 쏟아지는 사회니까. 사람들에게는 하루만 지나도 철 지난 가십거리로밖에 느껴지지 않을걸."

해철이 도환이 검색한 기사를 훑어보면서 말했다.

"그렇긴 하죠. 저만 하더라도 토픽 뉴스 보고 나서 다음 날이면 새까맣게 잊으니까요."

도환이 스트레칭을 하면서 말했다.

"용의자가 새로운 소포를 보내오는 게 아니라면 대중은 한 달? 아니 다음 주 안에 새까맣게 잊어버릴걸. 그리고 그게 그들 정신 건강에도 좋고 말이야. 나는 가족이나 주변 사람들이 사건 하나하나 언급하고 기억하는 게 싫거든."

해철이 도환을 보고 스트레칭을 따라 했다.

"성수 팀장님도 동식 선배도 같은 말 하시더라고요. 그래서 가족들 앞에서는 수사에 관한 건 가급적 말 안 하고, 안 보려고 하신다고."

도환이 성수 팀장과 동식의 이야기를 떠올렸다.

"너는 가족이나 여자 친구한테 잘 말한다고 했지?"

해철이 하품을 하면서 말했다.

"네, 저는 미주알고주알 말하는 편이죠. 가끔은 일반인의 시선으로 보는 게 도움이 될 때가 있더라고요. 연초에 맡았던 종각역 사건도 여자 친구가 조언해줘서 해결한 거예요."

도환이 득의양양하게 말했다.

"네 스타일이니까 존중한다만 가까운 사람에게 너무 깊은 건 얘기하지 않는 게 좋아. 지금은 괜찮아도 쌓이고 쌓여서 문제가 될 수도 있어."

해철이 조심스레 말했다.

"네, 유의하겠습니다."

도환이 웃으며 대답했다. 그때 강필구가 노래방 입구에 나와서 담배에 불을 붙였다.

"쟤는 하루에 적어도 2갑은 피우겠다."

해철이 강필구를 확인하고 나서 담배 피우는 시늉을 했다.

"그러게요. 저는 선배가 꽤 많이 피우는 편이라고 생각했거든요. 그런데 강필구가 훨씬 더 심한 것 같아요."

도환이 강필구를 바라보면서 말했다.

"안 믿기겠지만 나 하루에 한 갑도 안 해. 어쩔 때는 한 갑으로 이삼일씩 태운다니까."

해철이 담배 피우는 시늉을 하면서 뻔뻔하게 거짓말을 했다.

"에이, 거짓말이 너무 심하시네요. 아침에도 사는 거 봤고, 순댓국 먹고 나서도 산 거 봤는데요."

도환이 믿을 수 없다는 표정으로 말했다.

"네가 잘못 본 거겠지."

해철이 태연하게 말했다.

"아니면 말고요. 그런데 저렇게 자주 하면 담배 맛이 느껴지기는 할까요? 아무런 맛도 느껴지지 않을 것 같은데."

도환이 핸들에 두 손을 올려놓으면서 말했다.

"저 정도면 그냥 습관적으로 하는 거지. 예상컨대 아무런 맛도 느껴지지 않을 거야. 심심하니까, 할 거 없으니까, 시간 지났으니까, 바깥 공기나 마시려고 등등 온갖 이유를 갖다 붙이겠지."

해철이 강필구를 뚫어져라 바라보면서 말했다.

"역시 애연가의 마음은 애연가가 아주 잘 아네요."

도환이 진지하게 말하고 피식 웃었다.

"죽는다, 자식아."

해철이 도환을 툭툭 치면서 말했다.

"선배, 장난입니다."

도환이 맞으면서도 피식거렸다.

"골초도 레벨이 있어. 비흡연자들한테는 똑같아 보이겠지만 하루에 1갑 피우는 사람과 2갑 피우는 사람, 그 이상을 피우는 사람은 엄연히 다르다. 그러니까 쟤는 나보다 몇 수 위야."

해철이 강필구를 가리키면서 말했다.

"일리 있는 말이네요. 음, 선배가 들으면 기분 나쁘고 어이없을 수도 있는데 허무맹랑한 이야기 하나 해도 되나요."

도환이 해철의 눈치를 보면서 말했다.

"내가 들어서 기분 나쁘고 어이없을 것 같으면 안 하는 게 당연한 거 아니냐."

해철이 진지하게 말했다.

"아, 그렇죠. 죄송합니다. 안 하겠습니다."

도환이 시무룩하게 말했다. 그때 강필구가 담배를 다 피우고 노래방 안으로 들어갔다.

"자식 또 연기하기는. 해 봐, 인마. 무슨 얘기하는지 들어나 보자."

해철이 강필구가 노래방 안으로 들어가는 것을 보고 나서 말했다.

"고맙습니다. 음, 저는 살인도 어떠한 면에서는 담배 중독이나 알코올 중독이랑 비슷한 부분이 있다고 생각하거든요. 무뎌질 대로 무뎌졌는데 안 하면 금단현상 때문에 너무 힘드니까 습관적으로 하게 되고, 후회하고, 또 하게 되는 것처럼 말이에요."

도환이 기다렸다는 듯이 말했다.

"중독적인 면에서는 확실히 비슷한 게 있겠지. 내가 의사가 아니라서 정확히 모르지만 비슷한 부위에서 감각을 담당할 거 아니야."

해철이 골똘히 생각한 뒤에 뇌를 가리키면서 말했다.

"그렇죠. 그러니까 범인 대부분은 중독에 취약한 사람일 수 있다는 생각이 들더라고요. 그래서 먼 미래에는 국가나 시에서 중독 테스트를 주기적으로 실시하는 거죠. 범인을 잡는 데 도움이 될 수 있게요. 발암물질이나 알코올이나 사람을 자극시킬 수 있는 항목들로 설정해서요."

도환이 뜸을 들이고 나서 진지하게 말했다.

"개인의 사생활은 지나가는 개나 고양이 사료로 준 거냐? 담배나 술이 제아무리 나빠도 범죄에 속하지는 않아. 그걸 국가나 시가 관리한다는 건 말도 안 돼. 마약 중독 정도 되면 모를까."

해철이 어이없다는 표정으로 도환을 바라봤다.

"그래서 허무맹랑한 이야기라고 했지 않습니까."

도환이 웃으면서 말했다.

"건강검진 질문 항목처럼 자연스럽게 추가한다면 할 수 있을 것 같기도 하고. 여하튼 허무맹랑한 이야기 아주 잘 들었다."

해철이 엄지손가락을 치켜들었다.

"들어주셔서 고맙습니다. 그건 그렇고 선배 마약반 사람들한 테 마약 사범이나 마약 중독자들 얘기 들어보셨어요? 걔네들 얘기 들어보면 매 순간 인간의 끝을 보여준다고 하잖아요. 본능에 충실하고, 비열하기 짝이 없는 밑바닥 중에 밑바닥을요."

도환이 감사를 표하고 나서 말했다.

"자주 들어봤지. 걔네들 얘기 들어보면 100명 중에 99.9명은 '약한 것을 후회한다.', '가족들 생각해서 무조건 끊겠다.', '아무것 도 모르던 시절로 되돌아가고 싶다.' 하면서도 하고, 또 하고, 또 다시 하고 그런다잖아."

해철이 마약반 김 경위에게 들은 얘기를 떠올렸다.

"후회하는 사람과 쾌락을 좇으면서 범죄를 저지르는 사람은 같은 사람으로 봐야 될까요, 다른 사람으로 봐야 될까요. 그러니 까 형량 낮추려고 하는 후회 말고요. 진심 어린 후회요."

도환이 한참을 생각한 뒤에 말했다.

"글쎄다, 같은 사람이면서 다른 사람이기도 하고 다른 사람이 기도 하면서 같은 사람이기도 하겠지."

해철이 뜸을 들이고 말했다. 그때 강필구가 다시 나와서 담배 를 피우기 시작했다.

"왜 그렇게 생각하세요?"

도환이 강필구를 바라보면서 진지하게 되물었다.

"우리가 형사라는 직업 때문에 남들보다는 중범죄자를 자주 만나는 편이잖니. 검거를 할 때라든지 조사를 할 때라든지 법정이나 형무소에서 만날 때라든지."

해철이 전방을 예의주시하면서 말했다.

"그렇죠. 엄청 자주 만나는 편이죠."

도환이 맞장구를 쳤다.

"그런데 사람 대 사람으로 만나본 적은 없으니까 진심으로 후회하는지 안 하는지 영영 알 수가 없지. 엄연히 말해서 사람 대 사람으로 만나도 한 길 사람 속은 모르는 거니까."

해철이 진지한 표정으로 말했다.

"아, 무슨 말씀인지 알 것 같아요. 이중인격자나 리플리 증후군 같은 게 아니라 나뭇가지가 많으니까 같은 사람이면서도 다른 사람일 수 있고, 다른 사람이면서도 같은 사람일 수 있다는 거죠?"

도환이 고개를 끄덕이면서 되물었다.

"그렇지, 우리 직업이 보이는 거 위주로 판단해야 하는 게 맞지만 직업을 벗어나서 본다면 그럴 수도 있다는 거지."

해철이 강필구가 담배 피우는 모습을 물끄러미 바라봤다.

"평소 선배답지 않게 굉장히 철학적인 대답이시네요. 다들 스피치 학원을 다니시나."

도환이 고개를 끄덕이면서 해철을 향해 엄지손가락을 치켜들었다.

"뭐 인마?"

해철이 어이가 없다는 듯이 말했다. 그때 강필구가 담배꽁초를 버리고 나서 주위를 뚫어져라 살펴봤다.

"농담입니다. 그건 그렇고 강필구, 지금 어디 보고 있는 거죠?"

도환이 강필구의 시선을 따라 좌우를 이리저리 살펴봤다.

"글쎄다, 어디 보고 있는 게 아니라 사람이나 차를 기다리는 것 같은데?"

해철도 강필구의 시선을 따라 좌우를 살폈다. 그때 두 사람이 타고 있는 차 옆으로 검정색 신형 카니발이 지나쳐 갔다.

"선배, 저 검정색 카니발인 것 같아요."

도환이 신형 카니발을 가리키면서 말했다.

"그런 것 같네. 차에 탈 수도 있으니까 미리 준비해."

해철이 심호흡을 하면서 말했다. 네, 도환이 안전벨트를 매고 차에 시동을 걸었다. 잠시 뒤, 강필구가 검정색 카니발에 탑승했다.

"선배, 출발하겠습니다."

도환이 체인지 레버를 변속하고 액셀러레이터를 밟으면서 말했다. 강필구를 태운 검정색 카니발이 속도를 높이기 시작했다.

"도환아, 너무 바짝 붙지 말고."

해철이 성수 팀장에게 전화를 걸면서 말했다.

30분 후, 강필구를 태운 검정색 카니발은 합정동에 위치한 어느 허름한 건물 앞에 멈춰 섰다. 합정역과 상수역 사이에 있는 평범한 주택 단지였다. 강필구는 차에서 내려서 주위를 이리저리 살펴본 뒤에 건물 안으로 헐레벌떡 뛰어 들어갔다. 해철과 도환은 주차공간을 찾으려는 차량처럼 똑같은 곳을 반복적으로 돌면서 강필구가 들어간 건물을 유심히 바라봤다.

"지원아, 건물 주소 하나 보내줄 테니까 무슨 용도로 등록되어 있는지 확인 좀 해 봐."

해철이 지원에게 전화를 걸어서 다급하게 물었다.

"네, 알겠습니다. 주소 말씀해주세요."

지원이 마우스를 만지작거리면서 말했다.

"서울시 마포구 합정동 377-1"

해철이 주소를 확인하고 또박또박 말했다.

"네, 확인하고 있으니까 잠시만 기다려주세요."

수화기 너머로 키보드 소리가 딸까닥딸까닥 들렸다.

"그래."

해철이 건물을 유심히 바라보면서 심호흡을 했다.

"해철 선배, 말씀하신 주소 서울특별시 마포구 합정동 377-1 맞죠? 카페로 사업장 등록이 되어 있습니다."

"카페라고? 잘못 친 거 아니지?"

해철이 지원에게 되물었다.

"네, 카페로 등록되어 있는 거 맞아요. 두세 번 확인했어요."

지원이 다시 한번 확인하고 나서 말했다.

"그래, 우선 알겠다. 다시 전화할게."

"네."

해철이 전화를 끊고 나서 도환을 향해 믿을 수 없다는 표정을 지었다.

"해철 선배, 아무리 봐도 카페처럼 보이지는 않는데요. 입간판 같은 것도 전혀 없고요. 그리고 새벽 04:40분에 여는 개인 카페가 어디 있어요."

도환이 건물을 유심히 바라보며 말했다.

"나도 그렇게 생각해. 시커먼 옷을 입은 떡대 바리스타들은 더더욱 없지. 커피가 마시고 싶었다면 노래방 주위에도 24시간 커피숍은 차고 넘치잖아."

해철이 고개를 끄덕이면서 말했다.

"동거녀가 운영하는 가게는 아시다시피 네일숍이고요. 어떻게 할까요? 성수 팀장님한테 말해서 한번 들어가 볼까요?"

도환이 진지한 표정으로 되물었다.

"그래, 근데 둘은 무리인 것 같고. 지원팀 불러서 한번 들어가 보자. 도박이든 성매매든 현행범으로 잡으면 피의자 혐의로 붙들어둘 수 있으니까. 성수 팀장님도 별말 안 하실 거야."

해철이 골똘히 생각한 뒤에 말했다.

"네, 그렇게 하시죠."

도환이 건물 주위에 차를 정차시키고 말했다. 휴, 해철이 거친 숨을 몰아쉬고 성수 팀장에게 전화를 걸었다.

"팀장님, 강필구가 어느 건물에 들어갔는데……."

"지원이한테 대충 들었다. 카페로 등록되어 있는데 전혀 카페처럼 보이지 않는다는 거지?"

성수 팀장이 해철의 말을 끊으면서 되물었다.

"네, 그래서 한번 들어가 보려고 하는데 괜찮을까요."

해철이 조심스럽게 대답했다.

"들어갔는데 아무것도 없으면 어떡할 거야? 코에 걸면 코걸이고 귀에 걸면 귀걸이인데."

성수 팀장이 단호한 목소리로 되물었다.

"제 생각에는 아무것도 없지는 않을 것 같아요. 건달처럼 보이는 애들이 출입문에서 신분을 확인하고 있거든요."

해철이 확신에 찬 목소리로 말했다.

"그래? 확실해?"

성수 팀장이 반신반의한 목소리로 말했다.

"네, 딱 봐도 도박 업소나 퇴폐 업소처럼 보여요. 현행범으로 잡아서 깡그리 한번 조지죠."

해철이 목소리를 높여서 말했다.

"도환이도 해철이랑 같은 생각이야?"

성수 팀장이 도환에게 물었다.

"네, 저도 해철 선배랑 같은 생각입니다."

도환이 큰 소리로 말했다.

"음…… 좋아. 나도 지원팀이랑 같이 갈 테니까 상황 지켜보면서 대기하고 있어."

성수 팀장이 골똘히 생각한 뒤에 말했다.

"네, 알겠습니다. 상가 근처에서 대기하고 있겠습니다."

"그래."

해철이 전화를 끊고 도환을 지그시 바라봤다.

"해철 선배, 팀장님 승인까지 떨어졌으니까 이제 무를 수도 없어요. 이왕 이렇게 된 거 한탕 제대로 벌여보죠."

도환의 눈이 이글이글 타올랐다.

"그래, 시발. 아무것도 없기야 하겠냐. 우리 촉을 믿고 한탕 제대로 벌여보자고."

해철이 피식 웃으면서 말했다. 두 사람은 시합을 곧 앞둔 권투 선수처럼 호흡을 거칠게 내쉬면서 손과 발을 스트레칭 했다.

40분 후, 성수 팀장을 비롯해 준우, 지원 그리고 형사 지원팀 멤버 3명이 건물 주위에 도착했다. 해철과 도환을 포함해서 총 8

명이었다.

"저 건물이야?"

성수 팀장이 건물을 가리키면서 해철과 도환에게 물었다.

"네, 저 건물입니다."

해철이 상기된 목소리로 대답했다. 성수 팀장이 물끄러미 건물 주위를 살펴봤다. 해철과 도환의 말대로 덩치 좋은 건달들이 건물 내부에서 서성거리는 게 눈에 띄었다.

"과장한테 욕 듣지는 않겠네. 음, 다들 준비 됐지?"

성수 팀장이 헛기침을 하고 나서 말했다.

"네, 준비 됐습니다."

팀원들이 일제히 대답했다.

"무슨 일이 있어도 절대로 다치지 말고. 아무 일도 없었던 것처럼 웃으면서 사무실로 돌아가자."

성수 팀장이 진지하게 말했다.

"네 알겠습니다."

팀원들이 일제히 대답했다. 성수 팀장이 고개를 끄덕이고 나서 건물로 앞장서서 걸어가기 시작했다. 폭풍전야였다. 탕탕, 탕탕, 성수 팀장이 건물 출입문을 세차게 두드렸다.

"당신 뭐야?"

한 남자가 문을 살짝 열어서 성수 팀장에게 물었다.

"강필구 씨 안에 있죠?"

성수 팀장이 단호한 목소리로 되물었다.

"누구? 강 뭐?"

남자가 문을 활짝 열면서 성수 팀장에게 되물었다.

"강, 필, 구요."

성수 팀장이 또박또박 말했다.

"뭐야, 시발. 짭새 새끼들이네."

남자가 8명의 형사를 확인하고 뒷걸음질 치면서 도망가기 시작했다.

"한 사람도 놓치지 말고 깡그리 잡아. 절대로 다치지 말고."

성수 팀장이 큰 목소리로 말했다.

"네."

팀원들이 건물 안으로 세차게 달려 들어갔다. 건물 내부는 해철과 도환의 예상대로 불법 도박과 퇴폐 행위가 동시에 이루어지고 있었다. 1층이 도박장이었고 2층 룸에서 불법 마사지와 스트립쇼 등등이 행해졌다. 다행스러운 건 규모가 생각보다 컸음에도 불구하고 사업장을 관리하는 조직원의 수가 그리 많지 않았다.

"해철아, 도환아 너희는 위에 올라가서 강필구부터 찾아봐. 1층에는 아무래도 없는 것 같다."

성수 팀장이 1층에 있는 조직원을 때려눕히면서 말했다.

"네, 알겠습니다."

해철과 도환이 계단에 있는 조직원들을 쓰러뜨리면서 말했다.

두 사람은 2층에 도착하자마자 방문을 하나하나 열면서 강필구가 있는지 없는지 확인했다. 각방에는 남자 스트리퍼 혹은 여자 스트리퍼들이 가게를 찾은 이들을 여러 가지 방법으로 접대하고 있었다.

"여기 도대체 뭐야. 게이도 있고 약도 있는 거 같고."

해철이 탄성을 내지르면서 말했다.

"이 정도면 엄청 큰 화약고네요."

도환이 열지 않은 방을 열면서 말했다.

"시발, 새끼들."

방문 앞에 서 있던 강필구가 도환을 프런트 킥으로 차고 비상구로 도망가기 시작했다.

"윽."

도환이 강필구의 발차기를 맞고 뒤로 나뒹굴었다.

"강필구 저 개새끼가."

해철이 쌍욕을 하면서 강필구를 맹렬히 뒤쫓았다. 휴, 도환이 복부를 움켜쥐면서 자리에서 일어났다. 그리고 심호흡을 크게 한 뒤, 해철의 뒤를 따라 용의자를 맹렬히 쫓기 시작했다. 강필구는 비상구 문으로 나가서 담을 넘으며 필사적으로 도망쳤다. 해철과 도환도 담을 넘으며 필사적으로 그를 쫓았다. 그들은 상수역 방향으로 전력으로 스프린트 하고 또 스프린트 했다.

"시발. 좆같네."

잠시 뒤, 강필구가 거친 숨을 몰아쉬면서 손으로 무릎을 매만졌다. 막다른 골목길이었다.

"쟤 왜 이렇게 잘 뛰니."

해철이 골목길에 도착해서 뒤따라온 도환에게 물었다.

"마지막 발악인 거죠."

도환이 숨을 헐떡이면서 말했다.

"시발, 짭새 새끼들. 하여간 인생에 도움이 안 돼요."

강필구가 권투 자세를 취하면서 두 사람을 위협했다.

"너 그러다 형량 늘어나. 지금이라도 순순히 잡히는 게 아무렴 낫다니까. 형사 때리면 너 나중에 엄청 불리해."

해철이 격투 자세를 취하면서 말했다.

"쟤 아까 저 찼잖아요. 제정신이 아닌 놈이라니까요."

도환이 진압봉을 펼쳐 들고 강필구에게 다가갔다.

"아, 그렇지. 넌 이제 죽었다."

해철이 덤덤하게 말하고 나서 거리를 유지하면서 앞으로 나아갔다.

"이판사판이다, 개새끼들아."

강필구가 해철의 안면에 주먹을 크게 휘둘렀다.

"그렇게 때리면 다 피하지, 인마."

해철이 강필구의 주먹을 피하면서 왼손으로 리버샷을 날렸다.

"이 새끼가 형사를 동네 양아치로 아나."

윽, 용의자가 주춤거리자 도환이 진압봉으로 강필구의 어깻죽지를 두세 차례 내리쳤다. 강필구가 간이 있는 부위와 어깨를 만지작거리면서 철퍼덕 쓰러졌다.

"그러니까 순순히 붙잡혔으면 마음은 시릴지언정 몸은 안 아팠을 것 아니냐."

해철이 뒷주머니에서 수갑을 꺼내서 강필구 손에 채웠다.

해철과 도환이 강필구를 붙들고 건물로 돌아왔을 때는 지구대 순경들부터 시작해서 여러 팀이 도착해서 뒷정리를 하고 있었다.

"해철아, 도환아 수고했다. 다친 데 없지?"

성수 팀장이 손수건으로 땀을 닦으면서 물었다.

"네, 팀장님은요."

해철이 웃으며 되물었다.

"나는 보다시피 멀쩡해. 도환이는?"

성수 팀장이 도환에게 물었다.

"저도 괜찮습니다."

도환이 엄지손가락을 치켜들면서 말했다.

"도환이 얘한테 한 대 맞았어요."

해철이 강필구를 가리키면서 말했다.

"그래?"

성수 팀장이 도환을 물끄러미 바라봤다.

"문 열자마자 갑자기 차서 맞은 겁니다. 오픈 된 공간에서 만났으면 저한테 죽었죠."

도환이 억울한 표정으로 말했다.

"뭐가 됐든 안 다치고 잡았으면 된 거다. 뒷정리는 지원팀한테 맡기고 사무실로 어서 돌아가자. 다들 차에서 기다리고 있어."

성수 팀장이 도환의 어깨를 툭툭 치고 나서 팀원들이 있는 곳을 가리켰다.

"네."

해철과 도환이 짧게 대답하고 팀원들이 기다리고 있는 차로 터벅터벅 걸어가기 시작했다.

2015년 05월 14일 수요일 04:10

민기와 민희는 김 실장과 직원 20명을 데리고 최 사장 펜션에 도착했다. 최 사장을 감시하던 살롱 직원들은 바닥에 널브러져 숨을 거둔 지 오래였고, 사무실과 건물 내·외부는 혈투가 얼마나 치열했는지를 여실히 드러내듯 사방이 엉망진창이었다. 가구는 부러지고 소파는 이곳저곳 찢어져 있었으며 화분과 휴대폰은 산산이 박살 나 있었다.

"최 사장이 바보야? 우리가 올 거라는 걸 빤히 알 텐데 이 시간까지 여기 남아 있을 리가 없잖아!"

민희가 사무실에 들어서면서 큰소리를 쳤다.

"목소리 낮춰! 흔적을 찾아야 될 거 아니야. 막말로 최 사장이 주변에 숨어 있을 수도 있는 거고. 등잔 밑이 어둡다는 말 몰라?"

민기가 그녀를 쏘아보면서 말했다.

"정 대표님, 말씀 중에 죄송합니다. 직원들 몇 명 추려서 숨을 거둔 친구들 서울로 옮겨도 괜찮겠습니까?"

김 실장이 민기에게 다가와서 소곤소곤 말했다.

"그러세요. 직원들 보는 눈도 있고. 가게를 위해서 여태껏 수고했는데 잘 보내드려야지요."

민기가 한숨을 쉬며 말했다.

"네, 알겠습니다. 거기 두 사람은 직원들 차에 옮기고 먼저 서울로 복귀해. 장례식장은 내가 연락해둘 테니까 늘 가던 데로 가."

김 실장이 직원 두 사람을 불렀다.

"네, 알겠습니다."

김 실장에게 지목된 직원 2명이 사망한 직원들을 차로 옮기기 시작했다.

"김 실장님, 우선 두세 명씩 나눠서 주변을 뒤져보죠. 멀리 가지 않고 근처에 있을 수도 있으니까요."

민기가 사망한 직원들을 바라보면서 김 실장에게 말했다.

"네, 알겠습니다. 야산도 싹 둘러보라고 말할까요?"

김 실장이 민기에게 되물었다.

"휴, 하면 좋긴 한데 산이 워낙 가파르고 험해서요. 음, 이왕 하는 거 야산도 한번 샅샅이 뒤져보죠."

민기가 곰곰이 생각한 뒤에 말했다.

"네, 알겠습니다. 그럼 직원들한테 건물 내·외부를 수색하고 나서 야산으로 가라고 지시하겠습니다. 대표님과 마담은 제가 시시티브이 돌려볼 때까지 사무실에 함께 계시는 게 어떻겠습니까?"

김 실장이 민기와 민희에게 조곤조곤 말했다.

"그렇게 하시죠. 지금 당장 야산으로 간다고 하더라도 어두워서 제대로 보이지도 않을 테니까요. 카메라로 확인하면 힘 아껴서 좋고요."

민기가 김 실장의 말을 듣고 나서 고개를 끄덕였다.

"네, 알겠습니다. 지금부터 두 사람씩 나눠서 펜션 내·외부를 샅샅이 뒤져봐. 최 사장이 기습할 수도 있으니까 주변 경계 철저히 하고."

김 실장이 사무실 바깥에 서 있는 직원들에게 강한 어조로 말했다.

"네, 알겠습니다."

직원들이 큰 목소리로 대답하고 나서 일제히 흩어졌다.

"잠시만 기다려주십시오."

김 실장이 두 사람에게 양해를 구하고 나서 시시티브이를 돌려보기 시작했다.

"차에 실린 애들, 하라는 감시는 안 하고 흥청망청 놀았나 보네."

민희가 소파 주위에 널브러져 있는 술병과 과자 부스러기들을 가리키면서 말했다.

"놀기 딱 좋은 상황이긴 해. 죽지 않을 만큼 때리고 나서 손발도 묶어놨고, 주위에는 먹고 마실 게 차고 넘치는데 나무랄 상사도 없어."

민기가 책상 주위에 떨어진 케이블 타이와 밧줄을 주우면서 말했다.

"이럴 줄 알았으면 김 실장님이 방문했을 때 그냥 죽였어야 했나 봐."

민희가 덤덤하게 말했다.

"그러게 말이다. 이번에 잡으면 사과고 자시고 다 필요 없이 그냥 배때기를 갈라야지."

민기가 회칼을 만지작거리면서 의지를 굳게 다졌다.

"죄송합니다. 제 생각이 너무 짧았습니다."

김 실장이 진지하게 말했다.

"김 실장님 정말 괜찮습니다. 최 사장이 이렇게 나올 줄 누가 예상이나 했겠어요? 약과 술을 가까이 하더니 뇌가 완전히 맛이 갔나 봐요."

민기가 김 실장을 애써 위로했다.

"정 대표 말대로 최 사장이 미친 거지, 김 실장님 잘못이 아니에요. 그러니까 마음에 담아두지 마세요."

민희가 민기를 거들었다.

"아닙니다. 제 불찰로 두 분에게 매우 큰 심려를 끼쳐드린 것 같아서 마음이 편치 않습니다. 정말 죄송합니다."

김 실장이 말했다.

"김 실장님 한 사람만의 문제가 아닙니다. 불행하게도 모든 게 얽히고설켰던 거죠. 최 사장은 지금부터 잡아서 족치면 되니까 지나간 건 다 잊기로 하죠."

민기가 조곤조곤 말했다.

"고맙습니다. 두 분 이것 좀 보십시오."

김 실장이 고맙다는 말을 하고 시시티브이 화면을 손으로 가리켰다. 민기와 민희가 김 실장이 가리킨 모니터 화면을 뚫어져라 쳐다봤다. 시시티브이 화면 속에는 최 사장이 직원들과 혈투를 벌이는 모습과 혈투 이후에 옷을 갈아입고 도주하는 장면이 낱낱이 찍혀 있었다.

"이야, 최 사장 아직 안 죽었네."

민기가 스포츠 선수 플레이를 바라보듯 최 사장의 혈투를 바라봤다.

"지금 감탄하면서 볼 때가 아니지 않아? 이게 무슨 메달이 달린 올림픽이야?"

민희가 어이없다는 표정으로 말했다.

"올림픽 결승전보다 더 치열하고 재밌네. 역시 목숨을 건 사투는 흥미진진하다니까."

민기가 감탄하면서 바라봤다.

"정말 어이가 없다. 그리고 내가 여러 번 말했지. 가게 나올 때부터 차 타고 올 때까지 최 사장이 펜션에 남아 있을 리가 없다고."

민희가 짜증을 부리면서 말했다.

"하긴 했는데 지금처럼 확신에 찬 목소리로 말하진 않았지."

민기가 퉁명스럽게 말했다.

"오빠가 내 말을 귓등으로 들으니까 그런 거 아니야. 똥인지 된장인지 꼭 먹어봐야 아는 거야?"

민희가 잔뜩 화가 나서 씩씩거렸다.

"민희야, 정말 냉정하게 생각해봐. 이곳에 와서 확인을 해야 똥인지 된장인지 택할 수 있는 기회가 생기는 거야. 아무것도 확실하지 않은 상황에서 최 사장이 어디 있는 줄 알고 뿔뿔이 흩어질 건데? 만약에 다른 데로 갔는데 최 사장이 여기 있었으면?"

민기가 자신의 생각을 속사포처럼 쏟아냈다.

"그러면 몇 명은 펜션으로 보내고, 몇 명은 최 사장이 갈 만한 데로 보냈으면 되는 문제 아니야? 오빠는 머리가 그렇게 나빠?"

민희가 민기를 노골적으로 비아냥거렸다.

"네가 그렇게 똑똑하면 차 안에서부터 미리 그 방법을 제시하지 그랬냐? 이제 와서 그러는 거 존나 웃겨."

민기가 코웃음을 치면서 말했다.

"아, 시발! 진짜 짜증 나네."

민희가 악다구니를 부리면서 소파를 발로 쾅쾅 찼다.

"야, 김 실장님 앞에서 도대체 뭐 하는 거야? 휴, 이럴 줄 알고 가게에 남아 있으라고 한 건데…… 굳이 따라와서 감 놓아라 배 놓아라."

민기가 민희의 행동을 보고 깊은 한숨을 쉬었다.

"두 분 다 진정하십시오. 지나간 건 다 잊자고 방금 말하시지 않았습니까. 지금부터 잘하면 되니까 마음에 담아두지 마시길 바랍니다."

김 실장이 민기와 민희를 적극적으로 중재했다.

"그래, 최 사장이 펜션에서 운 좋게 빠져나갔다고 하더라도 결국엔 독 안에 든 쥐야."

민기가 의기양양하게 말했다.

"왜? 최 사장이 지금 공항이나 여객 터미널에 있다면 100퍼센트 놓친 거 아니야?"

민희가 퉁명스럽게 되물었다.

"최 사장이라면 지금 당장 외국으로 가진 않을 겁니다. 타국에 가는 걸 몹시 꺼리는 인간이니까요. 그리고 사무실에 있는 직원들한테 공항과 터미널에 가 보라고 미리 말해뒀습니다."

김 실장이 무덤덤하게 말했다.

"오, 역시 김 실장님. 일을 정말 기가 막히게 잘하신다니까."

민기가 김 실장을 격하게 칭찬했다.

"천만다행이네요. 그럼 지금부터 어떻게 하면 좋을까요?"

민희가 김 실장에게 물었다.

"여기 있는 직원들을 공항이나 여객 터미널로 추가로 보내시죠. 그리고 몇몇은 남아서 뒷정리를 하고요."

김 실장이 차분하게 말했다.

"여기에 굳이 직원들을 남겨둘 필요가 있나요?"

민희가 되물었다.

"만일에 대비해서 확실히 해두는 게 좋지. 우연히 경찰이라도 들이닥쳤다가 우리 정보 새면 골치 아파지니까."

민기가 또박또박 말했다.

"정 대표님 말이 맞습니다. 이곳은 엄연히 살해현장이니까요. 정리할 수 있는 건 확실히 정리하는 게 좋습니다."

김 실장이 민기 말을 거들었다.

"그래요, 몇 명 남기기로 하죠. 그건 그렇고 만약에 공항과 여객 터미널에 없다면 다음은 어떡하실 거예요?"

민희가 두 사람 얘기를 수긍하고 나서 되물었다.

"제 생각에는 약이 도는 곳에 최 사장이 반드시 나타날 겁니다. 중심가는 눈에 띌 확률이 높으니까 부두 근처나 공항 근처일 확률이 아무래도 높겠죠. 며칠은 쥐 죽은 듯이 버틴다고 하더라도 결국에는 하지 않고는 못 배길 겁니다."

김 실장이 최 사장의 얼굴과 습성을 떠올렸다.

"나도 김 실장님 말에 동의해. 며칠은 어찌어찌 악으로 깡으로 버틴다고 하더라도 결국엔 약에 손을 댈 거야."

민기가 고개를 연신 주억거렸다.

"그러니까 여기 뒷정리를 확실히 하고 나서 최 사장이 제풀에 지쳐서 나타나기를 기다리자는 거지?"

민희가 골똘히 생각하고 나서 말했다.

"맞습니다. 금방 지칠 거라고 확신합니다."

김 실장이 말했다.

"무슨 말인지 알겠어요. 그럼 뒷정리 좀 감독하고 나서 곧바로 서울로 돌아가시죠."

민희가 차분하게 말했다.

"네, 알겠습니다. 그럼 직원들 다시 여기로 부르겠습니다."

김 실장이 민희 말에 대답하고 나서 직원들에게 본관, 사무실 앞으로 다시 모이라고 말했다.

"야, 담배나 한 대 피우자."

민기가 쥐고 있던 회칼로 사무실 바깥을 가리키면서 민희에게 말했다.

"그러든지."

민희가 시큰둥하게 대답하고 나서 사무실 바깥으로 걸어나가기 시작했다.

"야, 정민희 같이 가."

민기가 헐레벌떡 그녀를 따라나섰다. 김 실장이 두 사람의 뒷모습을 보면서 티 나지 않게 피식 웃었다.

2015년 05월 14일 수요일 11:30

강력 3팀 팀원들이 사무실에서 수사 파일을 정리하고 있을 때, 성수 팀장이 과장과의 대화를 끝내고 사무실 문을 열고 들어왔다.

"자, 주목. 과장님이랑 얘기해서 오늘 건은 다른 팀에 모조리 인계하기로 했다. 대신 조사 중에 우리 팀이랑 관련된 사항이 추가로 나오면 언제든 변동될 수 있는 거고. 다들 이의 없지?"

"네, 없습니다."

팀원들이 일제히 대답했다.

"그래. 위에서도 예상치 못한 게 터져버려서 엄청 황당해하는 눈치더라. 허가되지 않는 도박장 정도로만 생각했는데 범죄종합 선물세트일 줄은 미처 생각지도 못했던 거지."

성수 팀장이 과장 말을 대신 전달했다.

"마수 팀 김 경위한테 얘기 들어보니까 동남아에서 새로 들어온 약도 대거 발견됐다면서요."

해철이 성수 팀장에게 되물었다.

"해철 선배 정말입니까?"

지원의 눈이 휘둥그레졌다.

"그렇다고 하더라고. 그래서 마수 팀에서 난리가 났나 봐. 빨대들도 출처를 몰라서 헤매던 중이었는데 우리가 우연찮게 싹을 발견한 거지."

해철이 김 경위의 말을 떠올리고 나서 말했다.

"마수 팀한테 한턱 얻어먹어야 되는 거 아닙니까?"

준우가 피식 웃으며 말했다.

"잘되면 한턱이 아니라 두세 차례 대접하라고 해야지."

해철이 득의양양하게 말했다.

"다른 팀에 관한 건 가급적 신경 쓰지 말도록 하자. 분위기 전환으로 수다 떠는 건 좋지만 자칫 잘못하면 우리 페이스를 잃어버릴 수도 있으니까."

성수 팀장이 고분고분하게 말했다.

"그럼요, 그럼요. 가볍게 하겠습니다."

해철이 성수 팀장 말에 맞장구를 쳤다.

"그래. 다시 한번 말하지만 다들 너무 수고했다. 과장님도 엄청 칭찬하시더라."

"아닙니다."

지원과 준우가 대답했다.

"과장님은 경위 듣고 뭐라고 하세요?"

도환이 성수 팀장에게 되물었다.

"무슨 생각으로 들어갔냐고 물으시기에 아무것도 몰라서 용감하게 들어갈 수 있었다고 대답했지."

성수 팀장이 태연하게 말했다.

"그렇죠. 골대가 비어 보이니까 공을 들입다 찬 거지. 골대 앞에 서 있는 사람이 야신인 걸 알았으면 무서워서 어디 찼겠어요?"

해철이 피식 웃었다.

"그러게 말이다. 자칫 위험할 수도 있었는데 다들 무사해서 다행이다. 약 유통하는 조직원들 소굴이었으면 정말 쉽지 않았을 거야."

성수 팀장이 말했다.

"오우야, 그랬으면 실탄 챙겨 가도 쉽지 않을 걸요."

해철이 탄성을 질렀다.

"성수 팀장님 그러면 강필구도 우리 손에서 완전히 벗어난 건가요? 해당 날짜에 알리바이가 확실하잖아요."

도환이 골똘히 생각한 뒤에 되물었다.

"그렇지. 지금으로서는 우리 사건에서 완전히 벗어났다고 봐야지. 진술에서 증명하지 못했던 사건 당일 알리바이를 시시티브이로 증명했으니까."

성수 팀장이 덤덤하게 말했다.

"휴, 우리 집 거위가 다른 집에 황금 알을 낳아버렸네요."

도환이 망연자실한 얼굴로 말했다.

"그러게요. 그것도 한 집이 아니라 여러 집에 알을 낳아버렸죠."

지원이 쓴웃음을 지었다.

"너희들 왜 그렇게 실망하냐, 그러지 마. 애당초 우리 집에서는 알 낳을 기미도 안 보였잖아. 강필구 하는 행동이 그저 마음에 안 들었던 거지."

해철이 대수롭지 않게 말했다.

"그래, 해철이 말이 맞아. 애당초 유력한 용의자도 아니었잖아. 이미 떠나간 배니까 괘념치 말도록 하자."

성수 팀장이 무덤덤하게 말했다.

"그렇긴 하지만……. 휴, 그럼 처음부터 다시 시작해야겠네요. 좋게 생각하면 속 시원하기도 한데 허무한 건 어쩔 수 없네요."

도환이 깊은 숨을 내쉬면서 말했다.

"재정비해서 다시 하는 수밖에."

성수 팀장이 짧게 말했다. 강력 3팀 사무실의 분위기가 다소 가라앉았다.

"그건 그렇고 이번 건으로 강력 3팀 싸움 잘한다고 소문이 자자하더라고요. 특히 성수 팀장님 원 투, 훅이 예술이라고요. 지원 팀 멤버들이 많이 놀랐나 봐요."

해철이 분위기 전환을 하면서 성수 팀장의 원 투, 훅을 흉내

냈다.

"저도 좀 놀랐습니다. 역시 운동은 꾸준히 해야 하나 봐요."

지원이 해철 말에 맞장구를 쳤다.

"타이밍 보고 턱에 정확히 꽂는 건 노력한다고 되는 게 아니야. 애당초 팀장님은 사회 체육 대회에서 꾸준히 입상권이었으니까 가능한 거고. 대부분 도환이처럼 벌러덩하는 거지."

해철이 도환을 힐끗 보면서 말했다.

"아, 선배. 선배가 상황을 와전해서 말하면 그게 사실이 되잖아요. 2층에는 선배랑 저 둘밖에 없었으니까."

도환이 어이없다는 표정으로 말했다.

"하하, 도대체 누구 말이 사실입니까. 해철 선배 말처럼 오픈된 상황에서 당하신 거예요? 도환 선배 말처럼 기다렸다 기습당하신 거예요?"

준우가 해철과 도환에게 웃으며 물었다.

"준우야, 내 말이 맞아. 간 보면서 접근하다가 프런트 킥 맞고 뒤로 벌러덩. 강필구가 추가로 때리려고 할 때 내가 짠 하고 나타나서 도와줬지."

해철이 뻔뻔하게 거짓말을 했다.

"와, 진짜 선배 시나리오 작가 하서도 되겠어요. 준우야, 내가 아까도 말했다시피 2층에 올라가서 각방 문을 여는데 갑자기 발차기가 날아왔다니까. 그걸 무슨 수로 피하냐."

도환이 억울한 표정으로 자초지종을 설명했다.

"댓츠 노노. 내 말이 맞아."

해철이 손가락을 저었다.

"선배 제발요."

도환이 장난스럽게 애원했다.

"두 분 의견이 팽팽하니 반반으로 결론 내리겠습니다. 오픈 된 공간은 아니었지만 협소했고, 기습이었지만 팀장님이나 해철 선배였으면 충분히 피할 수 있었다. 어떻습니까?"

지원이 유쾌하게 말했다.

"오, 아주 명쾌한 합의 제안."

해철이 지원에게 엄지손가락을 치켜들었다.

"믿고 있던 지원이 너마저. 정말 어이가 없다, 없어."

도환이 코웃음을 쳤다.

"도환아, 사실이 뭐가 됐든 팀원들에게 큰 웃음 줬으니 좋게 생각해. 전투에서 이기고 지는 건 항시 있는 일이잖니. 결국에는 전쟁에서 이기면 된다."

성수 팀장이 진지하게 말했다.

"정말 팀장님까지 왜 그러세요. 사실이었으면 이렇게까지 억울하지도 않죠. 정말, 강필구 이 자식을 확."

도환이 흥분한 척 과장되게 연기를 했다.

"하하하하."

도환의 연기를 보고 팀원들이 일제히 웃음을 터뜨렸다.

"그럼 다들 하던 일 마저 하고 자유롭게 점심 먹으러 가. 오후에 회의 하면서 다시 수사방안을 정해보자."

성수 팀장이 피식 웃고 나서 진지하게 말했다.

"네, 알겠습니다."

팀원들이 웃으며 대답했다.

"나중에 보자."

성수 팀장이 팀장 사무실로 들어가서 문을 닫고, 팀원들에게 보이지 않도록 블라인드를 쳤다.

"팀장님 블라인드 치는 것 보니까 점심 안 드실 생각인가 보네요."

도환이 팀장 사무실을 힐끗 보고 나서 말했다.

"스트레스가 심한가 보네."

해철이 대수롭지 않게 말했다.

"제가 너무 옳는 소리만 해서 그런 거 아니겠죠?"

도환이 조심스레 물었다.

"그럴 수도 있고 아닐 수도 있고. 너는 팀원으로서 충분히 할 수 있는 말을 한 거야. 간부들은 다른 것도 생각해야 하니까 골치가 아픈 거고."

해철이 진지하게 말했다.

"저도 해철 선배 말에 동의합니다. 저도 강필구 나가리 되니까

몸에서 힘이 쫙 빠지더라고요. 어디서부터 다시 시작해야 하는지도 모르겠고."

건너편에 있던 준우가 대꾸했다.

"그리고 네가 처음부터 끝까지 않는 소리만 한 것도 아니잖아. 분위기 쇄신도 했고 그거면 충분히 된 거야."

해철이 도환을 다독였다.

"해철 선배 맞아요. 도환 선배 그러니까 너무 신경 쓰지 마세요."

지원이 해철 말에 맞장구를 쳤다.

"정 신경 쓰이면 점심 먹고 오는 길에 먹을 거나 좀 사 오든가."

해철이 시간을 확인하면서 말했다.

"그래야겠어요. 선배 뭐 드시러 가실래요? 간만에 자장면이나 먹을까요?"

도환이 점심 메뉴를 제안했다.

"그래, 간만에 탕수육에 해물자장이나 먹자. 준우야, 지원아 어때."

해철이 팀원들에게 제안했다.

"저는 좋습니다."

"저도요."

지원과 준우가 대답했다.

"그래, 순댓국집 옆에 있는 데 말고 아귀찜 옆에 있는 데로 가자. 거기가 맛도 좋고 조용하니 좋더라."

해철이 하품을 하면서 일어났다.

"아, 난차이요?"

지원이 되물었다.

"그래, 거기. 나 밖에서 담배 피우고 있을 테니까 천천히 나와."

해철이 기지개를 켜고 나서 사무실을 나섰다.

"해철 선배 저도 같이 가요."

지원이 자리에서 일어나서 황급히 해철을 따라나섰다. 도환과 준우는 수사 파일을 마저 정리하고 나서 자리에서 천천히 일어났다.

08

2015년 05월 16일 금요일 07:00

동식은 정화랑 아침 식사를 간단히 하고 후식으로 비스킷과 커피를 마시고 있었다. 며칠 동안 홀로 수사를 진행하면서 비교적 많은 것을 알게 되었지만 아직까지 모든 것이 불확실하고 미미했다. 은혜보육원 장 원장을 통해 '홍해복지재단'이라는 곳을 알게 되었지만 그곳과 용의자와의 관련성은 명확히 드러난 게 없었다. 도환을 통해 경제 수사팀과 금융범죄 수사팀에 문의해 보았지만 홍해복지재단에 관한 것은 아무것도 기록되어 있지 않았다. 은혜보육원에서 알게 된 강필구도 해당 사건과는 무관한 것으로 밝혀졌다.

"어머니가 말씀해주신 경기도 동산시 요나 보육원…… 아무리 찾아봐도 없더라고요."

동식이 커피를 마시고 나서 조심스레 말했다. 지난 새벽, 정화가 다섯 번째 보육원 이름을 떠올리고 동식에게 황급히 전화를 걸어왔다. 그러나 조사 결과 그녀가 언급한 보육원은 존재하지 않는 것으로 밝혀졌다.

"그래? 그럴 리가 없는데. 네 아버지가 분명 동산시 요나 보육원이라고 적는 걸 봤거든."

정화가 옛 기억을 떠올리며 말했다.

"아버지가 허탕을 쳤을 수도 있으니까요. 일지에도 동산시 요나 보육원에 관한 말은 어디에도 남아 있지 않고요."

동식이 정화의 표정을 살피면서 씁쓸한 표정을 지었다.

"오래전 일이라 내 기억이 왜곡됐을 수도 있겠다. 요나 보육원이 아닌가. 분명히 그렇게 적는 걸 봤는데."

정화가 고개를 연신 갸웃거렸다.

"그럼 그때 상황을 기억나시는 대로 한번 말씀해보시겠어요?"

동식이 정화에게 물었다.

"그게 말이다. 네 아버지가 돌아가시기 얼마 전이었을 거야. 집에서는 절대로 수사에 관한 걸 말하지도, 들춰보지도 않던 사람이 식사 중에 혼잣말을 중얼중얼하면서 종이에 뭔가를 적는 거야."

정화가 당시 상황을 떠올리면서 말했다.

"네, 그래서요?"

동식이 되물었다.

"가만히 듣고 있자니 딱 봐도 수사에 관한 얘기더라고. 워낙 큰 사건이라서 적은 것을 몰래 봤지. '동산시 요나 보육원'과 '사라진 아이들?'의 연관성이라고 적혀 있더라고."

정화가 동인과의 일을 어제 일처럼 선명하게 기억해냈다.

"'사라진 아이들'이라…… 그다음은 어떻게 됐어요?"

동식이 골똘히 생각한 뒤에 되물었다.

"가만 보자. 네 아버지가 내가 몰래 본 것을 눈치채고 길길이 화내셨지. 수사에 관한 건데 왜 몰래 보냐고. 그래서 안 봤다고 시치미를 뚝 뗐지."

정화가 말했다.

"그래서 아버지가 더 이상 화내지 않으셨어요?"

동식이 되물었다.

"더 이상 화내지 않더구나. 안 봤다는데 왜 봤냐고 계속 화낼 수는 없는 노릇이잖니."

정화기 피식 웃으면서 말했다.

"그렇죠. 어머니가 수사 일지를 훔쳐서 보신 것도 아니고요. 그럼 요나 보육원이라고 기억나신 건 기독교 방송 보다가 문득 떠올리신 거고요?"

동식이 웃으며 되물었다.

"그렇단다. 졸리지 않아서 기독교 방송을 틀었더니 때마침 요나에 관한 말씀을 하시더구나. 일전에 너랑 얘기 나누고 나서 늘 의식하고 있었던 참이었거든. 그런 와중에 '요나'라는 단어를 들으니까 아, 하고 떠오른 거지."

정화가 새벽에 방영됐던 기독교 방송 시청 상황을 떠올렸다.

"타이밍이 딱 들어맞았네요."

동식이 웃었다.

"그러게 말이다. 나는 주님의 은혜라고 생각한다."

정화가 두 손을 모으고 말했다.

"아버지 사고 이후에 당시 팀원들한테 요나 보육원에 대해서는 언급하지 않으셨어요?"

동식이 되물었다.

"경황이 너무 없어서 못 했지. 시간이 흐른 뒤에는 내가 말하지 않아도 이미 알고 있을 거라고 생각했고."

정화가 당시 상황을 떠올렸다.

"그렇군요. 제가 어머니였어도 그랬을 거예요. 담당 수사관이 묻지 않는 걸 먼저 물어보는 경우는 흔치 않으니까요."

동식이 온화한 표정으로 말했다.

"그렇게 말해주니까 고맙다. 혹시 나 때문에 범인을 놓쳤을 수도 있겠다는 생각이 들었거든."

정화가 조심스레 말했다.

"그런 거 아니니까 괘념치 마세요. 조사한 바로는 없는 보육원이라고 나왔으니까요. 그래도 혹시 모르니까 다시 한번 찾아볼게요. 규모가 크지 않아서 정보가 누락됐을 수도 있으니까요."

동식이 커피를 후루룩 마시고 나서 말했다.

"그래, 잘못된 기억이 아니었으면 좋겠구나."

정화가 말했다.

"저도 반드시 그랬으면 좋겠어요. 그리고 어머니 혹시 다른 것도 문득 떠오르는 게 있다면 언제든지 말씀해주세요."

동식이 간절한 눈빛으로 부탁했다.

"그래도 되는 거니? 나 때문에 일이 괜스레 복잡하게 될 수도 있잖니."

정화가 조심스레 되물었다.

"괜찮아요. 무턱대고 수사하는 게 아니거든요. 이것저것 따져보고 위에서 허락해야 수사하는 거라서 큰 문제 되진 않아요. 그리고 수사라는 게 자그마한 것으로 급변할 때가 아주 많거든요."

동식이 정화를 다독였다.

"그렇다면 천만다행이고."

정화의 표정이 한결 밝아졌다.

"그러니까 생각나는 대로 말씀해주세요."

동식이 차분하게 말했다.

"그래, 생각나는 대로 연락 주마."

정화가 고개를 끄덕였다.

"네, 오늘 저녁에는 철야 예배 가실 거죠?"

동식이 자리에서 일어나며 물었다.

"특별한 일이 생기지 않는 한 참석할 예정이다."

정화가 자리에서 일어나며 대답했다.

"그럼 수사 끝나는 대로 전화 드릴게요. 시간 맞으면 집에 같이 와요."

동식이 나갈 채비를 하면서 말했다.

"그래, 그렇다고 해서 너무 무리하진 말거라. 집사님들 커피
한 잔 대접하면서 차 얻어 타도 되고, 여차하면 택시 타도 그만이
니까."

정화가 다정하게 말했다.

"네, 알겠어요. 어머니 저 회의 있어서 먼저 나가볼게요. 설거
지 못 해드려서 죄송해요."

"괜찮으니까 어서 가 보거라. 오늘 하루도 수고하고."

동식이 정화와 인사를 주고받고 서둘러 집을 나섰다.

동식은 집에서 개인 사무실로 가지 않고 곧바로 동산시 에덴
보육원으로 향했다. 동식의 계획은 그곳에서 몽타주와 흡사한 원
생을 가려내고 나서 정화가 언급한 요나 보육원과 홍해복지재단
에 관한 것을 수소문해볼 예정이었다.

동식의 조사결과, 동산시 에덴 보육원은 1954년 이종훈, 백지
은 부부가 한국전쟁으로 부모와 가정을 잃은 아이들을 임시로 돌
보다가 생긴 보육원이었다. 1958년 09월 아동 복지 시설 인가를
정식으로 받고 에덴 보육원이라는 이름으로 명명하였다. 1980년
12월 신축 건물을 지음으로써 구관은 더 이상 사용하지 않게 되었
고, 2004년 07월에 신축 건물을 전부 리모델링하였다. 원장을 비

270

롯해 부원장, 사무국장, 교사, 영양사, 조리사, 위생사가 존재했고 입소 정원 80명으로 다른 보육원보다 규모가 꽤 큰 편에 속했다.

동식이 2시간가량을 달려서 에덴 보육원에 도착했을 때는 초중고를 다니는 아이들은 학교에 등교한 지 오래였고, 미취학 아동들만 보육원에 남아서 전담 교사와 수업을 하고 있었다. 동식은 지상 3층 지하 1층 건물을 전체적으로 휘둘러보고 나서 1층 끄트머리에 위치한 보육원 사무실로 저벅저벅 걸어갔다.

"실례합니다."

똑똑, 동식이 노크를 하고 보육원 사무실에 들어서며 말했다.

"무슨 일로 오셨습니까?"

보육원 사람들이 경계의 눈빛으로 동식을 훑어볼 때, 보육원 직원 홍철이 나서서 물었다.

"일전에 전화 드렸던 정동식 형사라고 합니다."

동식이 보육원 직원들에게 형사 배지를 보여주며 말했다.

"아, 며칠 전에 전화하셨던 형사님이신가요?"

홍철의 표정이 고분고분하게 싹 바뀌었다.

"네, 원장님과 얘기를 좀 하고 싶은데요."

동식이 홍철의 눈을 바라보며 말했다.

"잠시만 기다려주세요. 원장님께 말씀드리고 오겠습니다."

홍철이 동식에게 양해를 구하고 나서 원장실로 헐레벌떡 뛰어갔다.

"네, 알겠습니다."

동식이 짧게 대답하고 나서 어색한 마음에 헛기침을 했다.

"형사님 이쪽으로 오시겠습니까?"

잠시 후, 홍철이 원장실에 다녀오면서 다급하게 말했다.

"네."

동식이 홍철의 안내를 받으며 원장실로 저벅저벅 걸어갔다.

"형사님 어서 오세요. 에덴 보육원 원장을 맡고 있는 김동진입니다."

에덴 보육원 김 원장이 동식에게 악수를 청했다.

"반갑습니다. 형사 정동식입니다."

동식이 김 원장의 손을 지그시 잡았다.

"은혜 보육원 장 영준 원장에게 얘기는 대충 들었습니다. 저희 보육원 출신일 수도 있는 사람을 찾고 있다고요?"

김 원장이 홍철에게 그만 나가도 좋다는 제스처를 취했다. 홍철이 김 원장과 동식에게 묵례를 하고 원장실을 다급히 나섰다.

"네, 장 원장님이랑 친분이 있는 사이이신가요?"

동식이 되물었다.

"건너서 아는 사이입니다. 알고 보니까 예전에 봉사활동도 여러 차례 함께했더라고요. 비록 깊은 대화는 나누지는 못했지만요."

김 원장이 동식에게 자리에 앉으라는 제스처를 취했다.

"그러시군요. 장 원장님에게 어떤 얘기를 들으셨나요?"

동식이 자리에 앉으면서 되물었다.

"형사님께서 담당하고 있는 사건 용의자가 이 근방 보육원 출신일 수 있다는 얘기를 들었습니다. 그리고 한 복지재단에 대해서 알고 있냐고 묻더군요."

김 원장이 장 원장과의 통화를 떠올리며 말했다.

"장 원장님께서 말씀하신 그대로입니다."

동식이 간결하게 말했다.

"애석하게도 해당 복지재단은 들어본 적이 없습니다. 저희 보육원과도 전혀 관계가 없고요."

김 원장이 단호한 어조로 말했다.

"그렇군요."

동식이 뜸을 들이고 나서 말했다.

"그 점에 대해서 도움을 드리지 못해 참으로 죄송합니다. 그래도 퇴소한 아이들의 자료는 저희 직원이 정리해뒀으니 자료실에 가셔서 자유롭게 보시면 됩니다."

김 원장이 형식적인 양해를 구했다.

"신경 써주셔서 고맙습니다."

동식이 형식적으로 말했다.

"네, 그럼 저희 직원한테 자료실로 안내하라고 전달하겠습니다. 불편하신 점 있으시면 해당 직원한테 물어보시면 됩니다."

김 원장이 인터폰으로 홍철을 부르고 나서 동식에게 악수를 청했다.

"네, 수고하십쇼."

동식이 김 원장과 악수를 하고 자리에서 일어났다. 똑똑, 홍철이 노크를 하고 원장실로 들어왔다.

"형사님 이쪽으로 오시면 됩니다."

홍철이 동식에게 말했다.

"네."

동식이 김 원장에게 인사를 하고 나서 홍철을 따라나섰다.

"며칠 전에 형사님 전화 오고 보육원이 난리가 났었습니다."

홍철이 보육원 사무실을 나서자마자 큰 목소리로 말했다.

"왜죠?"

동식이 되물었다.

"사기 전화다로 갑론을박이 아주 치열했거든요. 저희야 형사님 얼굴이랑 전화번호를 모르니까 의심할 수밖에 없지 않겠습니까? 워낙 사기꾼들이 판을 치는 세상이니까요."

홍철이 당시 상황을 미주알고주알 말했다.

"그렇군요. 충분히 그럴 수 있다고 생각합니다."

동식이 무덤덤하게 말했다.

"그래서 부원장님께서 형사님 소속팀에 확인 전화를 걸었잖습니까. 김도한? 김도환? 형사님께서 형사님이 자기 팀 맞는다고 하시더라고요. 은혜 보육원 장 원장님 전화도 한몫했고요."

홍철이 동식이 모르는 사실을 알려주었다.

"저희 팀에 전화를 하신 건 미처 몰랐습니다. 도환이가 받았나 보네요. 제가 아끼는 후배입니다."

동식이 도환을 떠올리고 피식 웃었다.

"형사님이 선배셨군요. 그건 그렇고 형사님이 형사인 것을 확인하고 나니까 이번에는 무슨 일로 방문하는지 갑론을박이 치열했죠."

홍철이 흥미진진하게 말했다.

"어떤 사건인지 알아보셨나요?"

동식이 되물었다.

"네, 그래서 전담 수사팀이라고 해서 한 가지 사건만 다루는 것이 아니다, 그럼 왜 전담이냐 등등 의견이 분분했죠."

홍철이 지하 1층 자료실 문을 열쇠로 열면서 말했다.

"팀마다 분위기가 다소간 다릅니다. 저는 어느 사건을 중점적으로 수사한다고 하더라도 기존에 맡고 있는 사건의 새로운 정보가 들어오면 틈내서 조사하는 편입니다."

동식이 지하 1층 자료실 주위를 휘둘러보면서 말했다.

"팀 분위기상 대놓고 하지는 못하지만 하긴 한다는 말씀이시죠?"

홍철이 자료실 불을 켜면서 말했다.

"그런 셈이죠."

동식이 자료실에 들어서며 대답했다.

"역시 그렇군요. 제가 해당 사건 전담 수사팀이라고 해서 모든 게 그 사건과 이어지는 건 아니라고 주장했거든요."

홍철이 자료실 탁자로 동식을 안내했다.

"그렇군요."

동식이 탁자에 앉으면서 말했다.

"직원들한테 형사님과 나눴던 대화를 공유해야겠습니다. 하하. 어디 보자, 형사님 오신다고 필요한 자료들을 싹 다 모아놨거든요."

홍철이 동식에게 양해를 구하고 모아둔 자료들을 하나하나 가져오기 시작했다.

"고맙습니다. 시간을 조금이나마 단축할 수 있겠네요."

동식이 홍철에게 자료들을 건네받으면서 말했다.

"이 정도 가지고 뭘요. 하하."

홍철이 자료를 옮기면서 의기양양하게 말했다.

"선생님 실례가 안 된다면 뭐 하나 부탁드려도 되겠습니까?"

동식이 공손하게 물어봤다.

"뭐든 말씀하십쇼. 제가 해드릴 수 있는 건 최대한 도와드리겠습니다."

홍철이 똘망똘망한 눈으로 되물었다.

"혹시 보육원 선생님이나 지인들 중에서 동산시에서 오래 사섰거나 동산시 보육원에 대해서 잘 아시는 분을 알아볼 수 있을까요?"

동식이 말했다.

"물론이죠. 제가 열심히 한번 수소문해보겠습니다. 그럼 언제까지 알아보면 될까요?"

홍철이 득의양양하게 되물었다.

"아무래도 빠르면 빠를수록 좋습니다."

동식이 간결하게 대답했다.

"알겠습니다. 최대한 노력해보겠습니다. 하하, 부탁하신 자료는 이게 전부입니다."

홍철이 자료를 다 옮기고 나서 말했다.

"고맙습니다."

동식이 홍철에게 감사를 표했다.

"아닙니다. 하하, 그럼 저는 사무실로 이만 돌아가서 부탁하신 거 한번 알아보겠습니다."

홍철이 웃으며 말했다.

"네, 힘든 부탁 들어주셔서 고맙습니다."

동식이 자리에서 일어서며 말했다.

"앉아 계십쇼. 좋은 정보 가지고 꼭 돌아오겠습니다."

홍철이 동식에게 인사를 하고 자료실을 황급히 나섰다. 동식은 홍철의 뒷모습을 끝까지 바라보고 나서 크게 심호흡을 한 뒤,

탁상 위에 수북이 쌓인 자료들을 서둘러 조사하기 시작했다.

2015년 05월 16일 금요일 15:40

"시발. 팀장님한테 빨리 알려야 돼."

준우와 지원이 경찰청 메일 룸 앞에서 새로운 택배 상자를 확인하고 나서 말했다. 그 시각, 강력 3팀 사무실에서는 성수 팀장과 해철, 도환이 새로 내보낼 보도 자료를 가지고 머리를 맞대고 있었다.

"처음에 보도하지 않은 자료들을 조금 더 중점적으로 내보내는 것이 어떨까요? 흉기 사진을 보는 것만으로도 경각심을 유발시킬 수도 있잖습니까."

도환이 성수 팀장에게 제안했다.

"나도 그러고 싶지만 상부에서 쉬이 승낙해줄지 모르겠다."

성수 팀장이 말했다. 그때 준우가 사무실 문을 박차고 들어와서 거친 숨을 몰아쉬었다. 세 사람의 시선이 모두 준우에게 집중되었다.

"쟤 왜 저래."

해철이 준우를 위아래로 훑어보면서 말했다.

"헉, 헉, 휴, 태배가 왔습니다."

준우가 무릎을 부여잡고 헥헥거렸다.

"준우야, 태배가 뭐라고? 무슨 말인지 하나도 못 알아듣겠다. 호흡 좀 가다듬고 다시 말해봐."

해철이 머리를 긁적이며 되물었다.

"헉, 헉, 그게 말입니다. 휴."

준우가 호흡을 가다듬고 나서 말했다.

"헉, 헉, 헉, 태배가 왔습니다."

지원이 사무실 문을 열고 들어오면서 택배 상자를 들어올렸다.

"너희 도대체 왜 그러는 거야. 점심 잘못 먹었니?"

도환이 준우와 지원에게 다가갔다.

"용의자한테서 새로운 메시지가 도착한 것 같습니다."

준우가 심호흡을 하고 팀원들에게 또박또박 말했다.

"뭐라고?"

성수 팀장이 하던 일을 멈추고 나서 지원이 들고 있던 택배 상자를 건네받았다. 택배 상자 안에는 회색 유에스비 1개와 용의자가 보냈던 폴라로이드 사진에 '경기도 동산시 정산', 그리고 '홍해'라는 메모가 짤막하게 기록되어 있었다.

"도환아, 조심해서 유에스비 열어봐."

성수 팀장이 도환에게 택배 상자를 건넸다.

"네, 잠시만요."

도환이 장갑을 끼고 택배 상자를 건네받았다.

"팀장님 용의자가 보낸 게 맞을까요? 저는 철없는 아이들의 장난일 수도 있다는 생각이 듭니다."

해철이 반신반의한 표정으로 말했다.

"확인해보면 알겠지."

성수 팀장이 말했다.

"팀장님 유에스비 안에 동영상 파일이 하나 있습니다. 회의실 모니터로 연결할까요?"

도환이 성수 팀장에게 되물었다.

"그래."

성수 팀장이 회의실 모니터를 유심히 바라봤다.

"준비되셨으면 재생하겠습니다."

도환이 성수 팀장을 물끄러미 바라보며 물었다.

"그래."

성수 팀장이 고개를 끄덕였다. 동영상 파일은 60초 정도 길이였고, 다른 장면을 찍은 시시티브이 화면이 하나로 편집되어 있었다. 젊은 남자가 외제 차에서 나와서 누군가에게 전화를 거는 것, 삽과 가방을 메고 캐리어를 짊어지고 야산으로 들어가는 것, 그리고 이름 모를 나무 앞에서 신원미상의 변사체를 캐리어에서 꺼내서 땅에 묻는 것이 찍혀 있었다.

"도환아, 남자가 차에서 내리는 장면에서 정지시켜봐."

성수 팀장이 도환에게 지시했다.

"네."

도환이 성수 팀장 지시에 따라 동영상 파일을 앞으로 당겨서 정지시켰다.

"너희들 생각은 어떠냐. 내가 보기에 저 젊은 남자, 용의자 몽타주나 프로필이랑 매우 흡사한 것처럼 느껴지는데."

성수 팀장이 화면을 골똘히 보면서 말했다.

"제가 보기에도 비슷해 보입니다."

지원이 모니터 화면을 뚫어져라 바라보면서 말했다.

"저도 같은 생각입니다."

준우가 몽타주 사진과 화면 속 남자를 여러 차례 비교하고 나서 말했다.

"해철아, 네가 보기엔?"

성수 팀장이 해철에게 되물었다.

"음, 신체 사이즈는 완벽히 들어맞는 것 같습니다. 얼굴은 어둡고 흐려서 자세히 보이지 않지만요."

해철이 화면을 유심히 바라본 뒤에 말했다.

"그래도 윤곽은 어느 정도 드러나서 다행이다. 혹시 저 남자가 탄 차종이 뭔지 아는 사람?"

성수 팀장이 팀원들에게 물었다.

"제가 보기엔 포르쉐 카이엔 2014년형 같습니다."

지원이 휴대폰으로 이미지 파일을 보여주었다.

"가격이 상당하군. 소나타나 산타페보다는 찾기 훨씬 쉽겠어. 도환아, 남자가 야산으로 들어가는 장면으로 이동해봐."

성수 팀장이 도환에게 지시했다.

"네, 알겠습니다."

도환이 동영상 파일을 앞으로 당겼다.

"앞에서 캐리어를 들고 있는 남자는 도대체 누굴까. 저렇게 들고 있다는 건 보편적으로 키가 비슷하다는 거겠지?"

성수 팀장이 남자의 상체를 유심히 바라보고 나서 말했다.

"영상에 보이지 않는 이 또한 젊은 남자랑 키가 비슷한 것 같습니다. 그렇지 않았다면 구부정한 자세를 취했을 확률이 높으니까요."

해철이 남자의 모습을 골똘히 보고 나서 말했다.

"앞에 있는 남자가 야산의 지리를 잘 알아서 손수 앞장섰다는 추리는 너무 비약적이라고 생각하니?"

성수 팀장이 되물었다.

"충분히 그럴 수 있다고 생각합니다."

준우가 성수 팀장 의견에 동의를 표했다.

"저는 그렇다손 치더라도 그게 그다지 중요한 포인트는 아닌 것 같습니다. 그것보다 뒤에 나오는 나무가 더욱이 신경 쓰입니다."

해철이 진지하게 말했다.

"나무? 도환아, 앞으로 돌려봐."

성수 팀장이 말했다.

"네."

도환이 신갈나무가 찍힌 장면으로 화면을 이동시켰다.

"저 나무가 다른 나무보다 유독 크네. 그리고 저 남자는 시시티브이 존재를 모르는 것처럼 보이고. 그렇지 않다면 알면서도 그다지 괘념치 않은 것이거나."

성수 팀장이 신갈나무를 유심히 바라보면서 추리했다.

"모르는 거 아닐까요? 안다면 저렇게 행동할 리 없다고 생각합니다."

지원이 골똘히 생각한 뒤에 말했다.

"원본 파일이 아니어서 속단하기가 쉽지 않네. 자칫 잘못하면 용의자가 의도한 대로 해석할 수도 있으니까."

성수 팀장이 팔짱을 끼고 입술을 주뼛거렸다.

"확실한 것은 화면 속에 보이는 남자가 저희가 쫓고 있는 용의자로 보인다는 것과 변사체를 유기했다는 사실 아니겠습니까?"

해철의 눈이 이글이글거렸다.

"그래, 해철이 말이 맞아. 영상을 찍고 편집한 이의 의도가 어떻든 간에 화면 속에 보이는 남자가 우리가 쫓고 있는 용의자랑 매우 흡사하다는 거야."

성수 팀장의 눈이 번쩍였다.

"만약 영상을 촬영하고 편집한 이가 영상 속 남자랑 수평적인 관계가 아니라면 예상되는 그림이 하나 있습니다."

도환이 뜸을 들이고 나서 말했다.

"그래, 도환아 네 생각을 한번 말해봐."

성수 팀장이 도환에게 의견을 물었다.

"두 사람의 관계가 현재로서는 금이 갔다는 것입니다. 그렇지 않고서는 저렇게 의도적으로 한 사람만 나오게 편집하지는 않았을 것입니다. 제가 보기엔 의도가 너무 명확히 느껴지는 동영상입니다."

도환이 자신의 의견을 강단 있게 말했다.

"네 생각은 젊은 남자가 어떠한 의도를 갖고 영상을 찍고 편집해서 보낸 게 아니라 영상이 촬영되는 것도 편집되는 것도 모른 채 복수 혹은 버려졌다는 거지?"

성수 팀장이 도환을 물끄러미 바라보면서 되물었다.

"그렇습니다."

도환이 소신 있게 대답했다.

"뭐가 됐든 파헤쳐보면 알겠지. 우리 입장에서는 까마귀든 까치든 호박을 넝쿨째로 던져준 것과 다름없으니까. 그럼 우선 지원이랑 준우는 소포가 발송된 우체국을 찾아서 시시티브이 따와. 해철이랑 도환이는 과학수사대에 연락해서 용의자 정보 딸 수 있는지 물어보고."

성수 팀장이 힘 있는 목소리로 말했다.

"네, 알겠습니다."

팀원들이 큰 목소리로 일제히 대답했다.

"그래. 나는 과장님 만나고 올 테니까 일 처리하는 대로 바로바로 연락해. 며칠 동안 허탕 친 거 제대로 만회해보자. 자, 시작하자."

성수 팀장의 말이 끝나자마자 팀원들이 각자의 업무를 해결하기 위해서 뿔뿔이 흩어졌다.

2015년 05월 16일 금요일 16:40

동식은 조사를 끝내고 나서 수북이 쌓인 자료들을 멀거니 바라봤다. 확인 결과, 몽타주와 닮은 보육원생은 단 한 명도 없었고 프로필과 흡사한 보육원생도 존재하지 않았다. 동식의 생각보다 남매 보육원생이 꽤 많았지만 대부분 성인이 되어서 보육원을 퇴소했기 때문에 사건과는 대체로 무관했다. 당시 수사팀 수사가 제아무리 부실했다고 하더라도 성인 남녀를 미성년으로 판단할 리는 없었다.

"형사님 접니다."

동식이 상념에 빠져있을 때, 홍철이 자료실 문을 노크하고 들어왔다.

"네."

동식이 자세를 고쳐 앉으며 말했다.

"형사님 수사는 잘 진행되고 계십니까?"

홍철이 자리에 앉으면서 물었다.

"네, 아무쪼록 잘되고 있습니다."

동식이 형식적으로 대답했다.

"그렇다면 천만다행입니다. 이거 드시면서 하시죠."

홍철이 동식에게 음료수를 건넸다.

"고맙습니다. 단 게 필요했던 참인데 잘 마시겠습니다."

동식이 음료수를 건네받았다.

"아하, 당이 떨어지셨군요. 미리 연락해서 준비실에서 이것저것 챙겨올 걸 그랬습니다. 과자나 음료는 꽤 많이 남아 있거든요."

홍철이 안타까운 목소리로 말했다.

"이것으로도 충분합니다."

동식이 음료수를 한 모금 마시고 나서 말했다.

"나중에 넉넉히 드시길 바랍니다. 그건 그렇고 형사님께서 오전에 시키신 일 있잖습니까. 동산시에 오래 살았거나 동산시 보육원에 대해서 잘 아는 사람 수소문해보라는 업무 말입니다."

홍철이 조심스레 말을 꺼냈다.

"아, 네. 아는 사람이 좀 있던가요?"

동식이 홍철과 오전에 나눴던 대화를 황급히 떠올렸다.

"그게 말입니다. 한 사람 있었습니다."

홍철이 뜸을 들이고 나서 말했다.

"정말입니까? 선생님도 아는 분이신가요?"

동식이 되물었다.

"아주 친한 사이는 아니지만 알긴 압니다. 저희 보육원에서 그리 멀지 않은 카페의 사장님인데요. 알고 보니까 동산시에 있는 보육원을 두세 차례 옮겨 다니면서 자랐다고 하더라고요. 저는 보육원 출신인 걸 미처 몰랐습니다."

홍철이 소곤소곤 말했다.

"굳이 티를 안 내셨나 보네요. 그건 그렇고 보육원을 여기저기 옮겨 다니는 게 가능하나요?"

동식이 동산시 보육원 출신 카페 사장님이라고 메모를 했다.

"워낙 구김살이 없는 분이어서요. 뭐, 옮기는 거는 적당한 사유만 있다면 언제든지 가능합니다. 예를 들어 원내에서 괴롭힘, 구타, 가혹행위가 일어났다거나 서로 사이가 너무 안 좋아서 보육원 분위기를 망치는 행위 등등."

홍철이 조곤조곤 말했다.

"보육원 상황에 따라 위계질서가 매우 심하고 괴롭힘이 만연하다는 말을 듣긴 들었습니다."

동식이 장 원장에게 들은 일련의 사건들을 떠올렸다.

"사람 사는 곳은 다 비슷하니까요. 학교, 군대, 회사에서도 일어나는 괴롭힘이나 힘겨루기가 보육원이라고 해서 없겠습니까.
게다가 보육원 아이들은 화랑 상처가 많은 아이들 아니겠습니까.
그런 애들이 한 지붕 밑에서 24시간 붙어 있으면 상대적으로 약하
거나 남들과 잘 어울리지 못하는 애들은 화풀이 대상이 되기 십상
이죠."

홍철이 말했다.

"안타까운 현실이네요. 선생님들 앞에서는 모두 잘 어울리는
척 연기를 할 테니 괴롭히고, 괴롭힘을 당하는 아이를 가려내기도
쉽지 않을 거고요."

동식이 입술을 주뼛거리고 나서 말했다.

"그렇죠. 담임선생님이 있다고 해서 학교폭력을 다 예방하는
건 아니잖습니까. 알아도 할 수 있는 것도 제한적이고요, 자기가
버려졌다는 것을 깨달은 아이들은 생각보다 나이를 빨리 먹고 영
악해집니다."

홍철이 고개를 까딱거리며 말했다.

"그렇죠. 마음이 편치 않네요. 음, 그러면 다른 이유로 옮기는
건 어떤 사유가 있나요?"

동식이 골똘히 생각한 뒤에 되물었다.

"행정적인 이유라면 가지각색이죠. 간혹 영리 목적으로 보육
원을 운영하다가 내·외부 감사와 고발로 보육원이 터지는 경우
도 있습니다."

홍철이 술술 얘기했다.

"탈세나 횡령을 목적으로 보육원을 운영하는 경우도 종종 있 겠네요."

동식이 조심스레 되물었다.

"네, 제가 직접 경험한 것은 아니지만 빈번하게 일어나는 편이 죠. 돈 밝히는 원장, 부원장이 얼마나 많은데요. 퇴소 아동의 보조 금을 갈취한다거나 부식업체의 단가를 임의로 올려서 횡령한다 든지 수법도 가지가지입니다."

홍철이 자신이 들은 얘기들을 이리저리 늘어놓았다.

"그렇군요. 그런 게 여러 차례 반복됐다면 같은 지역 내에서도 보육원을 이리저리 옮겨 다녔을 수도 있겠군요."

동식이 여러 가지 가능성을 떠올리고 나서 말했다.

"그런 셈이죠. 당사자에게는 참으로 귀찮고 불행한 일이었겠 지만 말입니다. 알고 보면 별다른 연유가 아니었을 수도 있고요. 여하튼 카페 사장님께서 형사님과 긴히 얘기를 나누고 싶다고 하 는데 한번 만나보시겠습니까?"

홍철이 동식에게 제안했다.

"네, 저는 언제든지 좋다고 전해주십시오. 사장님이 편하신 날 짜, 장소, 시간 무조건 맞추겠다고요."

동식이 고개를 끄덕였다.

"네, 그러면 지금 말씀하신 그대로 문자 메시지로 전달하겠습니다."

홍철이 동식의 말을 문자 메시지로 받아썼다.

"고맙습니다. 선생님 노력 덕택에 좋은 성과를 얻을 것 같습니다."

동식이 홍철에게 묵례를 했다.

"아닙니다, 아닙니다. 도움 드릴 수 있는 건 빼지 않고 도와드려야 멋진 소시민 아니겠습니까? 하하, 아이들한테도 선생님으로서 당당할 수 있고요. 아, 카페 사장님한테 곧바로 답장이 왔네요. 되도록 오늘 만났으면 좋겠답니다. 저녁 늦게라도 좋으니까 카페에서 뵀으면 한다고요."

홍철이 문자 메시지를 동식에게 보여주었다.

"그러면 제가 한 시간 안에 카페로 찾아뵙겠다고 전해주시겠습니까?"

동식이 시간을 확인하고 나서 말했다.

"한 시간 안에요? 너무 이르신 거 아닙니까?"

홍철이 놀란 얼굴로 되물었다.

"보육원에서 할 게 그다지 남아 있지 않아서요. 너무 늦게 가는 것도 실례인 것 같고요. 지금 가면 안 되는 이유가 있습니까?"

동식이 홍철의 표정을 살피며 조심스레 되물었다.

"아, 그런 건 아니고요. 제가 곧 직원회의가 있거든요. 일찍 가시면 제가 카페까지 동행하지 못할 수도 있어서요."

홍철이 서운한 투로 말했다.

"아, 그런 뜻으로 말씀하신 거군요. 애석하게도 지체할 시간이 별로 없어서요. 카페 주소 알려주시면 혼자 가보도록 하겠습니다."

동식이 황당한 마음을 드러내지 않고 말했다.

"참으로 아쉽네요. 제가 가면 완충재 역할을 톡톡히 할 수 있을 것 같은데 말입니다. 가만 보자, 카페 주소가 동산시 동산동 355-11입니다. 카페 명은 '작은 위로'이고요."

홍철이 아쉬운 표정으로 말했다.

"동산시 동산동 355-11, 카페 명은 '작은 위로' 고맙습니다. 그러면 저는 먼저 일어나도록 하겠습니다. 정리 도와드리지 못해서 죄송합니다."

동식이 카페테리아 명과 주소를 메모하고 나서 홍철에게 양해를 구했다.

"아닙니다. 형사님은 어서 가보십쇼. 뒷정리는 제가 얼른 하겠습니다. 오늘 못 하면 내일이나 모레 해도 그만이고요. 하하."

홍철이 동식에게 어서 가라는 제스처를 취했다.

"고맙습니다. 나중에 뵐 수 있으면 뵙겠습니다."

"네, 저도 회의가 끝나는 대로 카페에 들르겠습니다."

동식이 홍철과 인사를 나누고 자료실을 서둘러 나섰다. 그러고 나서 빠른 걸음으로 에덴 보육원을 빠져나갔다.

'작은 위로'는 에덴 보육원과 차로 9분 거리에 위치하고 있었다. 다세대주택과 상가 사이에 있어서 그리 크지 않은 가게임에도 불구하고 매우 알차게 구성되어 있었다.

"실례합니다."

동식이 가게 앞에 주차를 하고 서둘러 카페테리아 안으로 들어섰다.

"정동식 형사님이시죠?"

"네, 에덴 보육원 선생님 소개로 카페에 들르게 된 정동식입니다."

"자그마한 카페를 운영하고 있는 이진희라고 합니다."

진희가 동식에게 자기소개를 했다.

"아, 진희 씨. 제게 긴히 하실 말씀이 있다고 전해 들었습니다."

동식이 에두르지 않고 물었다.

"네, 우선 이쪽에 앉으시죠. 혹시 드시고 싶은 거 있으십니까?"

진희가 빈자리로 동식을 안내했다.

"저는 괜찮습니다."

동식이 자리에 앉으면서 진희에게 사양의 제스처를 취했다.

"사양하지 말고 스스럼없이 말씀해주세요. 아무것도 대접하지 않으면 형사님이 가시고 나서 마음이 매우 불편할 것 같습니다."

진희가 공손하게 말했다.

"그러면 아주 단 커피로 부탁드립니다. 아침 일찍 나와서 수사를 했더니 머리가 지끈지끈 아프고 멍해서요."

동식이 메뉴판을 훑어보고 나서 커피 칸을 가리키며 말했다.

"네, 알겠습니다. 그럼 시원한 것으로 드릴까요? 따뜻한 것으로 드릴까요?"

진희가 카페테리아 출입문으로 가서 '오늘은 개인 사정이 있어서 일찍 마감합니다.'라고 적힌 종이를 붙였다.

"시원한 것으로 부탁드립니다."

동식이 잠시 생각한 뒤에 결정했다.

"네, 알겠습니다."

진희가 커피를 느긋하게 제조하기 시작했다.

"연락받은 보육원 선생님께서 진희 씨가 보육원 출신인 것을 미처 몰랐다고 하시더군요."

동식이 음료를 제조하는 진희를 물끄러미 바라보며 물었다.

"보육원 출신 사람들은 보육원 출신인 것을 자랑스럽게 생각하지 않으니까요. 사회에 뿌리 내린 편견도 아직 한몫하고요."

진희가 아이스 컵에 얼음을 붓고 우유를 8부 가량 따랐다. 그러고 나서 에스프레소 더블 샷과 초코 시럽을 부었다.

"나쁜 뜻으로 물어본 게 아닌데 혹시나 실례가 되었다면 진심으로 사과드리겠습니다."

동식이 진희에게 양해를 구했다.

"아닙니다. 이것은 아이스 카페 모카이고요. 이것은 제가 직접 만든 수제 쿠키입니다. 출출하실 테니 한번 드셔보세요."

진희가 웃으며 말했다.

"고맙습니다. 덕분에 잘 마시겠습니다."

동식이 감사의 인사를 하고 음료를 한 모금 들이켰다. 그리고 잠시 동안 두 사람 사이에 무거운 정적이 흘렀다.

"정동식 형사님, 에덴 보육원에 들르신 이유가 20년 전 노부부 연쇄살인사건 용의자의 소포 때문이신가요?"

진희가 침묵을 깨고 물었다.

"네, 맞습니다."

동식이 뜸을 들이고 나서 솔직하게 대답했다.

"그러면 용의자가 동산시 출신 인물이라고 생각하시기 때문인가요?"

진희가 조심스레 되물었다.

"아니요, 그렇진 않습니다. 수사 기밀이라 다 말씀드릴 수 없지만 동산시뿐만 아니라 다른 지역 보육원도 여러 곳 들렀습니다. 제가 확신하는 건 용의자가 보육원 출신일 확률이 매우 높다는 것뿐입니다."

동식이 고개를 저으며 말했다.

"그렇군요. 제가 형사님을 만나 뵙길 원했던 건…… 용의자가 제가 아는 사람인 것 같아서입니다."

진희가 뜸을 들이고 나서 조심스레 말했다.

"정말입니까?"

동식의 심장이 쿵쾅쿵쾅 뛰었다.

"네, 백 퍼센트 확신할 수는 없고요. 용의자의 몽타주가 제가 아는 언니 오빠랑 매우 흡사합니다."

진희가 앞치마 주머니에서 몇 장의 사진을 꺼내서 동식에게 보여주었다. 사진은 지금까지 관리가 좋았던지 변색되지 않고 아주 말끔히 보존되어 있었다.

"실례하겠습니다."

동식이 진희에게 사진을 건네받고 나서 유심히 바라봤다. 어린 진희와 무명의 남녀가 나란히 서 있는 사진이 여러 풍경으로 찍혀 있었다.

"형사님이 보시기에 사진 속 인물과 용의자의 몽타주가 닮았나요?"

진희가 조심스럽게 물었다.

"솔직히 말씀드리면 제 생각엔 특징적으로 매우 닮았습니다. 확실한 건 사진 속 인물들이 훨씬 예쁘고 잘생겼네요."

동식이 진희의 눈을 물끄러미 바라보며 말했다.

"그건 저도 같은 생각입니다."

진희가 한숨을 쉬고 나서 말했다.

"두 사람에 대해서 자세히 말씀 좀 부탁드립니다."

동식이 사진을 탁자 위에 조심스럽게 놔뒀다.

"제가 보육원을 여러 차례 옮겨 다닌 것은 전해 들으셨나요?"

진희가 한참을 생각한 뒤에 천천히 운을 뗐다.

"네."

동식이 짧게 대답했다.

"서류상으로는 총 4곳을 옮겨 다녔어요. 이유도 가지가지였죠. 옮겨 다닌 이야기는 민기 오빠와 민희 언니랑 전혀 관련이 없기 때문에 굳이 하지 않겠습니다."

진희가 옛 기억을 떠올리며 말했다.

"네."

동식이 민기, 민희라는 이름을 메모했다.

"두 사람을 만난 건 동산 보육원에 오기 전 요나 기도원이라는 곳에서였어요. 임 선생님이라는 분이 원장으로 있던 곳이었는데 여느 보육원과 다르지 않게 가출 학생이나 부모 없는 고아들을 돌보는 곳이었죠."

진희가 요나 기도원을 떠올리며 말했다.

"네, 계속하시죠."

동식이 요나 기도원, 임 선생을 일일이 메모했다.

"시간이 너무 지나서 정확하게 기억나진 않지만 교회라고도 할 수 없고, 보육원이라고도 할 수 없는 그런 곳이었어요. 먹을 것도 넉넉히 주고, 잠자리도 제공했지만 교육이라든지 돌봄 같은 건 전혀 없었으니까요."

"네 계속 부탁드립니다."

"그것을 좋아하는 언니 오빠들도 있었고, 방치당하는 느낌에 슬퍼하고 괴로워하는 언니 오빠들도 있었어요. 민기 오빠랑 민희 언니는 후자보다 전자에 가까웠던 것 같아요."

진희가 술술 말했다.

"요나 기도원 같은 경우는 정식 인사를 받지 않은 보육원이었다고 보는 게 맞겠네요."

동식이 메모를 하고 나서 말했다.

"저도 그렇게 생각합니다. 어떤 방법으로 아이들을 데리고 왔는지는 도저히 모르겠지만요. 여하튼 제가 낯을 많이 가려서 기도원에 적응하지 못하고 겉돌 때, 민기 오빠와 민희 언니가 저를 많이 돌봐주었죠. 마치 친동생처럼 말이에요."

진희가 민기와 민희를 떠올리고 나서 말했다.

"용의자 프로필에 명시되어 있는 것처럼 그녀가 꽃향기를 매우 좋아했나요?"

동식이 단도직입적으로 물었다.

"네, 꽃과 꽃향기가 매우 잘 어울리는 사람이었죠. 지나가는 사람들의 시선을 단번에 사로잡는 사람이었으니까요."

"그렇군요. 그러면 두 사람과 친남매처럼 지내셨다고 했는데 어떻게 헤어지게 된 건가요? 특별한 계기가 있나요?"

동식이 세 사람이 함께 찍은 사진을 힐끗 보고 나서 물었다.

"임 선생님이 실종되고 나서 요나 기도원에 여러 가지 사건이 터졌거든요."

진희가 애석한 투로 말했다.

"원장이 실종되고 나서 여러 사건이 일어났다고요?"

"네, 저도 자세한 내막은 알지 못합니다. 임 선생님이 실종되고 나서 얼마 후, 어떤 사람들이 우르르 몰려와서 기도원 시설을 하나하나 정리하기 시작했어요. 그때 민기 오빠랑 민희 언니가 하는 대화를 우연히 엿들었는데 '임 선생 개새끼, 아이들 상대로 좆 함부로 굴리더니 참으로 고소하다.'였어요. 임 선생님이 고학년 언니들을 괴롭힌다는 말을 얼핏 들었는데 저는 거짓말이라고 생각했거든요."

진희가 남매의 대화를 생생히 떠올리며 말했다.

"정식으로 인가 받지 않은 보육원인 데다가 학생들은 어떻게 데리고 왔는지 모르겠고, 교육이나 돌봄은 이행되지 않고, 원장이 학생들을 성적 노리개로 사용했다는 소문까지 있었던 것 보면 정상적인 리더나 집단처럼 보이지는 않는군요."

동식이 짙은 한숨을 쉬었다.

"네, 민기 오빠랑 민희 언니도 비슷한 말을 했던 기억이 나요. '여기는 어차피 정식 시설이 아니기 때문에 지금 나가도 아무도 모를 거야. 그러니까 언니 오빠 따라서 같이 나갈래?'라고 묻더군요."

진희가 당시를 회상하며 말했다.

"진희 씨는 두 사람과 다르게 기도원에 남으신 거군요?"

"네, 겁이 너무 많아서요. 그리고 얼마 후, 두 사람은 아무 말도 없이 홀연히 떠나버렸어요."

진희가 눈물을 글썽거리며 말했다.

"그리고 더 이상 보지 못했고요?"

동식이 진희의 표정을 살피며 되물었다.

"네, 두 사람이 사라지고 나서 얼마 후, 기도원을 정리했던 사람들이 한 번 더 우르르 몰려와서 다른 보육원으로 데려다줬거든요. 두 사람이 만약 기도원으로 돌아왔다고 하더라도 제가 어디 있는지조차 몰랐을 거예요."

진희가 앞치마로 눈물을 훔쳤다.

"진희 씨랑 어쩌면 엇갈렸을 수도 있겠네요. 그럼 요나 기도원이 어디에 속해있었다거나 어떤 비리가 있었다던가 하는 건 정확히 밝혀진 게 없네요?"

동식이 티슈를 건네주며 되물었다.

"네, 새 보육원 선생님들이 요나 기도원에 관한 건 지어낸 얘기라고 생각했을 정도였으니까요."

"이해합니다. 저라도 쉬이 믿기 어려웠을 테니까요. 그럼 두 사람이 또래와 달랐던 건 뭐가 있을까요? 사소한 거 하나라도 좋습니다."

동식이 고개를 끄덕이고 나서 진지하게 되물었다.

"우선 두 사람 다 외모가 뛰어났어요. 언니를 시기 질투하던 사람들도 언니가 막상 말을 걸면 금세 풀어지고 말 정도였으니까요. 오빠도 동일하고요. 향에 예민했던 건 형사님도 아실 거고, 언니가 그림도 잘 그리고 미술에 관련된 책을 많이 읽었던 것 같아요."

"미술이요?"

동식이 '그림을 잘 그리고 미술에 관심이 많았음'이라고 메모했다.

"네, 초등학생들이 볼 법한 아기자기하고 예쁜 그런 그림책이 아니라 미대생이나 철학, 미학과 학생들이 볼 법한 그런 책이었어요. 그래서 그런지 그림도 매우 독특했고요."

진희가 민희의 모습들을 생생히 떠올리고 말했다.

"독특하다고요? 어릴 때라서 그렇게 느끼신 게 아니라 지금 생각해도 그런 편에 속하나요?"

동식이 '독특하다'라고 추가로 메모했다.

"네, 인물이나 풍경을 보이는 대로 그려달라고 하면 정말 똑같이 그려냈어요. 그런데 그건 그다지 아름답지 않다고 하더라고요. 언니 말로 표현하면 메시지가 없고 텅 비어 있다는 느낌이 든다고요. 이럴 줄 알았으면 언니가 그린 그림들도 가져올 걸 그랬나 봐요."

진희가 아쉬운 투로 말했다.

"그녀가 그린 그림이 남아 있습니까?"

동식의 동공이 커졌다.

"네, 집에 총 2점이 있어요. 카페랑 집이 그다지 멀지 않은데 궁금하시다면 가서 확인해보시겠습니까? 여기보다 훨씬 조용해서 얘기하기 편할 거예요."

진희가 동식의 상기된 표정을 확인하고 나서 말했다.

"저야 진희 씨가 괜찮으시다면 직접 가서 확인해보고 싶습니다."

동식이 진희의 제안을 망설이지 않고 수락했다.

"그럼 지금 바로 가시죠. 카페 청소는 내일 해도 되니까요."

"네, 고맙습니다."

진희가 동식과 합의를 보고 나서 제빙기, 냉장고를 제외한 기기들을 순차적으로 끄기 시작했다.

3부…

2015년 05월 16일 금요일 18:30~
2015년 05월 24일 토요일 23:55

09

2015년 05월 16일 금요일 18:30

동식과 진희는 '작은 위로'와 그다지 멀지 않은 곳에 위치한 그녀의 보금자리에 도착했다. 연립주택으로 한 사람이 살기엔 널찍하고, 두 사람이 살기엔 적당한 사이즈의 집이었다. 진희가 도어록 패스워드를 누르고 나서 현관문 안으로 들어가자 그녀가 키우고 있는 고양이 2마리가 진희와 동식을 맞이했다.

"고양이를 키우셨군요."

동식이 고양이를 보면서 물었다.

"아, 네. 고양이를 키우고 있다는 말을 미처 하지 못했네요. 고양이 털 알레르기는 없으시죠?"

진희가 고양이를 쓰다듬고 나서 물었다.

"네, 다행히도 없습니다."

동식이 웃으며 대답했다.

"천만다행이에요. 제가 평소보다 일찍 와서 고양이들이 조금 당황한 것 같아요."

진희가 고양이를 쓰다듬으며 말했다.

"아, 그렇군요. 제가 와서 경계하거나 무서워하진 않나요?"

동식이 진희와 고양이를 바라보며 물었다.

"아직까진 괜찮은 것 같아요. 형사님이 무서웠으면 자신들이 제일 안전하다고 생각되는 곳에 숨었을 거예요. 아, 형사님 서 있지 마시고 소파에 편히 앉으세요."

진희가 고양이를 내려놓고 나서 동식을 거실 소파로 안내했다.

"고맙습니다. 그럼 실례하겠습니다."

동식이 그제야 신발을 벗고 거실 소파에 앉았다.

"네, 잠시만 기다려주시면 제가 그림을 가져올게요. 큰방에 한 점, 작은방에 한 점 걸어뒀거든요."

진희가 동식에게 아이스 드립 커피와 주전부리를 내놓았다.

"네, 고맙습니다. 천천히 하셔도 됩니다."

동식이 대답하자 진희가 큰방으로 다급하게 들어갔다. 그녀의 집 거실은 소파, 텔레비전, 캣 타워, 음수대, 빨래 건조대 등등 고양이를 제외한 동거인이 있다고는 느껴지지 않을 정도로 아주 단출한 모양새였다. 동식이 곁눈으로 베란다와 베란다 너머 풍경을 보고 있을 때, 진희가 작은방에 들렀다가 거실로 돌아왔다.

"형사님, 말씀드렸던 민희 언니의 그림 두 점입니다."

진희가 그림 두 점을 가지고 와서 동식에게 건넸다. 그림은 A4 사이즈로 이물질이 들어가지 않도록 액자로 반듯하게 칠해져있었다.

"고맙습니다. 으음, 제가 그림에 대해서는 잘 모르지만 대충 봐도 엄청 잘 그리는 것처럼 느껴지네요."

동식이 그림을 보자마자 크지 않은 목소리로 탄성을 저질렀다.

"그렇죠? 저도 그렇게 생각해요. 미대 출신 지인들한테도 몇 번 보여준 적이 있는데 입시생 사이에서도 상급 이상이라고 하더라고요. 미대를 지원했다면 원하는 곳에 쉽게 갈 수 있었을 거래요."

진희가 자못 흡족한 표정으로 말했다.

"그렇군요. 이 그림이 어린 진희 씨를 그린 거라면 이 그림은 도대체 뭘 그린 거죠? 괴물 2마리가 싸우고 있는 것처럼 보이는데요."

동식이 두 번째 그림을 유심히 바라보면서 말했다.

"괴물처럼 보이시죠? 저도 처음 봤을 땐 그렇게 생각했답니다."

진희가 웃으며 말했다.

"괴물이 아닌가요? 그럼 도대체 뭐죠?"

동식이 진희를 바라보며 진지하게 되물었다.

"민희 언니가 이 그림을 스케치하던 날이 생생히 기억나요. 뒤에서 언니, 언니 불러도 대답이 없기에 곁으로 다가가서 그림 그리는 언니를 힐끗 바라봤죠. 저는 그림 속 존재가 처음에는 악마라고 생각했었어요. 그래서 왜 악마를 그리고 있냐고 언니에게 물어봤죠. 그제야 제가 온 것을 알더라고요."

진희가 당시를 떠올리며 말했다.

"뭐라고 대답하던가요?"

동식이 되물었다.

"언니가 '진희야 언제 왔니?'라고 하더라고요. 그래서 조금 전부터 와 있었다고 대답했죠. 그랬더니 언니가 '그렇구나. 그림 그린다고 몰랐네. 그건 그렇고 이건 악마도 괴물도 아니고 천사를 그리고 있는 거야.'라고 하더라고요."

진희가 그때를 떠올리며 말했다.

"이게 천사라고요?"

동식이 두 번째 그림을 물끄러미 바라보며 말했다. 그가 생각하는 아름답고 멋진 천사의 모습과는 확실히 대조적이었다.

"네, 저도 그 말을 듣고 엄청 놀랐었어요. 이렇게 무섭고, 흉측하게 생긴 것이 왜 천사냐고요. 그랬더니 언니가 그러더라고요. '진희야 신, 천사, 악마의 모습은 크게 다르지 않을 거야. 왜냐하면 전부 하는 짓이 비슷하잖아. 그러니까 천사가 아름답다는 선입견을 버리고 이 그림을 보면 좋겠어.'라고 하더라고요."

진희가 그림에 대해서 술술 말했다.

"그렇군요. 그러면 이 그림은 천사들이 한 인간을 지켜보고 있는 건가요?"

동식이 진희의 설명을 찬찬히 듣고 나서 말했다.

"민희 언니가 이 그림은 보고 있는 사람의 신앙심에 따라 관점이 달라진다고 했어요. 신앙심이 있다면 천사가 인간을 지켜보고 있는 것이고, 그렇지 않다면 그저 방관하는 것이라고 하더라고요."

진희가 차분하게 말했다.

"설명을 듣고 나니까 천사의 모습보다 메시지가 훨씬 더 소름 끼치네요."

동식의 손발이 미세하게 떨렸다.

"그렇죠? 저는 이 그림을 볼 때마다 매 순간 마음이 바뀌어요. 삶이 살 만하다고 느껴질 때는 천사가 인간을 지켜보고 있다는 생각이 들어요. 반대로 삶이 고달플 때는 천사가 인간의 불행을 즐기는 것처럼 느껴져요. 형사님은 어떠세요?"

진희가 동식에게 물었다.

"저도 진희 씨랑 비슷한 것 같네요. 지금은 수사가 쉽지 않아서 전자보다 후자처럼 느껴집니다."

동식이 곰곰이 생각한 뒤에 말했다.

"그렇군요. 제 생각에는 민희 언니가 화가가 되었다면 이러한 화풍으로 전시회를 열었을 것 같아요."

진희가 고개를 끄덕이며 말했다.

"그럴 수도 있겠네요. 진희 씨 실례가 안 된다면 그림 두 점과 보여주신 사진들을 촬영해도 괜찮을까요?"

동식이 휴대폰을 꺼내 들면서 말했다.

"물론이죠. 가져가지만 않으신다면 몇백 장이든 괜찮습니다."

진희가 가방에서 카페테리아에서 보여줬던 사진들을 꺼내었다.

"고맙습니다. 수사에 커다란 전환점이 될 것 같아요."

동식이 그림 두 점과 사진들을 촬영하기 시작했다.

"네, 형사님 혹시나 해서 여쭈어보는 건데 민기 오빠랑 민희 언니가 담당하고 계신 사건에 진범이 아닐 수도 있는 거죠?"

진희가 우물쭈물 망설이다가 물었다.

"그럼요. 지금까지는 유력한 용의자의 몽타주, 프로필과 흡사한 것뿐이니까요. 용의자와 피의자는 엄연히 다릅니다."

동식이 사진 촬영을 하다말고 말했다.

"다행이네요. 그럼 민기 오빠와 민희 오빠가 수사 도중에 피의자로 결정 난다면 형량은 어느 정도일까요?"

진희가 심호흡을 하고 나서 물었다.

"글쎄요. 저는 수사관이기 때문에 형량에 대해서는 잘 모르겠습니다. 재판으로 넘어가면 그때부터는 검사와 변호사 간의 싸움이지요."

동식이 사진 촬영을 다 마치고 나서 말했다.

"그렇군요. 형사님 실례가 안 된다면 만약 두 사람을 수사하게 된다면 저한테 귀띔해주실 수 있나요?"

진희가 자신의 명함을 건네주며 말했다.

"네, 알려드리겠습니다."

동식이 그녀의 명함을 건네받고 나서 말했다.

"고맙습니다. 저는 두 사람이 피의자라면 어떤 음모에 말려든 것 같아요. 그러니까 실수를 회개하고 나서 부디 새로운 삶을 살았으면 좋겠어요. 심성은 정말 착한 사람이거든요."

진희가 울 것 같은 얼굴로 말했다. 동식은 그녀의 말에 아무
런 대꾸도 하지 않았다. 두 사람이 진희의 세계에서 천사든 악마
든 그 무엇이든 그들을 정의 내리는 건 진희의 몫이었다. 피의자
들의 최측근들은 저마다의 방식으로 전쟁을 치른다. 그들의 삶을
이해하고, 위로하는 건 애석하게도 형사의 몫이 아니다. 동식은
그림 두 점과 사진들을 다시금 훑어보며 진희의 집을 나설 마음의
준비를 했다.

2015년 05월 16일 금요일 21:00

성수 팀장을 비롯해 강력 3팀 팀원들은 기동대 병력 170여 명
과 야산 지리를 잘 아는 동산시 방범대원, 마을 주민의 40여 명의
도움을 받아 동산시 정산을 몇 시간 동안 수색하고 있었다.

"와, 배고파서 미치겠다. 도환아, 수색 다 끝나면 순댓국이나
왕창 먹자."

해철이 야산을 이리저리 살펴보면서 말했다.

"그러시죠. 그건 그렇고 방범대원이랑 마을 주민들 도움 받아
서 쉽게 찾을 거라고 생각했는데 제 생각이 완전히 틀렸네요."

도환이 한숨을 쉬면서 말했다.

"말은 안 해도 다들 그렇게 생각할걸. 마을 주민이 엄청 호언장담했잖아. 자기가 잘 아는 곳인 것 같다고."

해철이 마을 주민의 말을 떠올리며 피식 웃었다.

"그래도 마을 주민 덕택에 영상 속 나무가 신갈나무인 것은 알게 되었잖아요. 문제는 신갈나무가 야산에 너무 많아서 문제지만요."

도환이 야산을 둘러보며 말했다.

"그러게 말이다. 많아도 너무 많아."

해철이 주변에 있는 신갈나무를 올려다보며 말했다. 그때, 성수 팀장이 무전기로 팀원들에게 말했다.

"얘들아, 기동대원이 변사체 찾았다."

"팀장님 정말이에요?"

해철이 달뜬 목소리로 되물었다.

"그래, 그런데 문제는 변사체가 1구가 아니야."

성수 팀장이 상기된 목소리로 말했다.

"네? 무슨 말씀이세요. 1구가 아니면요?"

해철이 놀란 목소리로 되물었다.

"6구야, 6구. 땅을 파는 족족 나온다니까. 여하튼 기동대원들 데리고 이쪽으로 넘어와. 직접 확인해보면 알 거다."

성수 팀장이 말했다.

"알겠습니다. 우선 도환이랑 기동대원들 데리고 그쪽으로 가겠습니다."

해철이 기동대원들을 한 곳으로 집합시켰다.

해철과 도환이 기동대원들을 데리고 성수 팀장이 있는 곳으로 도착했을 때, 신원을 알 수 없는 변사체가 추가로 6구 발견되었다. 마을 주민들과 기동대원 몇 명은 변사체 수를 보고 충격을 받은 듯 먹은 것을 토하거나 온몸이 딱딱하게 굳었다.

"이야, 정말 많이도 죽였네요."

해철이 눈으로 변사체 수를 세면서 말했다.

"그러게 말이다. 머리가 너무 아파서 뇌가 쿵쿵 울릴 정도야. 귀에서 강한 이명도 들리고 말이야."

성수 팀장이 변사체를 바라보며 말했다.

"성수 팀장님 괜찮으세요? 조금 쉬어야 되는 거 아닙니까?"

도환이 걱정스러운 표정으로 성수 팀장에게 물었다.

"괜찮아, 스트레스 때문에 일시적으로 그런 것뿐이야. 기동대원들 몸 굳고, 주민들 토하는 거랑 비슷한 거지 뭐. 조금 있으면 아무렇지도 않을 거다."

성수 팀장이 대수롭지 않게 말했다.

"그렇죠. 형사 생활하면서 상대적으로 익숙해진 거지. 살해당한 사람 암매장 당한 거 보는 게 어디 쉽고, 가벼운 일입니까."

해철이 짙은 한숨을 내쉬면서 말했다.

"그렇지, 절대로 쉽고 가벼운 일일 수 없지. 음, 해철아, 도환아 너희는 야산 근처에 있다는 펜션에 좀 가봐라. 마을 주민한테 들었는데 펜션 사장이 주민들과 교류도 그다지 없고, 수상한 점이 한두 가지가 아니더라."

성수 팀장이 눈을 지그시 감고 말했다.

"어떤 점에서요?"

해철이 되물었다.

"예약제로만 운영한다고 하는데 전화 혹은 홈페이지로도 문의 및 예약이 안 된다고 하더라. 철저하게 아는 사람 위주로 운영되나 봐. 얼마 전에도 건장한 사내들이 우르르 다녀가는 걸 봤다고 하는데 한번 살펴보는 게 좋을 것 같다."

성수 팀장이 왼쪽 귀를 매만지고 나서 말했다.

"알겠습니다. 지금 당장 가볼게요."

해철이 말했다.

"그래 수사 끝나는 대로 연락해."

성수 팀장이 말하고 나서 시시티브이가 있는 곳을 찾기 위해서 구도를 생각하며 나무들을 이리저리 휘둘러봤다.

"네, 나중에 뵙겠습니다."

도환이 성수 팀장에게 말하고 해철과 함께 마을 주민들이 모여 있는 곳으로 터벅터벅 걸어갔다.

해철과 도환은 마을 주민의 안내를 받아서 펜션과 제일 가까운 야산 출입로로 나왔다. 산길이 너무 험악하고 가팔라서 다른 출입로를 택하고 싶었지만, 마을 주민의 말에 따르면 다른 길로 나오면 펜션까지 시간이 꽤 소요된다고 했다.

"길이 정말 험악하고 가파르네요."

도환이 숨을 헐떡이며 말했다.

"그래서 몇몇 주민들을 제외하고는 산에 잘 올라가지도 않아요. 이 출입로로 향하는 길은 펜션 사장 거라서 이용하기도 쉽지 않고요."

마을 주민이 숨을 가다듬고 나서 말했다.

"선생님 야산 출입로가 대략 몇 개나 됩니까?"

해철이 출입구 주위를 둘러보면서 마을 주민에게 물었다.

"정확한 숫자는 잘 모르겠지만 크기가 상당하니까 꽤 된다고 보시면 됩니다."

마을 주민이 골똘히 생각하고 나서 말했다.

"선생님 그러면 여기처럼 사유지와 출입로가 그다지 멀지 않은 곳에 위치한 곳은 대략 얼마나 될까요?"

해철이 진지하게 물었다.

"글쎄요, 모르긴 몰라도 아주 적을 것 같은데요."

마을 주민이 머리를 굴리고 나서 말했다.

"그러면 사유지 출입로에서 변사체가 발견된 곳까지 저희가 온 거리와 비슷하거나 더 가까운 곳이 있나요?"

"거리를 정확히 재보지 못해서 확신은 못 하겠습니다. 괜히 말씀드렸다가 수사에 혼선을 드릴 수도 있고요."

마을 주민이 주뼛거렸다.

"편안히 말씀하셔도 됩니다. 어차피 참고용으로 듣는 거라서 크게 문제 되지 않으니까요."

도환이 마을 주민을 다독였다.

"음, 여기보다 더 가까운 곳이 있긴 한데요. 그런데 그곳은 시체를 들고 야산으로 들어가기가 쉽지 않을 것 같습니다."

마을 주민이 조심스럽게 말했다.

"왜죠?"

도환이 되물었다.

"연립주택들이 모여 있거든요. 아무래도 보는 눈이 많으니까 주기적으로 시체를 들고 가는 것은 불가능하지 않을까요?"

마을 주민이 도환을 바라보며 말했다.

"아무래도 그렇겠죠. 주민들이 자고 있는 시간에 운 좋게 한 번은 성공한다고 하더라도 여러 차례는 쉽지 않을 테니까요."

도환이 고개를 끄덕이면서 말했다.

"그러면 선생님 생각에는 연립주택이 모여 있는 출입로를 제외하고는 여기가 제일 가깝고 인적도 드물다는 거죠?"

해철이 마을 주민의 눈을 지그시 바라보면서 물었다.

"네, 제 생각에는 그렇습니다. 뭐, 백 퍼센트 확실하지는 않지만요."

마을 주민이 우물쭈물 망설이다가 말했다.

"변사체가 발견된 신갈나무와 그다지 멀지 않은 곳에 위치하고 있고, 출입로는 사유지라서 이용하는 사람이 적어서 보는 눈이 많지 않다. 그런데 펜션은 철저히 예약제로 운영한다. 이거 제대로 구린 냄새 풍기는구먼."

해철이 골똘히 생각하고 나서 말했다.

"펜션 직원이 변사체를 유기하는 데 도움을 줬다면 영상 속에 찍힌 차는 이 근처에 있었겠네요. 시시티브이는 저 나무 어딘가에 있을 거고요."

도환이 주위를 둘러보고 나서 앞에 있는 나무들을 가리키며 말했다.

"그렇겠네. 선생님 여기까지 데려다주셔서 고맙습니다. 여기서부턴 저희 둘이서 가보도록 할게요."

해철이 도환의 말에 대답하고 마을 주민에게 말했다.

"아, 제가 같이 안 가 봐도 되겠습니까?"

마을 주민이 되물었다.

"네, 혹시 위험할 수도 있으니까 저희끼리 가보겠습니다. 그리고 오늘 보고, 들었던 것들은 주변 사람들이나 기자들이 찾아와서 물어봐도 최대한 비밀로 해주십시오. 그게 여러모로 좋습니다."

해철이 마을 주민에게 말했다.

"알겠습니다. 그럼 저는 이쪽으로 내려가 보겠습니다. 형사님들도 수사 끝나고 나서 이 길로 쭉 내려가시면 됩니다."

마을 주민이 인사를 하고 나서 내려가는 길을 가리켰다.

"네, 오늘 정말 수고하셨습니다. 주민들의 도움이 없었다면 쉽지 않았을 것입니다."

도환이 마을 주민에게 공손히 인사했다.

"아닙니다. 저희 동네에서 일어난 일이니까 적극적으로 도와야죠. 그럼 저는 이만 물러나도록 하겠습니다."

마을 주민이 한 번 더 인사를 하고 서둘러 길을 내려갔다.

"선배는 용의자가 펜션을 운영하고 있다고 생각하세요?"

도환이 마을 주민이 내려가는 것을 확인하고 나서 해철에게 물었다.

"글쎄다, 그럴 수도 있고 아닐 수도 있고. 확실한 건 용의자든 용의자를 도와주는 이든 생짜는 아닌 것 같다."

해철이 주변을 두리번거리면서 말했다.

"저도 그 생각에 전적으로 동의합니다. 그렇지 않고서는 설명할 수 없는 것들이 너무너무 많으니까요."

도환이 펜션 방향으로 걸어가면서 말했다.

"그리고 우리가 생각했던 것과는 다르게 용의자가 한두 사람이 아니라 조직이나 집단일 수도 있어."

해철이 말했다.

"집단이라면 만만치 않겠네요. 아휴, 강필구 건부터 시작해서 저희가 계속 화약고만 건드리는 것 같은 기분이 드네요."

도환이 한숨을 연거푸 쉬었다.

"내가 보기엔 너나 나나 성수 팀장님이나 제명대로 살기엔 글렀어. 사건 끝나고 나서 보복이라도 당하지 않으면 다행이라고 본다."

해철이 피식 웃으며 말했다.

"그러게 말입니다. 형사 생활 계속하려면 하루빨리 부자 돼서 가족들 이민이라도 보내야겠어요."

도환이 쓴웃음을 지었다.

"말이 되는 소리를 해라. 형사가 어떻게 하루아침에 부자가 되냐."

해철이 말했다.

"그렇긴 하죠. 어, 해철 선배 저기 보세요."

도환이 해철을 부르며 손가락으로 앞을 가리켰다. 두 사람 앞에 번쩍번쩍한 펜션 건물들이 서서히 보이기 시작했다.

"실례합니다. 안에 누구 안 계십니까? 경찰에서 나왔습니다. 안에 누구 계시면 잠시만 나와 주세요."

쿵쿵, 쿵쿵, 쿵쿵, 쿵쿵, 해철이 본관 사무실 문을 두드렸다.

"해철 선배, 사무실에 아무도 없는 것 같은데요?"

도환이 사무실 주위를 둘러보면서 말했다.

"이렇게 번쩍번쩍한 곳에 쥐새끼 한 마리 없으니까 왜 이렇게 무섭냐. 폐건물과는 전혀 다른 느낌으로 으스스하구먼."

해철이 주위를 살펴보면서 말했다.

"그러게요. 냄새 맡고 단체로 야반도주라도 한 것일까요. 음, 도망쳤다고 하기엔 또 너무 깨끗하기도 하고요."

도환이 창문 틈으로 본관 사무실을 살펴보면서 말했다.

"영장 받지 않으면 여기는 지금 당장 수사하기 힘들겠다. 아, 구린 냄새가 곳곳에 풍기는데 아쉽다, 아쉬워."

해철이 본관을 이리저리 훑어보면서 말했다.

"해철 선배 어떻게 할까요? 그래도 혹시 모르니까 다 둘러보고 나서 팀장님한테 보고할까요?"

도환이 다른 건물들을 가리키며 말했다.

"그러자. 이왕 온 김에 여기저기 살펴봐야지. 도환아, 주위 잘 살펴라. 갑자기 용의자가 칼 갖고 나타나면 이번에는 넘어지는 걸로 안 끝난다."

해철이 농담 반 진담 반으로 말했다.

"선배도 참, 아무튼 걱정해주셔서 고맙습니다. 칼 안 맞게 조심, 또 조심하겠습니다."

도환이 넌더리가 난다는 표정으로 말했다.

"그래, 조심 또 조심해야지. 그건 그렇고 요즈음 동식이랑 연락은 해 봤냐? 뭐 하는지 모르겠는데 전화를 도통 안 받더라고."

해철이 다른 건물로 향하면서 넌지시 물었다.

"아니요, 제 전화도 안 받으시더라고요. 이왕 쉬는 김에 동굴 속으로 완전히 들어가신 게 아닐까요?"

도환이 딴청을 부렸다.

"그렇다면 다행이고. 너도 알다시피 그 녀석이 쉬라고 해서 고분고분하게 쉴 녀석이냐?"

해철이 불 꺼져 있는 펜션 건물들을 둘러봤다.

"이번엔 상황이 꽤 다르잖아요, 혼자서 할 수 있는 것도 그리 많지 않고요. 실례합니다, 안에 아무도 안 계세요?"

도환이 펜션 출입문을 여러 번 두드렸다.

"혼자서 할 수 있는 게 얼마나 많은데. 위에서 브레이크 거는 사람도 없고. 생각해봐. 그래, 안 그래?"

해철이 재떨이를 발견하고 담배에 불을 붙이면서 말했다.

"그거야 그렇긴 하죠. 하지만 그래도 저는 동식 선배가 집에서 편히 쉬고 있을 거라고 생각합니다."

도환이 태연하게 거짓말을 했다.

"이래놓고 나중에 딴소리 나오면 팀장님이나 나나 커버 절대 안 쳐준다. 너, 준우, 지원 전부 요주의 인물들이니까."

해철이 담배를 뻐끔뻐끔 피웠다.

"물론이죠. 아무리 그래도 저를 애들이랑 비교하십니까. 하하하하."

도환이 억지스럽게 웃었다.

"그러니까 문제 일으키지 말고 잘해라, 인마."

해철이 담배를 다 피우고 나서 담배꽁초를 재떨이에 버렸다.

"네, 알겠습니다."

도환이 해철의 시선을 피하고 주변을 억지로 살펴봤다.

"건물 전체가 텅텅 빈 것 같은데 이만 돌아가자. 설령 안에 누가 있어도 지금으로서는 할 수 있는 게 없다."

해철이 펜션 전체를 휘둘러보고 나서 도환에게 말했다.

"네, 팀장님한테 지금 바로 보고할까요?"

도환이 휴대폰을 만지작거리며 말했다.

"그러면 너무 대충 수사한 것 같잖아. 마을로 내려가면서 하든지 아니면 택시 잡으면서 해."

해철이 시계를 확인하고 나서 말했다. 23시 29분이었다.

"네, 그러는 게 좋겠네요. 선배 잠시만 기다려주세요."

도환이 동식에게 '1. 용의자로부터 두 번째 소포 도착. 용의자로 보이는 두 남자가 변사체를 유기하는 장면이 찍힘. 한 명은 몽타주 속 남자로 보이고, 다른 남자는 보이지 않음. 2. 동산시 정산에서 여러 구의 시체 발견. 3. 용의자가 운영하는 것으로 의심

되는 펜션도 발견, 아무도 없음. 4. 동산시 정산리 400-25'라고 보냈다.

"도환아, 도대체 뭐 하나?"

해철이 도환의 휴대폰을 힐끗 보려고 했다.

"여자 친구가 걱정해서 애정 표현 좀 하고 있는 중입니다. 자, 다 됐으니까 이만 가시죠. 하하하하."

도환이 휴대폰 화면을 가리고 억지스럽게 웃었다.

"싱거운 녀석 같으니라고."

해철이 도환을 툭 치고 나서 앞장서서 걸어가기 시작했다.

"싱겁긴요. 해철 선배, 같이 가요."

도환이 '메시지 읽음'을 확인하고 나서 곧바로 해철을 따라나섰다.

2015년 05월 17일 토요일 01:30

동식이 도환의 메시지를 확인하자마자 다시금 동산시로 출발하기 시작했다. 서울에 도착해서 세 시간가량 눈을 붙였기 때문에 체력적으로 여유가 조금 생긴 상태였다.

"어머니 수사가 늦어져서 오늘은 집에 들어가기가 힘들 것 같아요."

동식이 정화에게 전화를 걸어서 말했다.

"그래, 어쩔 수 없구나. 뉴스 속보로 동산시에 신원을 알 수 없는 변사체가 여러 구 발견됐다고 하는데 네가 맡은 사건이니?"

정화가 걱정스러운 말투로 물었다.

"네, 자세한 건 말씀드릴 수 없고요. 수사를 조금 더 해 봐야 알 것 같아요."

동식이 차 속도를 높이며 말했다.

"그래, 조심 또 조심하렴. 이만 전화 끊으마."

"네, 어머니도 너무 걱정하지 마시고 푹 주무세요."

동식이 정화와의 통화를 끝내고 나서 휴대폰으로 관련 뉴스들을 찾아보기 시작했다.

"속보입니다. 동산시 정산리에 있는 정산에서 신원을 알 수 없는 변사체 14구가 발견되었습니다. 서울 경찰청 수사부 형사과에서는 용의자로 추정되는 이로부터 소포를 받고 나서 동산시에 있는 정산을 용의자와 관련된 것으로 판단해 수색작업을 벌였습니다. 기동대 병력 170여 명, 동산시 지리를 잘 알고 있는 방범대원 및 주민들과 수색작업을 벌였고, 수색작업을 벌인 지 얼마 되지 않은 21시 20분경 변사체 7구를 최초 발견하였으며 21시 40분경 변사체 7구를 추가로 발견했다고 발표했습니다. 해당 수사팀은 신원 미상의 변사체가 누구인지 과학 수사를 의뢰했으며 쫓고 있는 용의자와의 연관성을 수사 중에 있다고 발표했습니다."

동영상 속 아나운서가 차분한 목소리로 말했다. 동식은 동영상 정지 버튼을 누르고 나서 도환이 보낸 메시지를 다시금 확인했다.

'유기하는 장면을 굳이 찍어서 보낸 이유가 뭐지? 그리고 정민기의 모습은 찍혔는데 정민희의 모습은 보이지 않고 새로운 남자의 모습도 제대로 찍히지 않았다니.'

동식이 고개를 갸웃거렸다.

'범행 장면을 굳이 찍어서 보낼 만큼 여유로운 상황이 아닐 텐데. 그것도 자기 모습이 여실히 드러나는 장면을. 정민희와 그의 치정 상대로부터 배신을 당한 걸까?'

동식이 휴대폰으로 도환이 알려준 펜션 주소지를 인터넷에 검색했다. 잠시 후, 인터넷에 펜션 관련 사이트가 좌르륵 열렸다.

'이렇게 호화로운 데가 오픈하지 않은 것도 아니고 버젓이 운영 중인데 직원도 없고 손님도 없다? 이해하기 쉽지 않군.'

동식이 펜션 사이트를 힐끗 보면서 생각했다. 그때, 따르릉따르릉 도환으로부터 전화가 걸려왔다.

"여보세요."

"동식 선배 지금 펜션으로 가고 계십니까?"

도환이 소곤소곤 말했다.

"어, 지금 가고 있는 중이야."

동식이 대답했다.

"혹시나 하는 마음에 말씀드리는 거지만 수사하실 때, 증거 절대로 남기지 마시길 바랍니다. 나중에 선배 관련된 거 나오면 골치 아파집니다."

도환이 조심스레 말했다.

"그래. 잘 알고 있으니까 염려 마라. 영장은 언제쯤 발부될 것 같니?"

동식이 대답하고 나서 되물었다.

"성수 팀장님한테 들으니까 펜션과 용의자와의 인과성이 확실치 않아서 시간이 다소 걸릴 것 같아요. 용의자가 보낸 소포에 유기하는 장면이 찍혔다고 말씀드렸죠?"

도환이 말했다.

"어, 그렇다면서."

동식이 문자 메시지를 확인하고 나서 대답했다.

"여러 장면이 편집되어 있는데요. 펜션 출입구로 가는 길 근처에 야산으로 향하는 출입로가 하나 있어요. 국유지가 아니라 사유지인데 거기서 용의자가 한 번 찍혔고요. 변사체가 발견된 곳 근처에서도 용의자가 한 번 찍혔어요."

도환이 영상을 떠올리면서 말했다.

"시시티브이를 증거로 제출하면 되는 거 아니야? 전기를 어디서 끌어다 사용했는지 알면 되잖아."

동식이 의견을 제시했다.

"저희도 그렇게 생각했죠. 그래서 직접 가서 보면 시시티브이가 당연히 있을 거라고 생각했거든요."

도환이 당시 상황을 떠올리고 나서 말했다.

"뭐야? 설마 시시티브이가 없었던 거야?"

동식이 당황한 투로 되물었다.

"네, 일반적인 건 없었어요."

도환이 말했다.

"일반적인 건 없다니 그건 무슨 소리야."

동식이 되물었다.

"성수 팀장님과 해철 선배가 이럴 리가 절대로 없다고 시시티브이가 있을 법한 곳을 수색했죠. 그래서 구도를 생각하면서 주변을 샅샅이 뒤졌더니 시시티브이가 숨겨져 있더라고요."

도환이 자초지종을 설명했다.

"잘됐네. 그런데 왜 영장이 발부되기 힘들었던 거지?"

동식이 차 속도를 더욱이 높이면서 되물었다.

"문제가 시시티브이가 초소형인 데다가 배터리로 운영되는 거라서 펜션에서 설치한 거라는 증거가 어디에도 없더라고요. 파일도 암호화되어 있고요. 생긴 지 얼마 되지 않은 모델인데 제조사 도움을 받으려면 시간이 좀 걸릴 것 같아요."

도환이 한숨을 쉬었다.

"알았다. 그렇다면 오늘 새벽만큼은 자유롭게 수사할 수 있다는 거겠네."

동식이 시간을 확인하고 나서 말했다.

"그런 셈이죠. 아까 펜션 들렀을 때 보니까 펜션 내·외부 시시티브이가 다 꺼져 있는 것 같던데 그래도 혹시 모르니까 차는 주변에 대놓고 들어가세요."

도환이 말했다.

"알겠다. 다녀와서 연락하마."

"네, 선배 조심하세요."

동식이 도환과의 통화를 끝내고 나서 액셀러레이터를 더욱더 세차게 밟았다.

2시간 뒤, 동식은 펜션 주변에 주차를 하고 나서 증거가 남지 않도록 만만의 준비를 끝마쳤다. 그리고 나서 그다지 밝지 않은 손전등을 챙겨서 펜션으로 저벅저벅 걸어가기 시작했다. 펜션은 홈페이지 사진으로 본 것 이상으로 훨씬 더 호화롭고 번쩍번쩍했다. 많은 숙박업소를 가본 것은 아니었지만 언론에서 소개하는 여느 호화 리조트, 호텔과 비교해도 전혀 부족하지 않을 만큼 모든 것이 갖춰져 있었다. 동식은 사주 경계를 하면서 본관 건물에 도착했다. 그리고 어렵지 않게 사무실 문을 따고 안으로 조심스레 들어갔다.

사무실 안은 벌레 한 마리 없을 정도로 청결하고, 깨끗하게 잘

정돈되어 있었다. 소파와 탁자, 책상과 의자는 단 한 번도 사용하지 않은 것처럼 깔끔했고 새것 냄새가 물씬 났다.

'기분 나쁠 정도로 청결하고 깔끔하다. 마치 누군가 뒷정리를 일부러 한 것처럼. 폭풍이 지나가고 나서 한참이 지난 것일까?'

동식이 책상 안에 있는 서류들을 이리저리 확인하면서 생각했다.

'펜션 「정산」 대표 최한범. 단 한 번도 들어본 적이 없는 이름이다. 정민희의 치정 상대라고 하기엔 나이 차이도 제법 나고, 외모도 그다지 뛰어나지 않다. 아니야, 모든 가능성은 열어 두고 판단하는 게 좋다.'

동식이 최 사장에 관한 것을 카메라로 여러 장 찍기 시작했다. 그때였다. 펜션 본관 앞으로 차 한 대가 헤드라이트 불빛을 반득대면서 세차게 달려왔다.

'누구지?'

동식이 사무실 문을 황급히 잠그고 나서 창문에 몸을 딱 붙이고 바깥을 조심스레 살폈다. 잠시 후, 신식 세단에서 덩치 좋은 성인 남자 2명이 내려서 담배를 피우기 시작했다.

"아, 최 사장 개새끼. 여러모로 사람 피곤하게 하네."

키가 조금 더 큰 남자가 담배를 뻐끔뻐끔 피우면서 최 사장을 욕하기 시작했다.

"야, 너 아까 봤냐? 약을 얼마나 했으면 손가락이 잘리는데도 그다지 아프다는 소리를 안 하더라."

키가 조금 더 작은 남자가 최 사장을 떠올리고 나서 질린다는 투로 말했다.

"그러게. 나도 그거 보고 좀 놀랐다니까. 최 사장 병신 새끼. 약에 얼마나 미쳐있었으면 도망치는 가운데도 약을 하겠다고 이리저리 들쑤시고 다녔을까. 연안부두 일대도 다 정 대표, 정 마담 손바닥인 걸 모를 리가 없을 텐데."

키가 조금 더 큰 남자가 담뱃재를 털면서 말했다.

"사리 분별이 안 될 정도로 그만큼 약에 미쳐있다는 거겠지. 소름이다, 소름. 나는 절대로 약 하지 말아야지."

키가 조금 더 작은 남자가 말했다.

"너랑 똑같이 말하는 놈들이 여태껏 한 트럭은 넘게 있었다, 새끼야."

키가 조금 더 큰 남자가 담뱃불을 끄고 나서 자신의 주머니에 있던 페트병에 담배꽁초를 집어넣었다.

"그러니까 조심 또 조심해야지. 어서 빨리 일 끝내고 살롱으로 돌아가서 좀 쉬자. 최 사장 찾느라고 며칠을 여기저기 들쑤시고 다녔더니 피곤해서 죽겠다."

키가 조금 더 작은 남자가 담배꽁초를 페트병에 넣고 나서 차 안에서 아이스박스를 꺼냈다.

"그려, 지하 사무실 자료만 폐기하고 나면 좀 늦게 가도 별말 안 할 거야."

키가 조금 더 큰 남자가 페트병을 차 안에 두고 나서 본관으로 걸어오기 시작했다.

'최 사장과 정민희는 내연관계가 아니었군. 그렇다면 첫 번째 영상은 정 남매가 보낸 것이 맞고, 두 번째 영상은 최 사장이 정 남매를 협박하기 위해서 보냈다고 보는 게 맞겠군. 두 사람은 약을 취급하는 집단 우두머리이거나 혹은 그들과 가깝게 지내거나.'

동식이 방금 들은 이야기를 머릿속으로 상기했다.

'최 사장은 정 남매를 협박하다가 도망쳤고 연안부두 근처에서 숨어 지내다가 어제 혹은 오늘 잡힌 게 틀림없어.'

동식이 사무실 문을 조심스레 열고 지하실 쪽을 슬며시 바라봤다. 두 사람이 아이스박스에서 최 사장 손가락을 꺼내서 도어 록을 열고 있었다.

"됐다. 존경하는 최 사장님 다음 생에는 꼭 번호로 하쇼. 정문이나 사무실 문은 적당히 해놓고서 굳이 지하실은 손가락으로 해 가지고 이 지경이 되십니까, 예?"

키가 조금 더 큰 남자가 아이스박스에 최 사장의 손가락을 다시 집어넣고 나서 말했다.

"다 정해진 운명이지 뭐."

키가 조금 더 작은 남자가 지하 사무실로 들어가서 비공식 시시티브이와 유에스비 파일들을 정리하기 시작했다.

"와, 최 사장 개새끼. 약만 중독된 게 아니라 관음증도 있었던 거 아니야? 시시티브이가 없는 데가 없네."

키가 조금 더 큰 남자가 모니터 화면을 물끄러미 바라보면서 말했다.

"저 두 개 비어 있는 건 경찰이 수사하면서 떼어서 갔나 보다."

키가 조금 더 작은 남자가 손가락으로 모니터 화면 속에 비어 있는 영역을 가리켰다.

"이걸 초기화 시키는 게……."

키가 조금 큰 남자가 휴대폰에 메모한 시시티브이 조작법을 따라서 버튼을 차례대로 누르기 시작했다. 그때, 동식이 키가 조금 더 작은 남자를 뒤에서 습격했다. 키가 조금 더 작은 남자가 동식의 습격을 받고 앞으로 심하게 고꾸라졌다.

"시발새끼, 너 도대체 정체가 뭐야."

키가 조금 더 큰 남자가 권투 자세를 취했다.

"몰라도 돼."

동식이 가라테 자세를 취하면서 키가 조금 더 큰 남자에게 다가갔다. 남자는 권투를 오랫동안 수련한 듯 스텝이 빠르고, 주먹이 날카롭고 재빨랐다. 동식은 남자의 주먹을 피하면서 근접에서 난타전을 벌이기에는 쉽지 않다고 판단하고 사우스포로 전환했다.

"이 시발새끼 봐라."

남자가 욕을 하면서 동식과의 거리를 좁혀 왔다. 동식은 오른

손으로 상대 잽을 방어하면서 왼발 로킥으로 상대 앞발을 수차례 공략했다.

"이 개새끼가 어디서 짤짤이야."

남자가 화를 이기지 못하고 오른손 스트레이트를 날리는 순간 동식이 뒤로 한 발자국 물러나면서 남자의 턱에 왼손 카운터를 날렸다. 쿵, 남자가 동식의 펀치를 맞자마자 앞으로 고꾸라지면서 정신을 잃었다.

"운동 더 열심히 해야겠다."

동식이 지하 사무실에 있는 밧줄로 두 사람을 묶고 나서 모니터 화면으로 저벅저벅 다가갔다. 모니터 화면에는 「초기화가 완료됐다.」는 메시지가 깜박이고 있었다. 동식은 바닥에 널브러져 있는 유에스비를 줍고 나서 두 사람의 재킷을 뒤져서 차 키를 주머니 속에 챙겨 넣었다.

"너 이 개새끼, 나중에 잡히면 내 손에 반드시 죽는다."

키가 조금 더 큰 남자가 의식을 서서히 차리고 말했다.

"넌 나랑 10번 붙어도 10번 다 안 돼."

동식이 남자에게 말하고 나서 지하 사무실을 나서기 시작했다.

"시발 새끼야, 내가 너한테 또 당할 것 같아? 웃기지 마. 너 진짜 좆 된 거야. 좆같은 개새끼야."

남자가 지하 사무실에서 동식에게 악다구니를 퍼부었다.

'이 안에 정민기와 정민희의 영상이 반드시 있어야 할 텐데.'

동식은 지상으로 올라와서 두 남자가 타고 온 세단에 탑승했다. 그리고 제일 먼저 차량 블랙박스를 떼고 나서 내비게이션 기록들을 차례차례 훑어봤다. 두 남자가 다녀간 곳이 그리 많지 않았기 때문에 목록 안에 민기, 민희 남매가 운영하는 가게가 있다고 100% 확신했다. 동식은 휴대폰 카메라로 내비게이션 기록들을 여러 장 찍고 나서 자신의 차가 주차되어 있는 곳으로 세단을 황급히 몰기 시작했다.

2015년 05월 17일 토요일 07:00

동식은 개인 사무실로 돌아오자마자 자료들을 정리할 틈도 없이 바닥에 대자로 뻗어버렸다. 서울로 돌아오는 길에 남매가 운영하는 살롱에 들러볼까도 고민했지만 블랙박스에 찍힌 두 남자의 대화를 듣고 2보 전진을 위한 1보 후퇴를 결정했다.

후퇴를 결정한 첫 번째 이유는 우선 살롱에 잠입하는 게 보안상 만만치 않게 느껴졌고, 두 번째 이유는 남매가 최 사장을 붙잡고 나서 살롱으로 돌아가지 않은 것처럼 보였다. 내비게이션에 찍힌 주소지도 여러 개였기 때문에 한 곳을 찍어서 무작정 갈 수도 없는 노릇이었다.

'이쯤에서 팀에게 맡기고 멈추는 게 맞는 걸까. 나 혼자 살롱에

잠입할 수 있을까? 있다고 하더라도 할 수 있는 게 그리 많지 않을 텐데.'

동식이 천장을 바라보면서 생각했다.

'살롱이 만약 정 남매의 이름으로 운영되고 있는 게 아니라면 팀장과 팀원들도 살롱 안으로 들어갈 수 있는 방법이 그다지 많지 않을 거야. 정황도 확실하지 않을뿐더러 명백한 증거도 없으니까. 그리고 시간이 흐른 뒤에는 두 사람의 흔적은 아무것도 남아 있지 않겠지. 마치 최 사장의 펜션처럼 말이야.'

동식이 최 사장의 펜션을 떠올리며 머리를 이리저리 굴렸다.

'살롱에서 남매의 역할과 위치를 확인하고 그들의 물건만 몰래 가져올 수 있으면 될 텐데. 그게 아니라면 불법적인 것만 챙길 수 있다면……. 팀원들이 영장을 가지고 밀어붙일 수 있을 텐데.'

동식이 골똘히 생각하고 있을 때, 도환으로부터 전화가 걸려왔다.

"어, 도환아."

동식이 목소리를 가다듬고 말했다.

"동식 선배 어떻게 됐어요? 펜션에는 무사히 잘 다녀왔어요?"

도환이 옥상 쉼터 문을 닫고 나서 물었다.

"어, 잘 다녀왔다. 증거 안 남겼으니까 걱정하지 말고."

동식이 말했다.

"에이, 걱정은 무슨 걱정입니까. 선배라서 잘 하시리라 믿어 의심치 않았습니다. 어때요, 뭐 건진 것은 있어요?"

도환이 인적이 드문 곳으로 걸어가면서 되물었다.

"어, 엄청 많이. 우선 수거한 초소형 시시티브이는 펜션 소유가 맞더라. 그 2곳뿐만 아니라 주위에 광범위하게 설치되어 있더라고. 펜션 대표는 최한범이라고 하는데 용의자가 속해 있는 조직과 어떤 계기로 틀어진 것 같아."

동식이 지하 사무실 모니터를 떠올리며 말했다.

"역시 그랬군요. 그럼 첫 번째 소포를 보낸 이가 용의자고 두 번째 소포를 보낸 이가 펜션 대표겠네요."

도환이 동식의 말을 듣고 추리했다.

"어, 그럴 확률이 매우 높지. 정황상 용의자는 자신이 시시티브이에 찍히고 있다는 사실을 몰랐던 것 같아. 그리고 전후 관계는 조사해봐야 알겠지만 펜션은 용의자가 쑥대밭으로 만들고 나서 말끔히 정리한 뒤였고."

동식이 티끌 하나 없던 사무실 내부를 떠올렸다.

"왜 그랬을까요? 펜션 내부에서 사람이라도 여럿 죽은 걸까요?"

도환이 먼 산을 바라보며 되물었다.

"그럴 가능성이 충분하지. 용의자와 최 사장이 틀어졌다면 야산의 불이 펜션으로 번질 확률이 매우 높으니까. 만일에 대비해서 뒷정리를 확실히 해놓는 게 아무래도 유리하다고 판단한 거겠지."

동식이 머릿속에서 퍼즐을 이리저리 맞추었다.

"그렇다면 최 사장과 펜션 직원들은 미리 도망쳤거나 그런 게 아니라면 잡혀서 죽었을 수도 있겠네요."

도환이 이리저리 머리를 굴렸다.

"음, 아무래도 그렇겠지."

동식이 아이스박스 속에 담긴 최 사장의 손가락을 생각했다.

"아, 최 사장 디엔에이가 나와서 펜션을 빨리 조져야 되는데 말이죠. 국과수 얘기 들어보니까 사건이 너무 밀려 있어서 우리 걸 먼저 하는 게 쉽지 않다고 하더라고요."

도환이 한숨을 쉬었다.

"그래? 그렇다면 제아무리 빨라도 1주일 이상 소요될 수도 있겠네. 음, 그 전에 용의자 소재 파악해서 확실한 증거 갖고 밀어붙이면 좋을 텐데."

동식이 인쇄한 민기, 민희의 사진을 힐끗 보고 나서 말했다.

"선배 짐작 가는 유력한 용의자라도 있는 거예요?"

도환이 되물었다.

"있긴 한데 나도 아직 확실치 않아. 조금 더 알아보고 나서 모든 것이 명확해지면 자료 다 넘길 테니까 네 수사하면서 기다려봐."

동식이 진지하게 말했다.

"선배가 유력하다고 찍은 거면 그 사람이 100% 범인이죠."

도환이 상기된 목소리로 말했다.

"엉뚱한 소리 그만하고. 내가 유력한 용의자라고 해서 틀린 게 얼마나 많은데. 하여튼 넘기고 나면 다음은 잘 부탁한다."

동식이 피식 웃고 나서 말했다.

"알겠습니다, 맡겨만 주세요. 그 대신 선배도 무리하지 말고 할 수 있는 만큼만 하시길 바랍니다."

"그래, 알겠다. 쉬고 나서 연락할 테니까 피곤하더라도 수고해라."

"네, 새로운 거 생기면 다시 연락드릴게요."

동식과 도환이 인사를 나누고 전화를 끊었다.

'그래, 오늘 저녁에 무슨 수를 써서라도 살롱에 잠입해야겠어. 만약 아무것도 얻어내지 못하고 잡힌다면 나는 그대로 죽음 목숨인가. 휴, 그래도 할 수 있는 만큼 해 보고 나서 죽는다면 그다지 여한은 없겠지.'

동식이 골똘히 생각하고 나서 스르르 잠에 빠져들었다.

2015년 05월 17일 토요일 15:00

민기의 여자 친구 리원은 정 남매 저택 앞에 도착해서 집을 위 아래로 훑어봤다. 민기에게 전해들은 것보다 저택이 훨씬 더 우람하고 번쩍번쩍해서 그녀는 적잖게 놀랐다.

"휴, 기어코 오고야 말았네."

리원은 민기와 호텔에서 헤어진 이후로 며칠 동안 그의 연락을 피하며 병원과 법무사무소 등등을 다녀왔다. 생리 기간에 피가 나오지 않고 몸이 너무 노곤해서 산부인과를 찾았더니 임신 5주 차에 접어들고 있었다. 민기의 아이였다. 리원은 임신 소식을 듣고 나서 머리가 너무 복잡했다. 그를 너무나도 사랑하지만 뿌리를 틀기 시작한 남매를 향한 강한 불신은 쉽게 사그라지지 않았다. 두 사람이 용의자가 아닐 거라며 강한 부정을 해 봤지만 시간이 지나면 지날수록 부정은 강한 확신으로 바뀌었고, 지난밤에 방영되었던 뉴스가 리원의 마음에 결정타를 날렸다.

수사팀이 새로 발표한 시시티브이 화면에 민기의 모습이 적나라하게 찍혀 있었기 때문이다. 체격, 헤어스타일, 서 있는 모습, 민기가 언젠가 몰고 왔던 외제 에스유브이까지 모든 게 딱 들어맞았다.

리원은 변호사에게 전해 들었던 말들을 하나하나 떠올려보았다. 피고인이 자수하였다고 하더라도 법원이 자수감경을 받아들이지 않은 경우도 있지만 대체로 적극적으로 조사에 응하고, 범죄 사실을 있는 그대로 진술하면 형량이 감형된다고 했다. 그리고 유력한 용의자로 지목되었다고 해서 100% 진범이 아니기 때문에 확실해질 때까지는 평소와 다르지 않게 행동하는 것이 좋다고 했다.

"휴."

리원이 심호흡을 하고 나서 초인종을 지그시 눌렀다.

"리원이니?"

민기가 인터폰으로 물었다.

"네, 저예요."

리원이 웃으며 말했다. 잠시 후, 저택 대문이 철커덕 열렸다.

"리원아, 현관문까지 앞에 보이는 계단 타고 쭉 올라오면 돼. 나 지금 프라이팬에 스테이크 올려놔서 부엌에 가봐야 될 것 같아."

민기가 다급하게 말했다.

"네, 저 혼자 갈 수 있으니까 너무 걱정하지 마세요. 고기 타지 않게 어서 가 봐요."

리원이 대문을 닫으려다가 인터폰을 향해 큰 소리로 말했다.

"그래, 현관문 열어놓을 테니까 거실로 들어와."

민기가 말하고 나서 부엌으로 황급히 달려갔다. 리원은 저택을 이리저리 휘둘러보면서 계단을 오르기 시작했다. 민기와 사귀기 전부터 저택에 방문하고 싶었지만 민희가 너무 예민하다는 이유로 여러 차례 거절당했다. 민기와 사귀고 나서도 상황은 전혀 달라지지 않았다. 파출부와 일을 도와주는 실장을 제외하고는 저택에 아무도 들이지 않는다는 말을 듣고 서운하고 마음이 너무 불편했다. 개인의 성향이라고 치부하면서도 일원으로 받아주지 않는 것 같아서 오기도 생겼다. 그런데 막상 민희를 만나고, 저택에 들러도 좋다는 말을 듣게 되자 모든 게 급변하였고 기쁘기보다는 덜컥 겁이 났다.

"들어갈게요."

리원이 실내로 들어서며 말했다. 실내는 모노톤의 배경으로 화려하고 컬러풀한 장식품들이 완벽한 조화를 이루고 있었다. 각양각색의 회화와 현대 미술 작품들이 과하지 않게 위치하고 있어서 보는 이로 하여금 감탄을 유발하게 만들었다.

"리원아 왔니?"

민기가 부엌에서 요리를 만들면서 뒤돌아봤다.

"네, 집이 너무 예뻐서 몸 둘 바를 모르겠어요."

리원이 실내를 휘둘러보면서 말했다.

"민희한테 전해줄게. 공을 정말 많이 들였거든. 아, 그리고 민희는 오늘 회사 일이 너무 바빠서 식사 같이 못 할 것 같아. 미안하다고 전해달래."

민기가 요리를 그릇에 담으면서 말했다.

"아 그래요? 아쉬워서 어쩌죠."

리원이 태연하게 거짓말을 했다.

"다음에 또 보면 되니까 너무 아쉬워하지 마."

민기가 그릇에 담은 요리를 식탁으로 옮기기 시작했다.

"네, 알겠어요. 민기 씨, 화장실은 어디에 있어요?"

리원이 식탁 의자에 재킷을 걸어두고 나서 물었다.

"오른쪽 복도, 두 번째 방."

민기가 오른쪽 복도를 가리키며 말했다.

"네, 화장실 좀 다녀올게요."

리원이 오른쪽 복도를 향해 걸어갔다. 하나, 둘, 셋, 넷, 오른쪽 복도만 하더라도 방이 4개나 존재했다.

"두 번째 방."

리원이 오른쪽 복도 두 번째 방문을 조심스럽게 열었다. 철커덕, 리원의 걱정과는 다르게 두 번째 방은 민기의 말대로 평범한 화장실이었다. 휴, 리원은 안도의 한숨을 내쉬면서 화장실 문을 소리 나지 않게 잠갔다. 리원은 세면대 물을 강하게 틀어놓고 나서 떨리는 마음을 진정시키려고 심호흡을 여러 차례 했다. 저택이 아름다운 것과는 별개로 똬리를 튼 불신 때문인지 전체적으로 무겁고 음산한 분위기가 느껴졌다. 티끌 하나 없이 깨끗한 것도 리원의 긴장을 곱절로 가중시켰다.

"걱정하지 마, 리원아. 유력한 용의자라고 해서 100% 진범이 아니야. 네가 평소답지 않게 행동하면 오히려 의심받을 수도 있어."

리원이 거울을 물끄러미 바라보면서 말했다. 그리고 휴대폰을 주머니에서 꺼내서 전화와 데이터가 잘 터지는지 여러 차례 확인했다.

"리원아, 왜 이렇게 늦었니?"

민기가 식탁에 앉아 리원을 기다리며 물었다.

"화장을 고치고 있는데 어머니한테 갑작스레 전화가 와서요.

통화 하느라 조금 늦었어요."

리원이 식탁에 앉으며 말했다.

"그렇구나. 어머니랑 무슨 통화 했는데?"

민기가 와인을 들이켜며 물었다.

"그냥 평범한 얘기요."

리원이 다리를 떨면서 말했다.

"평범한 얘기 뭐?"

민기가 짓궂게 되물었다.

"집에 몇 시에 들어오는지, 내일은 교회에 다녀와서 뭘 할 건지 등등이요. 지극히 평범한 얘기였어요."

리원이 의식적으로 다리에 힘을 주었다.

"그렇구나. 평소답지 않게 말을 흐리멍덩하게 하니까 오기가 생겨서 짓궂게 한번 물어본 거야. 음식 식겠다, 어서 먹자."

민기가 음식을 가리키면서 말했다.

"네, 잘 먹을게요. 아침을 다소 늦게 먹은 게 딱 들어맞았네요. 그런데 민희 씨 있을 거 생각해서 이렇게 많이 만든 거예요?"

리원이 음식을 차례대로 먹으면서 되물었다.

"응. 우리 일 도와주는 김 실장님도 불러서 같이 먹이려고 했거든. 요 며칠 회사 일로 너무 고생해서 마음에 영 걸리더라고."

민기가 부챗살 스테이크를 씹고 나서 말했다.

"아, 그런데 무슨 일이 생긴 거예요?"

리원이 부챗살 스테이크에 있는 아스파라거스를 한입 베어 먹고 나서 되물었다.

"응, 직원 2명이 지난 새벽에 실수를 저질렀거든. 그래서 뒤처리하러 두 사람이 먼저 사무실로 갔어."

민기가 파프리카와 양파를 한입씩 베어 먹었다.

"민기 씨는 안 가 봐도 돼요?"

리원이 와인을 들이켜고 나서 되물었다.

"응, 급한 일 아니라서 괜찮아. 민희가 안 그래도 생난리를 칠 텐데 나까지 있으면 직원들이 얼마나 불편하겠어."

민기가 웃으며 말했다.

"그렇긴 하죠. 그래서 이렇게 스테이크 양이 많았던 거였네요."

리원이 고개를 끄덕이고 나서 부챗살 스테이크를 한입 베어 먹었다.

"남으면 보관해놓고 나중에 먹으면 되니까 걱정하지 마."

민기가 그녀가 먹는 것을 보고 나서 말했다.

"네, 음식이 너무 맛있어서 그래요. 민희 씨랑 김 실장님도 계셨더라면 참으로 좋았을 것 같아요. 맛있는 건 함께 먹을 때 더 맛있잖아요."

리원이 아쉬운 투로 말했다.

"민희는 신경 안 써도 돼. 알아서 얼마나 잘 먹는데. 그리고 내가 만든 음식 맛없다고 입에 잘 대지도 않아."

민기가 비트와 루꼴라가 섞인 샐러드를 먹으면서 말했다.

"그래요? 너무 의외인데요. 저는 민기 씨가 만든 음식 너무너무 훌륭하다고 생각하거든요. 비싸게 팔아도 되는 맛이라고 생각해요."

리원이 비트와 치즈를 섞어서 먹었다.

"그렇게 생각해줘서 고마워. 아무래도 어릴 땐 지금만큼 좋은 재료를 구할 수도 없었고, 실력도 그다지 없었으니까 편견이 생겨서 먹기 싫은 것 같아."

민기가 어린 시절을 떠올리며 말했다.

"아, 누구에게나 숙련하는 시기는 필요한 법인데도 말이죠. 다음에 드시면 그때랑 달라서 깜짝 놀랄 거예요."

리원이 애써 웃으며 말했다.

"별말 안 할 것 같기도 해. 어떠한 영역이든 기준이 점점 높아지는 아이거든. 돈도 벌 만큼 벌었고, 가게도 잘되고 있는데 쉬지 않고 열정적으로 움직이는 건 만족을 모르기 때문일 거야."

민기가 부챗살 스테이크를 먹고 잘근잘근 씹었다.

"만족을 모르고 끊임없이 노력하기 때문에 성공할 수 있는 거겠죠. 민희 씨를 알면 알수록 민희 씨의 미적 감각이랑 안목에 깊은 경외감을 갖게 돼요. 얘기를 하면 모르는 게 없더라고요. 어설프게 아는 게 아니라 배경지식을 정확하게 숙지하고 있어서 놀랐어요."

리원이 말했다.

"나도 그렇게 생각해. 민희는 어릴 때부터 미적으로 재능이 많았어. 그림도 잘 그리고 글도 잘 적었지. 좋은 환경에서 제대로 된 교육을 받았더라면 여러모로 좋았을 거야."

민기가 씁쓸한 웃음을 지었다.

"왜요? 지금 시작해도 충분하지 않아요? 요즈음 늦게 데뷔하는 작가들이 얼마나 많은데요."

리원이 민기의 속을 떠보았다.

"말 못 할 사정이 있거든. 민희도 그것을 충분히 인지하고 있고. 아쉽지만 지금처럼 활동하는 것만으로도 충분하다고 생각해."

민기가 리원의 눈을 물끄러미 바라보며 말했다.

"말 못 할 사정이 뭔지 물어보는 건 실례겠죠?"

리원이 민기의 눈을 물끄러미 바라보며 조심스레 물었다.

"응, 모르는 게 나을 거야. 서로에게 그다지 좋지 않거든."

민기가 단호한 어조로 말했다.

"알겠어요. 서로가 곤란하지 않도록 더 이상 물어보지 않을게요."

리원이 꼬리 내리며 말했다.

"응, 배려해줘서 고마워."

민기가 와인을 들이켰다.

"아니에요. 다음에 기회가 된다면 민희 씨의 그림이나 글을 한 번 보여주세요."

리원이 웃으면서 말했다.

"거실에도 몇 점 걸려 있어. 저거, 저거, 저거, 저거."

민기가 거실에 걸려 있는 민희 그림을 손가락으로 하나하나 가리키면서 말했다.

"어디에요?"

리원이 뒤돌아서서 민기가 가리키는 그림들을 하나하나 살펴보기 시작했다. 민희의 그림은 괴기한 형상이 하늘을 날아다니면서 지상을 바라보고 있거나 그 형상을 바라보면서 두려워하는 소년과 소녀가 주를 이루고 있었다. 괴기한 형상은 코끼리와 문어가 합친 것처럼 보이는 것도 있었고, 기린처럼 목이 긴 생물이 커다란 날개를 단 것도 있었다. 그림 자체도 평범하지 않은데 색채와 구도까지 탁월해서 한눈에 봐도 강렬한 인상을 주었다.

"그림이 너무 강렬한데요. 누구라도 한번 보면 쉽게 잊히지 않을 것 같아요. 민기 씨, 그림마다 하늘에 떠 있는 괴기한 형상은 뭐에요? 괴물이에요?"

리원이 그림들을 유심히 살피면서 물었다.

"민희 말로는 천사 혹은 창조주라고 하더라."

민기가 그림들을 물끄러미 바라보며 말했다.

"네? 정말요? 제가 생각하는 천사의 이미지와는 너무 다른데요. 천사가 저렇게 생겼을 리 없다고 생각해요."

리원의 다리가 다시금 떨리기 시작했다.

"자기 식으로 해석한 거지 뭐. 저런 그림을 어렸을 때부터 그렸는데 곁에서 오랫동안 보고 있으니까 천사를 예쁘게 표현하는 게 이제 식상하게 느껴지더라고."

민기가 와인을 들이켜고 나서 말했다.

"그럴 수도 있겠네요. 민기 씨, 저 화장실 좀 다녀올게요."

리원이 말하고 나서 자리에서 황급히 일어났다. 그녀의 몸이 바들바들 떨리기 시작했다.

"응. 리원아, 너 어디 안 좋아?"

민기가 그녀의 떨리는 손발과 허벅지 사이로 타고 흐르는 땀을 바라보면서 말했다.

"아니요, 요즈음 생리통이 너무 심해서 몸이 제멋대로라서 그래요. 너무 걱정하지 마세요. 금방 다녀올게요."

리원이 억지로 웃고 나서 화장실로 천천히 걸어가기 시작했다. 민기가 수상하다는 듯이 그녀를 물끄러미 바라봤다.

2015년 05월 17일 토요일 19:00

동식은 개인 사무실 책상에 '제가 실종되거든 이 편지와 유에스비, 그리고 차량용 블랙박스를 김도환 씨 혹은 최성수 팀장에게 건네주세요.'라고 메모하고 집을 나서기 시작했다. 동식은 마음의 준비를 단단히 했음에도 불구하고 온몸에서 식은땀이 나고, 손발이 떨려서 미쳐버릴 것 같았다.

"휴. 휴, 휴, 휴."

동식은 떨리는 마음을 진정시키려고 심호흡을 여러 차례 하고 나서 망원동 770-3으로 액셀러레이터를 밟기 시작했다.

동식의 조사결과, 망원동 770-3은 오래된 공장이 있었던 곳이었는데 몇 년 전에 신원미상의 남자가 시세보다 싼 가격에 매입했다고 기록되어 있었다. 인터넷 등기소에서 확인 결과, 주소지의 소유주는 김홍해라는 인물이었다.

'김홍해……'

동식은 김홍해라는 이름을 확인하자마자 홍해재단, 요나 기도원, 4곳의 보육원, 살해당했던 피해자들과 민기, 민희, 최 사장, 진희 등등을 떠올렸다. 그러고 나서 김홍해를 중심으로 사건사고를 재구성해보았다.

김홍해가 요나 기도원을 비롯해 홍해재단을 거느리면서 돈을 벌어들였고, 그 안에는 노부부연쇄살인사건의 피해자들이 직간접적으로 포함되어 있었다. 민기와 민희는 어떠한 계기로 요나 기도원에 오게 되었고, 거기에서 진희를 만나게 되었다. 남매가 임 원장을 살해했는지는 정확히 알 수 없으나 임 원장이 실종되고 나서 요나 기도원이 매우 어수선해졌다. 그 틈을 타서 남매가 내부 정보를 가지고 기도원을 탈출했다. 그러고 나서 기도원에 도움을 주거나 이득을 취했던 이들을 찾아가서 하나둘 살해했고, 그때 경찰이 아닌 김홍해에게 사로잡혀서 지금에 이르게 된 것이었다.

'그렇다면 김홍해는 민기와 민희를 왜 받아들인 것일까. 가여워서? 가여웠다면 요나 기도원의 아이들을 방치하지는 않았을 것이다. 잘생기고 예뻐서? 혹은 자기 부하들을 여러 사람 죽일 만큼 당돌했기 때문일까.'

동식은 끊임없이 자문자답하면서 망원동으로 서서히 나아갔다. 아무것도 확실치 않았고, 아무것도 틀린 것처럼 느껴지지 않았다. 그는 살롱 주위를 천천히 돌면서 빈틈이 없는지 유심히 살펴봤다. 경계가 상대적으로 약한 곳은 한강과 맞닿아 있어서 접근하는 게 쉽지 않았고, 담이 그다지 높지 않은 곳은 경계가 매우 삼엄했다. 둘 다 장단점이 뚜렷했다. 동식은 골똘히 생각한 끝에 번거롭더라도 경계가 느슨한 곳을 택했다. 여러 사람과 주먹을 섞는 것보다는 물속에 들어가는 것이 상대적으로 힘을 아낄 수 있다고 판단했던 것이다.

동식은 근처 공용주차장에 주차를 하고 나서 편의점에 들러 대형 방수 팩과 필요한 것들을 구매했다. 그러고 조금 더 어두워지기를 기다렸다가 인적이 많지 않은 한강공원 방향으로 저벅저벅 걸어가기 시작했다.

저녁 시간이었고, 멀리 떨어진 곳에서 버스킹 공연을 하고 있었기 때문에 동식이 서 있는 방향에는 사람들의 입출입이 그다지 많지 않았다. 동식은 대형 방수 팩에 휴대폰과 차 키, 지갑 등등을 넣고 나서 몸을 따뜻하게 하기 위해서 격렬하게 좌우로 움직였다. 잠시 후, 동식은 몸이 충분히 뜨거워지고 유연해지자 주변을 좌우로 살피고 망설이지 않고 한강으로 단숨에 뛰어들었다.

10

살롱 보안요원은 휴대폰을 보면서 낄낄거리고 있다가 동식에게 백초크를 당하고 단번에 기절했다. 동식은 곧바로 살롱 직원의 카드키, 상하의, 무전기와 이어폰을 신속하게 챙기고 나서 케이블 타이로 손발을 묶었다. 그리고 옷을 황급히 환복하고 살롱 건물로 태연하게 걸어갔다.

"오늘 정 대표님은 평소보다 늦게 오신다고 한다. 새벽에 있었던 일 때문에 정 마담과 정 대표님의 기분이 좋지 않으니까 모두들 각별히 조심하도록."

무전기 속 매니저가 말했다.

"네, 알겠습니다."

보안 요원들이 소리가 맞물리지 않도록 차례대로 대답했다.

"네, 알겠습니다."

동식이 무전기 뒤에 있는 번호를 확인하고 나서 목소리를 변조해서 대답했다.

"그래. 오늘은 평소보다 손님이 많으니까 보안에 특별히 신경 쓰면서 큐레이터와 홀 담당 직원들을 도와주도록 해."

"네, 알겠습니다."

살롱 보안요원들과 동식이 순서대로 대답했다. 동식은 스포츠카에서 막 하차한 손님들을 에스코트하면서 살롱 내부로 자연스레 들어갔다. 살롱 내부는 외부와는 비교할 수 없을 정도로 현대적이고 세련되게 잘 꾸며져 있었다. 모노톤의 배경으로 색감이 강렬한 회화와 조형물, 장식품이 배치되어 있어서 색의 조화가 아주 훌륭하고 멋졌다. 악취라는 게 전혀 느껴지지 않았고 곳곳에서 은은한 장미향과 적당한 바람이 불어왔기 때문에 기분이 매우 상쾌했다.

동식은 에스코트하던 손님과 자연스럽게 거리를 두고 나서 1층 내부를 이리저리 돌아다녔다. 그다지 멀지 않은 곳에서 큐레이터들이 바이어와 손님들에게 그림을 하나하나 설명하고 있었다. 동식은 사주 경계를 하면서 그림에 대한 설명을 엿들었다. 회화는 동유럽, 동남아시아, 동아시아의 유명한 작가 그림을 밀수한 것으로 가격이 신축 빌라 전셋값을 가볍게 웃돌았다.

동식은 휴대폰 음성녹음 버튼을 눌러서 큐레이터의 설명을 리코딩 했다. 동영상을 촬영하고 싶었지만 시시티브이와 보는 눈이 너무 많았기 때문에 위험을 사서 자초할 수는 없었다. 그는 홍콩 작가의 설명을 전부 듣고 나서 2층으로 자연스럽게 올라갔다.

2층은 메인 홀과 방이 여러 개로 나뉘어 있었고, 손님들이 자유롭게 오가며 술과 유흥을 즐기고 있었다. 그래서 그런지 1층보다 2층에 보안요원들이 훨씬 더 많았다. 동식은 사주 경계를 하면서 메인 홀과 각방을 조심스레 훑어봤다. 동식이 첫 번째 브이아이피 룸을 살펴보고 나서 이동할 때, 동식과 그다지 멀리 떨어져 있지 않은 직원 통로에서 빨간색 드레스를 차려입은 절세미인이 보안요원의 에스코트를 받으며 나오고 있었다. 정민희였다. 동식은 그녀를 보자마자 심장이 쿵쾅쿵쾅 빠르게 뛰었다.

"마담 안녕하십니까?"

민희와 가까이에 있던 살롱 직원들이 그녀에게 고개 숙여 인사했다.

"그래요. 다들 너무 반가워요. 그런데 보는 눈들이 많으니까 인사는 그만 접어 두시고 하던 일 마저 하세요."

민희가 직원들에게 말하고 나서 브이아이피 룸으로 다가오기 시작했다. 동식은 그녀가 다가오자 가벼운 묵례를 했다. 민희가 동식의 눈을 물끄러미 바라보면서 미소를 지은 뒤에 그를 지나쳐 갔다. 그녀에게서 진한 장미향이 났다. 가까이서 본 민희는 얼굴선이 아주 곱고 피부가 백옥처럼 하얗고 매끈했다. 그녀의 나이를 모르고 만났더라면 삼십 대 중반으로 절대로 보지 않았을 것이다. 그는 초동 수사 때부터 지금까지 그녀에 관한 제보가 많지 않았던 게 쉽게 이해가 됐다. 경찰에서 만든 몽타주와 프로필로는 그녀를 떠올리기가 여간 쉽지 않았다. 진희가 보여줬던 사진도 매우 귀엽고, 예뻤지만 실물에 비할 바는 못 되었다. 진희의 진술처럼 민희와 사이가 좋지 않은 사람들도 그녀가 말을 걸면 호의적으로 변한다는 게 과장이 아닌 것처럼 느껴졌다.

"어이, 보안이."

지하 1층 남자 매니저가 동식을 큰 소리로 불렀다.

"저 말이십니까?"

동식이 지하 1층 남자 매니저를 바라보며 되물었다.

"그래 너, 인마. 신입이냐? 왜 이렇게 어리바리하냐."

지하 1층 남자 매니저가 말했다.

"네, 살롱에 들어온 지 아직 얼마 안 돼서 많이 부족합니다. 뭐 도와드릴 거라도 있으신가요?"

동식이 민희를 흘끗 보고 나서 말했다.

"정 마담, 선배들한테 들은 것보다 더 미인이지? 신입들 들어오면 넋 놓고 보고 있다가 많이들 혼나."

지하 1층 남자 매니저가 뒤돌아보고 나서 말했다.

"죄송합니다. 정 마담을 본 게 얼마 되지 않아서 저도 모르게 눈이 갔습니다."

동식이 고개를 숙이며 사과했다.

"아니야. 충분히 그럴 수 있지. 나도 예전에 한눈팔다가 김 실장님한테 여러 차례 혼났거든. 하하하하."

지하 1층 남자 매니저가 호들갑스럽게 웃었다.

"아, 그렇군요. 하하하하."

동식이 억지스럽게 웃었다.

"그러니까 괜찮아. 그건 그렇고 보안아, 지하에 먹을 것 좀 가지고 갈 건데 안 바쁘면 좀 도와줄 수 있지?"

지하 1층 남자 매니저가 직원 통로를 가리키며 말했다.

"네, 괜찮습니다."

동식이 씩씩하게 말했다.

"그래, 고맙다. 입사한 지 얼마 안 됐으면 지하실에 가본 적도 없을 것 아니냐. 내가 좋은 구경 시켜주마."

지하 1층 남자 매니저가 거들먹거리면서 직원 통로로 걸어가기 시작했다.

"고맙습니다."

동식이 브이아이피 룸을 흘끗 보고 나서 남자를 따라나섰다.

2015년 05월 17일 토요일 20:30

동식과 지하 1층 남자 매니저가 주전부리와 맥주를 가지고 직원 전용 엘리베이터에 탑승했다. 남자가 지하 1층을 누르고 카드 키를 갖다 대었다.

"지하실로 말할 것 같으면 말이야. 정 대표, 정 마담, 김 실장이 있는 3층도 보안 카드를 사용하지 않는데 우리만 특별히 사용한단 말이지. 왜냐하면 살롱에서 가장 중요한 약과 밀수입한 그림들이 보관되어 있기 때문이지."

지하 1층 남자 매니저가 득의양양한 표정으로 말했다.

"매니저님 덕분에 처음으로 지하실에 오게 되네요. 정말 가문의 영광입니다."

동식이 키친에서 알게 된 남자의 호칭을 억지로 언급했다.

"가문의 영광이라니, 하하하하. 너 어디 가서 굶어 죽지는 않겠구나. 그래, 시발! 어딜 가든 아첨 잘하고 줄을 잘 서야 돼."

지하 1층 남자 매니저가 웃으며 말했다. 딩동, 직원용 엘리베이터가 지하 1층에 도착했다. 지하 1층은 지상보다 더 쾌적하고 안락했다.

"제 생각과는 다르게 지하인데도 습하거나 퀴퀴한 게 하나도 없네요."

동식이 지하 1층에 발을 내디디며 말했다.

"당연하지. 최신식 항온항습기계를 설치했거든. 기계 아니었으면 온도 조절하느라 좆 빠지게 힘들었을 거다."

지하 1층 매니저가 자랑스럽게 말했다.

"아, 그렇다면 지하실이 메인 중에 메인이라고 보면 되겠군요. 그리고 지하실을 관리하는 매니저님이 매니저님들 중에서 탑이고요."

동식이 지하 1층 남자 매니저를 과장되게 칭찬했다.

"하하하하. 네가 뭘 좀 아는구나. 매니저들 중에 탑? 뭐 그렇다고 할 수 있지. 하하하하, 보안아! 이왕 온 김에 약 보관실이랑 그림 보관실도 구경해볼래?"

지하 1층 매니저가 상기된 목소리로 되물었다.

"네, 매니저님께서 허락만 해주신다면 보안이는 마다하지 않겠습니다."

동식이 굽실거리며 말했다.

"그래, 지하 1층 직원들도 별로 없는데 마음껏 보고 가라. 네게 이런 날이 또 언제 오겠니."

지하 1층 매니저가 득의양양하게 말했다.

"고맙습니다. 그런데 지하 1층 직원들은 어디로 간 겁니까?"

동식이 조심스럽게 물었다.

"아, 너희들은 잘 모르겠구나. 회장님이 제주도에 새로운 가게를 연 것은 알고 있지?"

지하 1층 남자 매니저가 되물었다.

"네, 그렇다고 얼핏 들었습니다."

동식이 말을 두루뭉술하게 했다.

"그런데 약과 그림을 관리하는 애들이 영 시원찮은가 봐. 예술품이란 게 조금만 관리가 허술해도 변색되고 바뀌기 마련이거든. 최신식 항온항습기계가 있어도 기계라는 게 갑자기 말을 안 들어

먹을 수도 있는 거고."

지하 1층 남자 매니저가 자초지종을 설명했다.

"그래서 관리 감독하러 가신 거군요?"

동식이 되물었다.

"그렇지. 보안아, 이거 봐라. 이것들이 시발! 몇천여 명을 좆되게, 아니 아비 어미도 못 알아보게 뿅 가게 만드는 양의 약이야, 약."

지하 1층 남자 매니저가 약 보관실을 동식에게 자랑스럽게 보여주었다.

"이 정도면 충분하겠네요."

동식이 심호흡을 하고 나서 진지하게 말했다.

"보안아, 뭐가?"

지하 1층 남자 매니저가 되물었다.

"영장 나오는 이유가요."

동식이 왼손으로 남자의 간장을 있는 힘껏 때리고 오른손으로 턱을 정확히 가격했다.

"억."

지하 1층 남자 매니저가 간장을 만지면서 앞으로 고꾸라지다가 턱을 맞고 단숨에 기절해버렸다.

"리버샷 처음으로 맞으면 엄청 아플 거예요. 저도 처음엔 그랬거든요. 그러니까 고분고분하게 쉬고 계세요."

동식이 지하 1층 남자 매니저의 카드키를 빼앗고 나서 서둘러

약 보관실과 그림 보관실을 촬영하기 시작했다.

"야, 너 뭐야. 뭘 촬영하고 있는 거야?"

그림 보관실에 있던 지하 1층 직원 2명이 동식에게 다가오면서 물었다.

"저 아무것도 아닌데요."

동식이 동영상을 다 촬영하고 나서 말했다.

"저 새끼 좆나 어이없는 새끼네."

조금 더 마른 남자가 웃으며 말했다.

"어? 매니저님 아니야? 매니저님."

조금 덜 마른 남자가 쓰러져 있는 지하 1층 매니저를 가리키며 말했다.

"개새끼가 겁도 없이."

조금 더 마른 남자가 동식에게 막무가내로 달려들었다. 동식이 남자의 주먹을 피하고 원, 투, 레프트 훅. 조금 더 마른 남자가 억 소리를 내면서 앞으로 쓰러졌다.

"정우야!"

조금 덜 마른 남자가 동료의 이름을 부르면서 동식에게 주먹을 휘둘렀다. 동식이 주먹을 아래로 피하고 나서 남자의 하단을 잡고 넘어뜨렸다. 태클 방어가 취약했던 남자는 넘어지지 않으려고 발버둥을 치다가 동식에게 쉽사리 목을 내어주면서 쿠당탕 넘어졌다. 동식이 기회를 놓치지 않고 조금 덜 마른 남자에게 백초크

를 걸었다. 읍, 읍, 읍, 남자가 신음 소리도 제대로 내지 못하고 4,
5초 만에 기절했다.

'직원들이 더 몰려오기 전에 빨리 나가야겠어.'

동식이 직원용 엘리베이터에 탑승했다. 그는 1층 버튼을 황급
히 누르고 1층 엘리베이터 문 앞에 아무도 없기를 전심으로 기도
했다. 딩동, 동식이 떨리는 마음으로 호흡을 가쁘게 내쉬었다.

"김 실장님이 왜 또 부르시는 거지. 혼날 만큼 혼난 거 아니었나."

"가보면 알겠지."

최 사장의 펜션에서 봤던 직원 2명이 직원용 엘리베이터에 탑
승하려고 했다. 동식은 그들에게 묵례를 하고 나서 엘리베이터에
서 자연스럽게 빠져 나왔다.

"어이, 잠시만."

키가 조금 더 큰 남자가 동식을 불렀다.

"네?"

동식이 마음의 준비를 하면서 뒤돌아섰다.

"카드키 떨어지려고 하네."

키가 조금 더 큰 남자가 동식의 주머니를 고개로 가리키며 말
했다.

"아, 고맙습니다."

동식이 인사를 했다.

"하여간 신입들은 왜 이렇게 칠칠맞지."

키가 조금 더 큰 남자가 엘리베이터 닫힘 버튼을 세차게 누르면서 말했다. 동식은 카드키를 바지 깊숙이 욱여넣고 나서 직원 통로를 따라서 1층 살롱 내부로 나왔다. 큐레이터가 그림을 설명하고 있는 곳 근처였다.

그곳은 아까보다 더 많은 사람들이 큐레이터 중심으로 모여서 그림에 대한 설명을 듣고 있었다. 동식은 1층 화장실에 들러서 무전기, 상의 정장을 벗고 셔츠를 수차례 말아 올렸다. 그리고 살롱에 들른 철부지 재벌 3세인 척 그림이 영 마음에 들지 않는다는 등의 대사를 큰 목소리로 말하면서 인파 속을 유유히 빠져나왔다.

"사무장님 차 어디에 뒀었죠? 아, 거기요. 알겠어요."

동식이 휴대폰을 귀에 대고 과장되게 말하면서 담을 넘어왔던 곳으로 저벅저벅 걸어가기 시작했다. 살롱 정문과 출입문 사이에는 잠입했을 때보다 더 호화로운 외제차가 빼곡하게 들어서 있었다.

"읍, 읍, 읍!"

동식에게 백초크를 당하고 나서 기절했던 보안요원이 동식을 보자마자 눈을 부라리며 악다구니를 퍼부었다.

"깨어나셨네요. 정장 상의는 1층 화장실 두 번째 칸에 걸어두고 왔습니다. 바지랑 셔츠는 담 너머에 두고 갈게요. 바람 때문에 강에 빠지더라도 너무 나무라지 마시길 바랍니다."

동식이 보안요원에게 말하고 나서 담을 황급히 뛰어넘었다.

"읍, 읍, 읍, 읍!"

보안요원이 다시 한번 더 악다구니를 퍼부었다. 동식은 담 너머에 숨겨났던 방수 팩을 찾아서 휴대폰과 카드키를 집어넣었다. 그리고 정장 하의와 셔츠를 벗어서 주변에 아무렇지 않게 던졌다. 바람이 그다지 강하게 불지 않아서 지금 당장은 강으로 떠내려갈 것 같지 않았다. 후유, 동식이 호흡을 크게 내쉬고 나서 살롱에 잠입하기 전처럼 한강으로 망설이지 않고 뛰어들었다.

2015년 05월 17일 토요일 21:30

민기는 리원을 간호하다가 그녀 곁에서 깊은 잠이 들고 말았다. 잠을 충분히 자지 못한 상태에서 요리를 만들고, 요리와 함께 와인을 벌컥벌컥 마신 탓에 졸음이 억수같이 쏟아졌던 것이다. 민희와 일 문제로 싸운 것과 더불어 리원의 핸드백에서 두 줄이 그어진 임신 테스트기를 본 것도 술을 많이 마시는 데 한몫했다.

몇 시간 전, 리원이 화장실에서 아무런 대답이 없자 민기가 화장실 문을 따고 안으로 들어갔다.

"리원아, 괜찮아?"

리원이 변기 의자에 쭈그리고 앉아 식은땀을 흘리고 있었다.

"네, 괜찮아요."

리원이 정신을 차리고 나서 말했다.

"내가 모르는 병이라도 있는 거야? 땀이 왜 이렇게 많이 나니?"

민기가 걱정스러운 표정으로 되물었다.

"아니에요. 요즈음 몸이 안 좋아서 술을 자제하고 있었는데 갑자기 많이 마셔서 그런가 봐요. 조금 쉬면 괜찮을 것 같아요."

리원이 애써 웃으며 말했다.

"그래? 응급실 안 가 봐도 되는 거야?"

민기가 반신반의한 표정으로 물었다.

"네, 그 정도는 아니에요. 응급실에 갈 정도였으면 웃으면서 괜찮다는 말도 못했을 거예요."

리원이 억지로 웃었다.

"그렇다면 천만다행이고. 방에서 조금 쉬어 보고, 그래도 호전되지 않으면 병원에 한번 가보자."

"네."

민기가 리원을 부축해 자신의 방으로 이끌었다. 민기의 방은 1층 왼쪽 복도 첫 번째 방이었다. 왼쪽 복도에는 오른쪽 복도와는 다르게 방이 3개 존재했다.

"고마워요. 바쁜 날에 괜히 민폐만 끼치네요."

리원이 민희가 그린 그림들을 이리저리 살펴보면서 말했다.

"아니야, 민폐는 무슨."

민기가 방문을 열면서 말했다. 그의 방은 호텔 객실처럼 깔끔하고, 있을 것만 딱 있는 간소한 방이었다.

"민기 씨 방은 참 간소하네요."

리원이 침대에 누우면서 말했다.

"응, 드레스 룸, 서재, 취미 방, 운동실 다 따로 있으니까 방에 뭔가를 놓는 게 싫더라고. 일은 노트북으로 어디서든 할 수 있는 거고."

민기가 방 온도를 조절하면서 말했다.

"나중에 드레스 룸, 서재, 취미 방 모두 보여주세요. 지하실도요."

리원이 민기를 바라보면서 말했다.

"응, 드레스 룸은 내 방 옆이고, 취미 방은 그다음 방이야. 서재는 오른쪽 복도 첫 번째 방이고. 나중에 한숨 자고 나서 괜찮아지면 구경시켜줄게."

민기가 이불을 맞추면서 말했다.

"집이 크고, 방이 많으니까 참 좋네요. 그러면 세 번째 방이랑 네 번째 방은 무슨 용도예요? 민희 씨 방이에요?"

리원이 방의 용도를 하나하나 상기하면서 되물었다.

"세 번째 방은 민희의 그림 그리는 작업실, 민희 방은 2층에 따로 있어."

민기가 오른쪽 복도 네 번째 방을 일부러 언급하지 않았다.

"아, 민희 씨 방은 2층에 있구나. 2층에서 창밖을 바라보면 풍경이 너무 예쁠 것 같아요."

리원이 오른쪽 복도 네 번째 방을 마음속에 아로새겼다.

"응, 나름 볼만해. 리원아, 우선은 아무런 말도 하지 말고 한숨 푹 자. 자고 일어나서 괜찮으면 집 구경 마음껏 시켜줄게."

민기가 리원의 얼굴을 만지작거리면서 말했다.

"알겠어요. 민기 씨도 피곤하면 한숨 주무시든지 하세요. 출근까지 아직 시간 많이 남아 있죠?"

리원이 웃으면서 되물었다.

"응, 출근 전까지 시간 넉넉하니까 식탁 정리하고 나서 옆에서 쉬든지 할게. 리원이는 푹 쉬고 있어."

민기가 말했다.

"네, 알겠어요. 맛있는 거 만들어주셨는데 너무 미안해요."

리원이 울 것 같은 눈으로 말했다.

"괜찮아. 신경 쓰지 마. 또 만들면 되니까."

민기가 리원에게 입을 맞추고 나서 자신의 방을 성큼성큼 걸어 나가기 시작했다.

민기는 잠에서 깨어나서 주변을 두리번거렸다. 침대에는 리원이 있었던 흔적과 머리카락만 흩날릴 뿐, 리원은 온데간데없이 사라졌다. 민기는 고개를 갸웃거리며 자신의 방 화장실을 열어보았다.

"리원아?"

민기 방 화장실에는 아무도 존재하지 않았다. 민기는 곧바로 거실과 부엌으로 향했다. 거실 텔레비전은 언제 켜졌는지도 모른 채 크지 않은 소리로 뉴스 방송이 흘러나오고 있었다. 동산시 정산에서 14구의 시체가 발견되고 나서 용의자와 피해자의 DNA를 검사 중에 있다는 보도였다.

민기는 식탁에 리원의 재킷과 핸드백이 있는 것을 확인하고 핸드백 내용물을 확인하기 위해서 황급히 자리를 옮겼다. 핸드백에는 화장품, 향수, 휴대폰 충전기, 이어폰, 지갑, 임신 테스트기는 여전히 있었지만 휴대폰만 온데간데없었다.

민기는 이상함을 느끼고 부엌 수납장에서 회칼을 꺼내서 집어들었다. 그리고 왼쪽 복도를 향해 저벅저벅 걸어가기 시작했다.

"리원아?"

민기가 크지 않은 목소리로 왼쪽 복도 첫 번째 방, 서재 문을 열면서 말했다. 철커덕, 서재에는 수북이 쌓인 책만 있을 뿐, 아무도 존재하지 않았다.

"후유, 박리원."

민기가 크지 않은 목소리로 왼쪽 복도 두 번째 방, 화장실 문을 열면서 말했다. 철커덕, 화장실에도 리원은 존재하지 않았다. 민기는 조금씩 초조해지기 시작했다. 세 번째 방에 들어간 것만으로도 그녀를 벌하지 않으면 안 됐기 때문이다. 왜냐하면 민희의 작업실은 민희의 머리와도 다름없어서 범죄에 관련된 사진과 범죄를 치르고 나서 그린 그림이 한 뭉텅이로 있었기 때문이다. 어쩌면 네 번째 방에 있는 흉기들과 피해자들의 소품보다 오히려 훨씬 더 위험했다.

"리원아, 제발. 너를 내 손으로 죽이지 않게끔 해줘."

민기가 작은 목소리로 애원하면서 문을 열었다. 철커덕, 다행스럽게도 민희의 작업실에는 리원이 존재하지 않았다.

"후유."

민기는 거친 숨을 몰아쉬고 나서 흉기를 강하게 움켜쥐었다. 그리고 나서 왼쪽 복도 마지막 방을 향해서 조심스럽게 걸어갔다. 세 번째 방과 네 번째 방 사이에 거리가 꽤 존재했기 때문에 가까이 다가가기 전까지 방문이 열려있는지 닫혀있는지 구조적으로 확인할 수 없었다.

"기자회견에서 봤던 비슷한 폴라로이드 사진들이 여러 장 있어요. 그리고 그것 이외에도 범죄 현장을 찍고 나서 그린 그림들도 아주 많고요. 다른 방에는 피가 묻은 흉기와 수술대처럼 보이는 기구들이 여러 개 있어요. 움직이지 않게 고정하는 기계인 것 같아요."

리원이 울먹거리며 말하고 있었다.

"남자친구가 용의자의 몽타주, 프로필과 많이 흡사하다고요?"

수화기 너머 도환이 되물었다.

"네, 흡사한 게 아니라 완전 똑같아요. 처음에는 비슷한 사람이라고 생각했는데 두 번째 시시티브이 영상 보면서 확신했어요. 영상 속에 찍힌 헤어스타일이나 걷는 자세, 언젠가 몰고 왔던 외제 차 모든 게 일치해요."

리원이 울면서 말했다.

"네, 알겠습니다. 지금 당장 담당 수사팀이 출발할 테니까 화장실에 다녀온 것처럼 안방에서 주무시는 척해주세요. 집에서 무사히 나올 수 있다면 좋겠지만 용의자의 의심을 사면 자칫 위험에 처할 수도 있거든요. 그러니까 힘드시더라도 최대한 평소처럼 행동해주세요."

도환이 진지하게 말했다.

"네, 최대한 빨리 와주세요."

"네."

리원이 제보를 끝내고 나서 통화 종료 버튼을 눌렀을 때, 민기가 회칼로 그녀의 등을 강하게 찔렀다. 읍, 리원이 신음 소리도 제대로 내지 못하고 앞으로 고꾸라졌다.

"시발년이 사랑을 엿으로 갚아? 내가 너를 좆나게 사랑한다고 했어? 안 했어? 이런 시발년이."

민기가 쓰러져 있는 리원을 찌르고, 찌르고, 찌르고, 또 찔렀다.

"리원아, 선만 안 넘었으면 평생 동안 부귀영화 누리면서 좋은 아빠, 좋은 엄마 노릇할 수도 있었잖아. 이 시발년아. 왜 선을 넘어, 선을!"

민기가 이미 숨을 거둔 리원을 찌르고, 찌르고, 찌르고, 또 찔렀다. 그러고 나서 회칼을 리원 주위로 집어 던졌다.

"이런 좆같은."

민기가 리원을 멀거니 바라보면서 울 것 같은 눈으로 쓴웃음을 지었다. 그리고 가까스로 몸을 일으켜서 자신의 방으로 엉기적엉기적 걸어갔다.

"여보세요."

민기가 휴대폰을 찾자마자 민희에게 황급히 전화를 걸었다.

"오빠는 도대체 언제 오는 거야? 지금이 몇 시인 줄은 알아?"

민희가 전화를 받자마자 악다구니를 퍼부었다.

"민희야, 화 좀 내지 마라."

민기가 숨을 크게 내쉬면서 말했다.

"지금 화가 안 나게 생겼냐고! 오빠는 살롱에 무슨 일이 생겼는지 모르지? 형사 한 놈이 다녀가서 지하실로 쑥대밭으로 만들고 갔다니까. 지하실 직원들 얘기 들어보니까 동영상 촬영하면서 영장 발부 어쩌고 그랬대. 아, 진짜 미쳐버리겠다."

민희가 큰 소리로 짜증을 부렸다.

"그러게 조심 좀 하지. 민희야, 미안한데 나는 살롱에 못 갈 것 같다."

민기가 자신의 방에서 처음으로 담배를 피우면서 말했다.

"무슨 말 같지도 않은 소리야. 살롱에 도대체 왜 못 오는데? 좆

같은 이유 댈 거면 입 밖으로 꺼내지도 마."

민희가 짜증을 부리면서 되물었다.

"리원이가 네 작업실, 우리 작업실 보고 나서 경찰에 신고했어. 두 번째 시시티브이 보고 나서 우리가 범인인지 쭉 알고 있었던 것 같아."

민기가 담배를 뻐끔뻐끔 피우면서 말했다.

"뭐?"

민희가 눈이 휘둥그레지며 되물었다.

"경찰이 지금 우리 집으로 오고 있다고."

민기가 담뱃재를 털면서 피식 웃었다.

"그럼 빨리 집에서 나와서 살롱으로 오든 회장님 댁으로 가든지 해야 할 거 아니야. 멍청하게 뭐 하고 있는 거야."

민희가 정신을 차리고 나서 말했다.

"그냥 모든 게 부질없게 느껴져서 말이지. 오랫동안 부귀영화 누릴 만큼 누렸잖아."

민기가 담배꽁초를 바닥에 버리고 나서 다시금 담배에 불을 붙였다.

"너 도대체 왜 그러니."

민희가 발을 동동거리면서 말했다.

"민희야, 임신 테스트기에 두 줄 그어지려면 임신하고 나서 최소 4주는 지나야 되는 거지?"

민기가 담배를 뻐끔뻐끔 피우면서 되물었다.

"이 와중에 뭔 개소리야. '김 실장님 임신 테스트기에 두 줄 그어지려면 최소 4주는 지나야 되는 거죠?' 오빠, 김 실장님이 4주는 지나야 된대."

민희가 김 실장에게 묻고 나서 말했다.

"그렇구나. 몇 주 동안만이라도 좋은 아빠였어야 됐는데 아무리 생각해도 그러지 못했던 것 같네."

민기가 담배를 피우면서 눈을 지그시 감았다.

"오빠 청승맞게 왜 그래. 오빠가 좋은 아빠, 내가 좋은 고모가 될 수 있었을 거라고 생각해? 말도 안 돼."

민희가 상황을 이해하고 나서 웃으면서 말했다.

"그건 아무도 모르지. 내가 다 망쳐놓고서 이런 말 하는 것도 우습기 짝이 없고."

민기의 눈에서 눈물이 주르륵 흐르기 시작했다.

"그러니까 내가 최 사장 가게 믿을 만하냐고 물었던 거야, 멍청아."

민희가 울 것 같은 눈으로 말했다.

"그건 전적으로 내 실수다. 미안하다."

민기가 울면서 피식 웃었다.

"인정하니까 봐준다. 그럼 집에서 안 나오고 가만히 있을 거야?"

민희가 피식 웃으면서 되물었다.

"응, 술이나 마시면서 증거 좀 없애려고. 너는 어떻게 할 거냐? 지금부터 샛길로 도망치면 충분하지 않아?"

민기가 담배꽁초를 밟고 나서 부엌으로 털레털레 걸어갔다.

"그러려고 했는데 오빠랑 전화하고 나니까 마음이 금세 바뀌었어."

민희가 웃으면서 말했다.

"어떻게 할 건데?"

민기가 술을 벌컥벌컥 마시고 나서 되물었다.

"재기는 숨어 살면 어떻게든 하겠지만 오빠도 없고 김 실장님도 없으면 그다지 재미있지 않을 것 같아. 나는 혼자인 게 무엇보다 싫거든."

민희가 담배를 피우면서 말했다.

"그래서 살롱에서 끈질기게 저항하려고?"

민기가 코웃음을 쳤다.

"그건 나답지 않아서 싫고. 나중에 잡히더라도 화풀이는 확실히 하고 가려고."

민희가 담배를 뻐끔뻐끔 피우고 나서 말했다.

"누구한테?"

민기가 되물었다.

"살롱 지하실에 들렀던 경찰 쥐새끼가 어떻게 가게를 알았을까, 곰곰이 생각해봤거든. 아무래도 최 사장 가게에서 우리 애들

쥐어패고, 유에스비 들고 튄 애인 것 같아."

민희가 골똘히 생각하고 나서 말했다.

"그럴 확률이 높겠네. 그렇지 않고서야 가게를 찾는 건 쉽지 않으니까. 뉴스 보니까 디엔에이 결과도 아직 안 나온 것 같더라."

민기가 상황을 재구성하고 나서 말했다.

"응, 그러니까 형사 쥐새끼는 벌을 좀 내려야겠어."

민희가 시시티브이에 찍힌 동식의 얼굴을 물끄러미 바라보며 말했다.

"그래. 벌주려다가 다치지 말고. 야, 민희야."

민기가 술을 벌컥벌컥 들이켜고 뜸을 들이고 나서 말했다.

"어, 왜?"

민희가 곧바로 대답했다.

"김 실장님한테 여태껏 고마웠다고 전해줘. 그리고 잡힐 때 잡히더라도 다치지 마라. 따뜻하게 입고 가고. 그럼 이만 전화 끊는다."

민기가 민희의 대답을 듣지 않고 통화 종료 버튼을 무심히 눌렀다. 그리고 나서 술병을 들고 민희의 작업실로 털레털레 걸어가기 시작했다.

동식은 공용주차장에 도착하고 나서 도환에게 황급히 전화를 걸었다. 통화 연결음이 한참 지속되고 나서야 도환이 전화를 받았다.

"네, 동식 선배."

도환이 비장한 목소리로 말했다.

"도환아, 지금 많이 바쁘냐? 동영상 파일 몇 개랑 용의자에 관련된 자료들 네 메일로 보내려고 하는데."

동식이 말했다.

"지금 한가롭진 않아요. 어떤 자료들 보내시려고요?"

도환이 성수 팀장과 해철의 눈치를 보면서 되물었다.

"직접 보면 알아. 지금 당장 봤으면 하는데 많이 바쁘냐?"

동식이 말했다.

"네, 지금 당장은 힘들 것 같습니다."

도환이 팀원들의 눈치를 보면서 말했다.

"왜? 무슨 일인데."

동식이 되물었다.

"그게 있잖습니까. 사무실로 제보 전화가 걸려왔는데요. 아무래도 용의자의 최측근인 것 같아요. 몽타주, 프로필을 보고 나서 오랫동안 의심했는데 두 번째 시시티브이 보고 나서 확신했대요.

지금 용의자의 집에 있는데 범행기록과 피 묻은 흉기도 발견했다고 하더라고요. 그래서 그리로 가고 있는 중입니다."

성수 팀장이 말해도 좋다는 신호를 보내자 도환이 자초지종을 설명했다.

"제보 받은 용의자 이름이 정민기야?"

동식이 큰 소리로 또박또박 되물었다.

"네, 정민기 맞아요."

도환을 비롯해 팀원들의 눈이 휘둥그레졌다.

"후유. 도환아 지금 당장 성수 팀장님 바꿔. 정민기 말고 다른 공범의 소재를 내가 알고 있다고."

동식이 큰 소리로 말했다.

"정동식, 나야. 시간 없으니까 일목요연하게 설명해."

성수 팀장이 도환의 전화를 건네받고 나서 말했다.

"망원동에 정민기, 정민희 남매가 운영하는 가게가 있습니다. 김홍해라는 인물이 회장으로 있는 조직인데 마약과 세관을 거치지 않은 회화 및 조형물을 판매하고 있습니다. 제가 지금 정민희가 가게에 들어가는 것을 확인하고 나오는 중입니다."

동식이 또박또박 말했다.

"정민희는 시시티브이에 찍히지도 않았잖아. 그리고 가게에 들이닥친다고 하더라도 정민기, 정민희가 소유주가 아니면 확인할 방법도 마땅치 않아."

성수 팀장이 동식의 말을 듣자마자 대답했다.

"그래서 가게 내부 장면을 동영상으로 촬영했습니다. 영장 발부 무조건 될 겁니다."

동식이 살롱에서 촬영한 동영상을 도환의 번호로 발송했다.

"동식아, 확인했다. 내가 과장님한테 보고하고 나서 기동대, 마약 수사팀, 지원팀 불러서 가게로 가마."

성수 팀장이 동영상 파일을 확인하고 나서 말했다.

"알겠습니다."

동식이 두 손을 불끈 쥐면서 말했다.

"그래, 혼자서 알아내느라 수고했다. 자세한 건 나중에 듣도록 하자."

성수 팀장이 말하고 나서 휴대폰을 도환에게 넘겼다.

"동식 선배, 나중에 다시 전화할게요. 해철 선배가 허튼짓하지 말고 자료 메일로 보내고 나서 집에 가서 씻고 자래요."

도환이 해철의 말을 황급히 전하고 나서 전화를 끊었다.

"뭐, 인마? 도환아, 야, 김도환."

동식이 전화가 끊어진 것을 확인하고 나서 도환에게 메시지를 황급히 보냈다.

"도환아, 다치지 말고 꼭 잡아라."

"네, 동식 선배, 맡겨만 주세요."

도환으로부터 곧바로 답장이 왔다. 동식은 도환의 메시지를 확인하고 나서 자료들을 팀원들의 메일에 서둘러 보내기 시작했다.

　　민희는 민기와 통화를 끝내고 화려한 드레스를 벗고 검은색 재킷과 데님 바지로 옷을 갈아입었다. 그리고 클렌징 티슈와 세안제로 색조 화장을 말끔히 씻어냈다. 민낯에 운동화를 신은 민희의 모습은 영화 속에 나오는 인기 많은 신입 여형사처럼 보였다. 그녀는 담배에 불을 붙이고 나서 자신의 사무실로 저벅저벅 걸어갔다. 김 실장은 회장과 전화 통화를 끝내고 나서 담담하게 그녀를 기다리고 있었다.

　　"김 실장님 회장님이 뭐래요?"

　　민희가 담배를 뻐끔뻐끔 피우면서 물었다.

　　"아무런 걱정하지 말고 그냥 밀어붙이라고 하셨습니다. 일이 혹시나 잘못되면 책임은 회장님이 전부 지시겠다고요."

　　김 실장이 회장의 말을 전달했다.

　　"회장님이 그렇게 말씀해주시니까 너무 든든하네요. 그건 그렇고 부탁했던 형사 정보는 아직 안 들어왔죠?"

　　민희가 재떨이에 담뱃재를 털면서 말했다.

　　"네, 아직 찾고 있는 중인 것 같습니다."

김 실장이 말했다.

"조금만 더 서둘러달라고 전해주세요."

민희가 담배를 다 피우고 담배꽁초를 재떨이에 버렸다.

"네, 알겠습니다."

김 실장이 대답했다.

"고마워요. 경찰이 언제쯤이면 살롱에 들이닥칠까요?"

민희가 자신의 사무실을 휘둘러보면서 물었다.

"아무리 늦어도 1시간 안에 출입문 앞으로 들이닥칠 것 같습니다. 이르면 10분 안에도 가능하다고 생각합니다."

김 실장이 시계를 확인하고 나서 말했다.

"지금 지하실에 있는 것들은 최대한 정리하고 있는 거죠?"

민희가 심호흡을 하고 되물었다.

"네, 그렇긴 한데 주어진 시간 안에 처리하는 건 쉽지 않을 것 같습니다. 브이아이피 룸에 나간 것도 상당하고요."

김 실장이 조심스럽게 말했다.

"그건 어쩔 수 없죠. 나간 것을 회수할 수도 없는 노릇이고요. 그리고 달리 생각하면 일이 잘못됐을 때, 귀빈이 많으면 많을수록 좋은 면도 있을 거예요."

민희가 차 키를 챙기면서 말했다.

"네, 정 마담, 정보를 찾은 것 같습니다."

김 실장이 메시지를 확인하고 나서 민희에게 동식의 신상 정보를 보여주었다.

"정동식. 서울 경찰청 수사부 형사과 강력 3팀 소속. 서울시 관악구 당신동 1085-11 120동 601호. 오케이, 김 실장님 그거 제 연락처로 보내주세요."

민희가 나갈 채비를 하면서 말했다.

"네, 알겠습니다."

김 실장이 동식의 정보가 담긴 메시지를 보냈다.

"왔네요. 김 실장님 한동안 못 볼 텐데 서운해서 어쩌죠."

민희가 메시지를 확인하고 나서 말했다.

"생각보다 일찍 만날 수도 있습니다. 법정에서든 텔레비전에서든 말이죠."

김 실장이 덤덤하게 말했다.

"하하, 이럴 줄 알았으면 셋이서 여행도 자주 가고 외식도 많이 할 걸 그랬어요. 너무 일만 했던 것 같아요."

민희가 울 것 같은 눈으로 말했다.

"다음에 하면 되죠. 마담이 좋아하는 미술관 투어도 하고요."

김 실장이 웃으며 말했다.

"네, 언제가 될지 모르지만 그렇게 하시죠. 김 실장님이랑 여태껏 함께 일할 수 있어서 너무 영광이었습니다. 번거로우시더라도 마지막까지 잘 부탁드립니다."

민희가 김 실장에게 악수를 건넸다.

"저도 두 분과 함께 일할 수 있어서 너무 영광이었습니다. 정 대표님 말씀처럼 다치지 마시고 잘 마무리하시길 바랍니다."

김 실장이 민희의 손을 강하게 잡았다.

"네, 여태껏 몰랐는데 김 실장님 손이 참으로 거칠면서 따뜻하네요."

"네?"

"아무것도 아니에요. 저는 이만 가볼게요."

민희가 김 실장과 얘기를 끝내고 나서 사무실을 서둘러 나섰다. 김 실장은 민희의 온기를 몸과 마음에 아로새기려는 듯 악수한 손을 천천히 움켜쥐었다.

민희는 스포츠카에 탑승하자마자 액셀러레이터를 마구 밟았다. 드릉드릉, 드릉드릉. 그녀의 차가 웅장한 엔진소리를 내면서 서교동 사거리를 지나서 강변북로를 질주하기 시작했다. 고가의 스포츠카가 성난 황소처럼 미친 듯이 내달리자 주변에 있던 차들이 사고를 염려한 듯 하나둘 비켜서기 시작했다.

"정동식 씨, 당신은 사람 잘못 건드린 거예요. 벌집을 건드려놓고 아무렇지 않을 거라고 생각한 건 아니죠?"

민희가 동식의 신상 정보를 흘끗 보면서 말했다. 그리고 나서 액셀러레이터를 더욱이 세게 밟았다. 드릉드릉, 드릉드릉, 스포츠카의 속도계가 더욱더 치솟았다.

"전방 500m 앞에서 우회전, 우회전."

민희의 스포츠카가 노들역을 지나서 국사봉 터널에 다다랐을 때, 목적지가 얼마 남지 않았다는 내비게이션 표시가 떴다.

"동식 씨, 집에 혼자 있기를 진심으로 바랄게요. 제가 지금 너무 화가 나서 이성적인 판단이 제대로 안 되거든요."

민희가 국사봉 터널을 지나서 당신동 방향으로 우회전하면서 말했다. 그녀는 끓어오르는 분노와 사람을 벨 수 있다는 설렘에 두근두근 미쳐버릴 것 같았다. 민희의 광기가 점점 극에 치달았다.

"목적지에 도착하였습니다. 내비게이션 알림을 종료합니다."

민희가 동식과 정화가 살고 있는 아파트에 도착했을 때, 내비게이션이 목적지 도착 알림을 말했다. 그녀가 스포츠카 시동을 끄고 나서 회칼을 허리춤에 넣은 뒤에 차 바깥으로 조심스레 나왔다. 120동 아파트 경비의 모습은 온데간데없었고, 출입문도 패스워드가 필요하지 않은 구식 아파트라서 입출입이 아주 자유로웠다. 민희는 엘리베이터 탑승 버튼을 누르고 나서 거울을 보며 머리카락을 부스스하게 만들었다. 정리되지 않은 헤어스타일이 초인종을 눌렀을 때, 의심을 덜 살 것처럼 느껴졌기 때문이다. 딩동, 6층에 도착했다는 소리가 나면서 문이 스르륵 열렸다. 민희는 좌우를 유심히 살피면서 601호의 위치를 재차 확인했다. 601호 숫자 밑에 '당신제일교회'라는 마크가 붙여져 있었다.

"주여, 제 삶에 왜 이렇게 끼어드세요?"

민희가 짜증 섞인 목소리로 말하고 나서 현관문을 쿵쿵, 쿵쿵 두드렸다.

"누구세요?"

정화가 현관문 앞에서 조심스럽게 물었다.

"어머니 안녕하세요. 정동식 형사님 후배 이진희라고 합니다. 혹시 정 선배님 안에 계신가요? 연락이 너무 안 돼서 찾아왔습니다."

민희가 밝은 목소리로 되물었다.

'시발. 택배 기사라고 할 걸 그랬나.'

민희가 머릿속으로 욕을 했다.

"누구요?"

정화가 되물었다.

"이번에 수사부 형사과로 새로 발령받은 이진희라고 합니다. 정 선배님이 수사 중에 연락이 안 돼서요. 팀장님 지시 받고 찾아왔습니다."

민희가 머리를 굴리고 나서 말했다.

"형사님, 동식이가 언제부터 연락이 안 됐어요? 오늘 점심까지만 하더라도 아무런 문제없이 통화 잘 됐는데?"

정화가 걱정스러운 투로 말하면서 현관문을 활짝 열었다.

"병신."

민희가 정화의 복부를 세차게 걷어차고 나서 턱과 흉부를 강하게 내리쳤다. 퍽퍽 소리가 나면서 정화가 뒤로 고부라져 쓰러졌다.

'음.'

민희가 거실을 휘둘러보고 나서 티셔츠 몇 장을 집어 들었다.
그리고 허리춤에 숨겨뒀던 회칼로 티셔츠를 얇게 찢은 뒤에 그것
으로 정화의 손과 발을 강하게 묶었다.

"미끼는 제일 좋은 것으로 준비 완료."

민희가 현관문을 닫고 나서 의자와 탁자 등으로 바리케이드를
설치하기 시작했다. 그 와중에 탁자와 벽면에 붙여뒀던 정화의
포스트잇이 바닥으로 떨어져 나갔다. 민희가 '동식의 팀, 총 여섯
명.'이라는 포스트잇을 무심히 밟고 지나갔다.

2015년 05월 17일 토요일 23:10

성수 팀장을 필두로 해철, 도환 그리고 마약수사팀 팀원들과
기동대 병력 170여 명이 살롱 출입문 앞에 도착했다.

"그러니까 가게에 그런 사람이 없다니까요."

살롱 보안요원이 거들먹거리면서 말했다.

"있든 없든 까보면 알겠지. 그리고 영장까지 발부됐는데 너희
들 이렇게 뻗대면 좋을 거 하나 없다."

성수 팀장이 영장을 다시 한번 보여주면서 말했다.

"아, 시발. 영장이고 자시고. 영업 방해하지 말고 어서 돌아가쇼. 대한민국 경찰이면 꼴리는 대로 가게 들쑤시고 그래도 되는 거요?"

살롱 보안 요원이 영장을 툭 치면서 말했다.

"안 되겠다. 이 새끼는 공무집행방해죄 무조건 추가시켜."

성수 팀장이 고개를 저었다.

"뭐 이 새끼? 경찰이라고 욕 막 함부로 해도 돼?"

살롱 보안 요원이 성수 팀장의 멱살을 잡으려고 하자 뒤에서 지켜보고 있던 해철이 프런트 킥을 세차게 날렸다.

"이 새끼가 듣자 듣자 하니까 법 무서운지를 모르네. 영장 발부됐다는 말 이해 못 해? 팀장님 그냥 안으로 밀고 들어가시죠."

해철이 성수 팀장에게 제안했다.

"그래, 더 지체되기 전에 들어가자. 아무리 봐도 가게를 쉽게 내어줄 의향이 없는 것 같다. 저항이 거셀 것 같으니까 다들 몸조심하고."

성수 팀장이 진압봉을 들고 살롱 내부로 뛰어 들어갔다.

"도환아, 가자."

해철이 도환에게 말하고 나서 성수 팀장의 뒤를 따라서 달려갔다. 살롱은 삽시간에 경찰과 직원들의 패싸움으로 아수라장으로 변했다. 동식은 살롱 출입문 근처에서 그 광경을 조심스레 관망하고 있다가 열의를 참지 못하고 살롱 안으로 달려갔다.

"이 새끼들 도대체 뭐야. 단체로 약을 처했나. 왜 이렇게 강경한 건데."

해철이 원, 투 펀치로 보안 요원들을 하나둘 쓰러뜨리며 말했다.

"안 그러면 보스한테 좆나게 혼나나 보죠."

도환이 직원이 휘두른 방망이를 피하면서 말했다.

"도환아, 조심해."

다른 보안 요원이 도환에게 방망이를 휘두르려고 할 때, 동식이 빠르게 달려와서 발차기를 날렸다.

"동식아, 집에서 씻고 잠이나 자라고 했지."

해철이 레프트 훅으로 다른 보안 요원들을 쓰러뜨렸다.

"선배는 이 와중에 그런 말이 나와요?"

동식이 달려오는 보안 요원을 업어 치고 나서 말했다.

"그럼 나오고말고. 그리고 동식아, 나중에 문제 되지 않도록 모자랑 마스크나 제대로 착용해."

해철이 보안 요원의 공격을 가드하고 발뒤축걸기로 상대를 넘어뜨렸다.

"네, 숨 가빠라지니까 나중에 얘기하죠."

동식이 모자를 눌러쓰고 나서 말했다.

30분 후, 경찰들이 지하 1층부터 3층까지 살롱 직원들을 모조리 제압했다. 성수 팀장을 비롯해 동식, 해철, 도환은 민희의 사무실로 조심스럽게 접근했다.

"팀장님! 지원이랑 준우한테 연락 왔는데 저택 쪽은 무사히 마무리됐답니다."

도환이 성수 팀장과 동식, 해철에게 소곤소곤 말했다.

"잘됐네. 정민희만 무사히 체포하자."

성수 팀장이 소곤소곤 말하고 나서 사무실 문 옆에 멈춰 섰다.

"팀장님 총 써요?"

해철이 권총을 가리키며 작은 목소리로 되물었다.

"오케이."

성수 팀장이 고개를 끄덕이고 나서 팀원들에게 손가락으로 숫자 셋을 가리켰다. 동식, 해철, 도환이 고개를 위아래로 흔들었다.

"가자."

성수 팀장이 하나, 둘, 셋을 세고 나서 팀원들에게 외쳤다. 철커덕, 팀원들이 사무실 문을 열고 안으로 황급히 들어갔다.

"어서 오세요. 생각보다 늦게 오셨네요."

김 실장이 탁자에 앉아서 팀원들에게 조곤조곤 말했다.

"정민희는 어디에 있지?"

성수 팀장이 김 실장에게 조심스럽게 다가가면서 되물었다.

"정 마담은 보시다시피 살롱과 사무실에 없습니다. 여러분들이 살롱에 오기도 전에 이미 나가셨거든요."

김 실장이 눈을 치켜뜨면서 말했다.

"그러니까 어디로 갔냐고!"

해철이 소리를 지르면서 되물었다.

"형사님, 소리 지르지 않아도 잘 들립니다. 거기 마스크 쓰고 모자 눌러 쓰신 형사분, 정동식 형사님이시죠?"

김 실장이 동식을 고개로 가리켰다.

"나를 어떻게 알지?"

동식이 김 실장에게 조심스럽게 다가왔다.

"제가 정동식 형사님에게 보여드릴 게 하나 있는데 제 앞으로 몇 발자국 오시겠습니까?"

김 실장이 조곤조곤 말하고 나서 바지 주머니에 손을 가져가려고 했다.

"움직이지 마! 움직이면 곧바로 쏜다."

성수 팀장이 소리를 지르면서 김 실장을 향해 총을 겨누었다.

"워, 워. 강력계 형사 분들이라서 그런지 매우 터프하시네요. 제가 아무리 겁이 없다고 하더라도 이렇게 협소한 공간에서 총과 진압봉을 들고 있는 형사들을 여럿 상대할 수는 없죠. 거기 형사분 제 왼쪽 주머니에 들어 있는 휴대폰 좀 꺼내보시겠습니까?"

김 실장이 두 손을 들고 나서 해철을 고개로 가리키며 말했다.

"팀장님 어떻게 할까요?"

해철이 성수 팀장에게 되물었다.

"이봐, 너. 자리에서 일어나서 옆으로 다섯 보 움직여. 그러고

그들은 후회하지 않는다

387

나서 손을 머리 뒤에 대고 곧바로 엎드린다. 조금이라도 허튼짓 하면 바로 쏠 거야."

성수 팀장이 해철에게 접근해도 좋다는 지시를 내렸다.

"네, 분부대로 하겠습니다."

김 실장이 자리에서 일어나서 옆으로 움직인 다음에 손을 머리 위에 대고 엎드렸다.

"당신은 묵비권을 행사할 권리가 있고 당신의 진술은 법정에 서 불리하게 작용될 수 있으며 당신은 변호사를 선임할 권리가 있 습니다."

해철이 김 실장에게 조심스럽게 다가가서 수갑을 채우며 미란 다법칙을 읊조렸다. 그리고 바지 오른쪽 주머니에서 휴대폰을 끄 집어냈다.

"하하. 정 마담으로부터 동영상 파일이 하나 와있을 겁니다. 한 번 열어보세요. 정동식 형사님 혼자 보는 것을 추천하지만 다 같 이 보는 것도 팀워크 적으로 나쁘지 않을 것 같네요."

김 실장이 피식거리며 말했다.

"동영상 파일 열어보겠습니다."

동식이 성수 팀장의 허락을 맡고 나서 해철에게 김 실장의 휴 대폰을 건네받았다. 동식은 여태껏 경험하지 못했던 불길한 예감 에 강하게 사로잡혔다.

"정동식 형사님, 나 누군지 알죠? 당신이 그토록 잡고 싶어 했던 정 마담, 정민희예요. 형사님 덕분에 우리 남매가 오랫동안 쌓아올렸던 공든 탑이 하루아침에 무너지고 말았어요. 그래서 너무 화가 나서 미쳐버릴 것 같아요. 혹시 벌집만 툭 건드리고 아무렇지 않게 넘어가려고 했던 건 아니시겠죠? 그렇게 생각했다면 크나큰 오산이에요. 잘못을 했으면 그에 합당한 대가를 치러야 하는 게 삶의 이치잖아요. 그래서 제가 정동식 형사님을 위해서 특별한 이벤트를 준비했어요. 짜잔, 묶여 있다고 누군지 몰라보는 건 아니겠죠?"

민희가 조곤조곤 말하고 나서 의자에 묶여서 신음하고 있는 정화를 보여줬다.

"이런 제기랄."

동식이 동영상을 다 보지 못하고 사무실 바깥으로 뛰어나가기 시작했다.

"팀장님 어떻게 할까요?"

해철이 당황한 투로 되물었다.

"해철아, 도환이랑 지금 당장 동식이네로 가. 나도 곧바로 따라갈게. 정민희가 허튼짓하면 경고하지도 말고 바로 쏴."

"네, 알겠습니다."

해철과 도환이 일제히 대답하고 나서 동식의 뒤를 따라서 달려나갔다.

"하하, 우리 팀장님 완전히 아메리칸 스타일이시네요. 과연 경고도 하지 않고 총을 쏠 수 있을까요? 과잉 수사다 뭐다 말 오지게 나오겠네요."

김 실장이 이기죽거리며 말했다.

"조용히 해, 인마!"

성수 팀장이 이성을 잃고 김 실장에게 고함을 질렀다.

2015년 05월 18일 일요일 00:40

동식이 아파트에 도착했을 때, 지구대 소속 순경 두 사람이 들 것에 실려 응급차로 옮겨지고 있었다. 민희를 얕잡아보고 거실 내부로 무리하게 들어가려다가 그만 변을 당했던 것이다.

"형사입니다."

동식이 자신을 제지하는 지구대 사람들에게 형사 배지를 보여 주고 나서 계단을 황급히 오르기 시작했다.

"비키세요."

뒤이어 도착한 해철과 도환도 지구대 사람들에게 형사 배지를 보여주고 나서 계단을 뛰어 올라갔다.

"성수 팀장님도 곧 도착하신답니다."

도환이 권총을 매만지며 동식과 해철에게 말했다.

"동식아, 흥분하지 말고 팀장님 오실 때까지 기다리자."

해철이 바리케이드를 힐끗 보고 나서 말했다.

"어머니! 어머니! 저 동식이에요. 제 목소리 들리세요? 곧 구해 드릴 테니까 잠시만 기다려주세요."

동식이 해철의 말에 대답하지 않고 큰 소리를 질렀다.

"야, 정동식. 너 아마추어처럼 왜 그래? 네가 흥분하면 흥분할 수록 어머니가 위험해지는 거 몰라?"

해철이 동식의 옷을 붙잡고 강하게 쏘아붙였다.

"선배, 이 상황에서 어떻게 흥분하지 않을 수가 있어요. 어머니 가 돌아가셨을지도 모르는 상황인데."

동식이 울 것 같은 눈으로 말했다.

"야, 인마. 집중해. 어머니 무조건 괜찮으실 거야."

해철이 동식을 진정시키려고 했다.

"선배 죄송해요. 저는 더 이상 지체할 수 없어요."

동식이 바리케이드를 치우면서 거실로 들어가려고 했다.

"해철 선배 어떻게 할까요? 팀장님 오실 때까지 억지로 말려야 되는 거 아니에요?"

도환이 해철에게 물었다.

"시발, 나도 모르겠다. 뒤에서 나랑 동식이 좀 엄호해라."

해철이 도환에게 엄호를 지시하고 나서 동식을 따라 바리케이 드를 치우기 시작했다.

"네, 알겠습니다. 시발, 어떻게든 잘 되겠죠."

도환이 총구를 거실 내부로 향하게 했다. 세 사람 모두 긴장이 극에 달해서 심장이 쿵쾅쿵쾅 뛰었다.

"선배 기억하실지 모르겠지만 현관문 왼쪽에 다용도실이 있어요. 오른쪽에는 거실이 있고요. 갑자기 튀어나올 수도 있으니까 조심하세요."

동식이 해철과 도환에게 말했다.

"그래, 정면에는 화장실이랑 큰방이었지?"

해철이 되물었다.

"네."

동식이 대답했다.

"동식이가 좌, 도환이가 우를 맡아. 나는 정면을 예의 주시할게. 다치지 말고 최대한 집중해."

해철이 동식과 도환에게 말했다.

"알겠습니다."

동식과 도환이 일제히 대답했다. 세 사람의 심장박동 소리가 귓가에 크게 맴돌았고, 등골에서 땀이 우수수 흘러내렸다.

"다용도실에 아무도 없어요."

"거실에도 없습니다."

세 사람이 실내로 들어왔다. 거실에 찢어진 티셔츠와 피 묻은 물건들이 사방에 널브러져 있었다. 텔레비전과 액자들은 산산이 파손되어 있었고, 부엌 탁자가 있던 자리에도 장식품들이 와장창 부서져 있었다.

"큰방 아니면 네 방에 있는 거겠지?"

해철이 동식에게 소곤소곤 되물었다.

"제 방에 있을 것 같아요. 큰방은 베란다가 있어서 사주 경계를 하기가 힘들잖아요."

동식이 자신의 방을 가리키며 말했다. 그때, 동식의 휴대폰으로 정화의 번호로 전화가 걸려왔다.

"여보세요."

동식이 심호흡을 여러 차례 하고 나서 말했다.

"정동식 형사님 팀원들과 거실에 계시죠? 저랑 어머니는 형사님 방에서 알콩달콩 잘 놀고 있어요."

민희가 웃으며 말했다.

"어머니는 무사하신 거지?"

동식이 떨리는 목소리로 되물었다.

"그럼요, 방에 들어와 보시면 알아요."

민희가 이기죽거리는 투로 말했다.

"허튼 수작 그만 부리고 이쯤에서 끝내. 여기서 그만두면 형량이 몇 배는 줄어들 수 있어."

동식이 민희를 회유했다.

"어머, 형사님 여기까지 와서 무슨 말 같지도 않은 소리예요. 그런 달콤한 소리에 제가 넘어갈 거라고 생각하신 거예요? 나를 너무 물로 본다."

민희가 이기죽거리는 투로 말하고 나서 전화를 끊었다.

"제 방에 있대요."

동식이 해철과 도환에게 소곤소곤 말했다.

"오케이."

"네."

해철과 도환이 떨리는 목소리로 대답하고 동식의 방으로 조심스럽게 다가갔다.

"셋 세고 들어가자. 무슨 일이 있더라도 절대로 흥분하지 말고. 이럴 때일수록 옆에 있는 팀원을 믿어야 해."

해철이 숫자 셋을 가리키고 소리가 나지 않게 입을 크게, 크게 움직였다.

"네."

동식과 도환이 일제히 대답하고 나서 해철의 손가락을 물끄러미 바라봤다.

"꼼짝 마. 움직이면 쏜다."

해철이 손가락으로 하나, 둘, 셋을 가리키고 나서 문을 열고 동식의 방으로 들어갔다.

"많이 늦으셨네요. 저는 조금 더 일찍 도착할 줄 알았거든요. 살롱 직원들이 생각보다 잘 싸웠나 봐요."

민희가 정화 뒤에서 회칼을 목에 대고, 그들을 물끄러미 바라보고 있었다.

"그 칼 당장 내려놔!"

동식이 몸을 부들부들 떨면서 말했다. 투우사에게 금방이라도 돌진할 것만 같은 황소의 눈과 몸이었다.

"동식아, 진정해."

해철이 상황을 예의 주시하시면서 권총을 조심스럽게 매만졌다.

"정동식 형사님 뒤로 한 발자국 물러나세요. 제 말을 따르지 않으면 어머니의 목에 회칼이 곧바로 들어갈 거예요."

민희가 동식에게 으름장을 놓았다.

"해철 선배 움직이지 마요!"

동식이 뛰쳐나가려고 하자 도환이 크게 소리쳤다.

"네가 도대체 원하는 게 뭐야."

동식이 황소 같은 눈으로 민희에게 되물었다.

"원하는 거 특별히 없어요. 이미 망가질 대로 망가진 삶이니까 여태껏 느끼지 못했던 재미나 좀 보자는 거죠."

민희가 말했다.

"어머니한테 도대체 왜 그러는 건데. 널 잡으려고 한 건 나잖아."

동식이 갈라지는 목소리로 말했다.

"아까 동영상으로 말씀드렸잖아요. 너무 화가 나서 미쳐버릴 것 같다고요. 그러니까 왜 사람을 가만히 내버려두지 못하는 거예요?"

민희가 짜증 섞인 말투로 말했다.

"나는 형사로서 본분을 다했을 뿐이야."

동식이 말했다.

"형사로서 본분을 다했을 뿐, 개인적인 악감정은 없으니까 어린애처럼 원망 마라, 뭐 이런 거예요?"

민희가 코웃음을 치며 되물었다.

"개인적인 감정이 전혀 없다곤 하진 않을게. 우리 가족은 너희 남매로 인해 충분히 고통받았어. 그러니까 제발 좀 그만해."

동식이 울부짖었다.

"뭔 개소리를 그렇게 지껄이는 거예요. 시발, 당신 때문에 우리 오빠랑 내 삶이 구렁텅이에 빠지게 생겼는데! 후유, 정동식 형사님, 어머니가 교회에 열심히 다니시는 것 같던데 형사님은 어때요?"

민희가 영문을 알 수 없다는 표정으로 화내고 동식에게 되물었다.

"갑자기 교회는 왜?"

동식이 되물었다.

"짜증 나니까 되묻지 말고 묻는 말에 대답이나 쳐 하세요. 교회에 열심히 다녀요? 안 다녀요?"

민희가 악다구니를 퍼부으면서 회칼을 더욱더 강하게 움켜쥐었다.

"미안해, 미안해. 예전에는 열심히 다녔지만 지금은 그렇지 않아."

동식이 울 것 같은 눈으로 사과를 했다.

"좀 아쉽네요. 동식 씨가 어머니처럼 열심히 교회에 다녔으면 여러모로 더 재미있었을 것 같은데."

민희가 아쉽다는 투로 말하고 나서 정화의 입에 붙어 있던 테이프를 떼어냈다.

"동식아, 내 아들 정동식."

정화가 동식을 애타게 불렀다.

"어머니 괜찮으세요?"

동식이 정화의 얼굴을 물끄러미 바라보며 물었다.

"동식아, 나는 괜찮다. 행여 어미가 잘못되더라도 이 처자를 미워하지 말고 기도와 간구로 그들을 용서해라. 그게 신이 원하는 것이고, 너를 구원하는 유일한 길이야."

정화가 울부짖으며 말했다.

"어머니 참 은혜로우시다. 이렇게 신실하신 분들이 많아야 세상이 조금 더 아름다워질 텐데."

민희가 정화를 비꼬았다.

"자매님이 주님을 만나지 못해서 그런 거예요. 나의 길 오직 그가 아시나니 나를 단련하신 후에 내가⋯⋯."

정화가 갈라지는 목소리로 말하고 나서 찬송을 부르기 시작했다.

"시발년, 놀고 있네. 믿는다고 하는 새끼들은 자나 깨나 위선이야."

민희가 회칼을 정화의 목에 강하게 쑤셔 넣었다. 정화의 목에서 분수 같은 피가 뿜어져 나왔다.

"안 돼!"

동식이 큰 소리로 울부짖으면서 민희와 정화가 있는 방향으로 있는 힘껏 달려 나갔다. 민희가 회칼로 정희의 봄을 다시 한번 찌르려고 하는 순간, 탕탕, 팅탕. 해철과 도환이 방아쇠를 당겼고 그들의 권총에서 날아간 총알이 민희의 손가락과 손을 관통했다.

"으악, 시발!"

민희가 고통스러운 표정으로 쓰러져서 소리를 마구 질러댔다.

"어머니 괜찮으세요? 어머니! 시발. 응급차, 도환아 응급차 좀 불러!"

동식이 정화를 껴안고 큰 소리를 질렀다.

"내가 정민희 수갑 채울 테니까 응급차 부르고 팀장님에게 빨리 보고해."

"네."

해철이 도환에게 지시하고 정민희에게 다가갔다.

"당신은 묵비권을 행사할 권리가 있고 당신의 진술은 법정에서 불리하게 작용될 수 있으며 당신은 변호사를 선임할 권리가 있습니다."

해철이 미란다 법칙을 읊조리고 나서 민희의 손목에 수갑을 채웠다.

"어머니 지금 죽으면 안 돼요. 어머니, 어머니 없이 어떻게 살라는 거예요. 어머니!"

동식이 숨을 거둔 정화를 끌어안고 구슬픈 목소리로 울부짖었다.

"히히, 여러 번 찔러서 고통스럽게 죽으려고 했는데 힘 조절을 잘못해서 깊숙이 들어갔나 보네."

민희가 동식과 정화를 바라보면서 실실 쪼갰다.

"이런 개좆같은 년이."

동식이 이성을 잃고 민희에게 달려들자 해철과 도환이 있는 힘껏 동식을 제지했다. 쿵, 세 사람이 부둥켜안고 바닥에 나뒹굴었다.

"제일 안쪽 방이야. 신속하게 움직여."

성수 팀장이 준우, 지원과 함께 동식의 집으로 다급하게 들어왔다. 뒤이어 기동대원들과 지구대 순경, 응급요원들이 줄지어 들어왔다.

"한 사람 잡는데 왜 이렇게 많이 모인 거예요. 하하하하, 하하하하."

민희가 집에 모여 있는 사람들을 휘둘러보면서 깔깔 웃어댔다. 총상을 입은 부위에서 피가 철철 흘러넘치는데도 전혀 개의 치 않는 모습이었다.

"팀장님, 병원으로 가서 봉합을 빨리 해야 할 것 같습니다."

응급요원이 민희를 가리키며 말했다.

"그래요, 준우야 지원아, 병원 같이 따라가."

성수 팀장이 준우와 지원에게 민희를 가리키며 말했다.

"네, 알겠습니다."

준우와 지원이 대답하고 응급요원을 따라서 방을 나서기 시작했다.

"후유, 시발. 이걸 어쩌면 좋냐."

성수 팀장이 동식의 방과 어질러진 거실을 휘둘러보면서 말했다. 참으로 참혹하기 그지없는 광경이었다. 숨을 거두고 들것에 실려 나가는 정화, 목 놓아서 우는 동식과 그를 만류하는 해철과 도환, 그리고 살해현장이 처음이어서 어쩔 줄 모르고 방황하는 기동대원들과 순경들. 성수 팀장은 여태껏 경험하지 못했던 공포와 혼란을 몸소 느끼는 중이었다.

"팀장님 괜찮으세요?"

쓰러지려고 하는 성수 팀장을 지구대 순경 한 명이 가까스로 붙들었다.

"괜찮아요, 괜찮아. 잠시 머리가 아파서 그래요."

성수 팀장이 지구대 순경에게 괜찮다는 제스처를 취하고 나서 사람들이 많지 않은 곳으로 엉기적엉기적 걸어가기 시작했다. 베란다 문 앞에 쭈그려 앉은 성수 팀장은 넋이 나간 표정으로 거실 바닥을 물끄러미 바라봤다. 그의 시야 너머로 동식의 가족사진과 정화가 적어둔 포스트잇이 이리저리 밟히고 찢겨져 있는 것이 보였다. '동식의 팀, 총 여섯 명.', '팀원들이 좋아하는 메뉴 팀장 — 닭볶음탕 해철 — 국밥 종류 및 회가 들어간 음식, 그 외에는 아무거나 다 잘 먹는다.' 성수 팀장은 포스트잇을 읽고 나서 강한 현기증을 느끼고 눈을 지그시 감았다. 두통이 점점 커지면서 귀에서 강한 이명이 들려왔다.

11

2015년 05월 23일 금요일 22:00

성수 팀장을 비롯해 강력 3팀 멤버 해철, 도환, 준우, 지원이 고 깃집에 모여서 술잔을 기울이고 있었다.

"청와대랑 경찰청에 글 올린 거 아무래도 정 남매 쪽 사람들이 겠죠?"

해철이 팀원들의 술잔에 술을 따르면서 말했다.

"아무래도 그렇겠지. 수사가 불공정했다고 주장해서 이득을 취하는 건 정 남매 식구들밖에 없으니까."

성수 팀장이 술을 들이켜고 나서 말했다.

"개새끼들 끝까지 반성할 줄 모르네요."

해철이 술을 마시고 나서 말했다.

"영악한 거지. 공정한 수사가 아니었다는 것으로 여론 형성하면 동식이가 제공한 증거가 힘을 잃을 수도 있으니까."

이번에는 성수 팀장이 팀원들의 술잔에 술을 따라주었다.

"그래도 마약 밀수 및 밀매, 살인교사, 납치 및 감금, 범죄라는 범죄는 다 저질렀는데 감형되기는 쉽지 않을 것 같은데요."

402

도환이 술을 들이켜고 나서 말했다.

"조직원들이 정 남매를 많이 존경하고 아끼나 봐. 다들 자기네들 의지로 투쟁하고 싸웠던 거지, 두 사람의 지시는 특별히 없었대. 그리고 20년 전 범죄도 마지막 사건을 제외하고는 정 남매의 지문이나 디엔에이가 검출되지 않아서 담당 변호사가 연쇄살인 사건이 아니라고 주장하고 있고."

성수 팀장이 심호흡을 하고 나서 말했다.

"동산시 정산에서 나온 변사체에도 정민기의 지문이나 디엔에이가 없대요. 전부 김성진의 소행으로 여론이 형성될 것 같아요."

해철이 과학수사팀 팀원과 기자들에게 들은 얘기를 섞어서 말했다.

"참 골치 아프네요. 만약 정민기가 박리원과 배 속에 있던 아이를 살해하지 않고, 정민희가 어머니를 살해하지 않았더라면 20년 전, 사건 하나만 자신들의 실수로 몰아갈 수도 있었겠네요."

도환이 팀원들에 술잔에 술을 따르면서 말했다.

"정 남매 측이 바라는 최고의 시나리오가 그거겠지. 검사 측은 어떻게든 연쇄살인으로 밀어붙일 거고."

성수 팀장이 골똘히 생각한 뒤에 말했다.

"가게 과잉 진압이나 총기 사용 건에 대해서도 감사가 열린다면서요?"

준우가 술을 마시고 나서 물었다.

"아직 확실치 않아. 운 좋으면 보여주기 식 징계위원회일 것이고 운 나쁘면 초동수사부터 마지막 날까지 모조리 검사할 수도 있어. 너희 해철이 제외하고는 다들 동식이랑 연락하고 있었지?"

성수 팀장이 한숨을 쉬면서 말했다.

"죄송합니다."

해철을 제외한 팀원들이 일제히 말했다.

"과장님한테 부탁해서 최대한 커버 쳐볼 테니까 지울 수 있는 것들은 확실히 지워라. 동식이 사정 듣고 안타깝다는 여론도 어마어마해서 깊게 파고들지는 못할 거야."

성수 팀장이 고기를 잘근잘근 씹고 나서 말했다.

"네, 알겠습니다."

"번거롭게 해서 죄송합니다."

팀원들이 저마다의 방식으로 사과했다.

"그래, 다음부터는 절대로 그러지 마라. 그건 그렇고 다들 어머니 장례식 끝나고 나서 동식이랑 연락은 좀 해 봤니?"

해철이 팀원들에게 물었다.

"아니요, 장례식 이후에 여러 차례 연락해도 전화를 안 받으시더라고요. 상심이 매우 큰 것 같습니다."

지원이 고기를 부지런히 먹으면서 말했다.

"상심이 오죽하겠냐. 어머니 장례식 때 보니까 너무 울어서 반송장이 따로 없더라."

해철이 정화의 장례식 때를 떠올리고 눈물을 훔쳤다.

"동식 선배, 강한 분이라서 반드시 이겨낼 겁니다. 서촌 사건의 범인도 꼭 잡고 싶다고 그랬거든요."

도환이 훌쩍거렸다.

"지금은 비록 커다란 상심에 빠져 있다고 하더라도 반드시 이겨내야지. 이겨낼 수 있도록 나와 너희들이 적극적으로 도와야 하고."

성수 팀장이 북받쳐 오르는 눈물을 가까스로 억눌렀다.

"그래야죠. 팀장님 몸은 좀 어떠세요? 아직도 현기증이랑 이명이 많이 심하시죠?"

해철이 성수 팀장의 술잔에 술을 가득 따라주었다.

"별거 아니니까 괘념치 마라. 부모 잃은 아픔에 비하면 이까짓 두통이랑 이명이 뭐 대수겠니."

성수 팀장이 가득 담긴 술잔을 한 번에 들이켜고 다시 내밀었다.

"그렇지만 팀장님 몸도 잘 추슬러야죠."

해철이 빈 술잔에 술을 다시 따라주었다.

"해철아, 됐으니까 더 이상 언급하지 마라. 고기에 술이나 진탕 마시자. 사장님! 여기 안창살 5인분, 치맛살 5인분이랑 소주 4병 가져다주세요."

성수 팀장이 추가 주문을 하고 술잔을 물끄러미 바라봤다. 그의 눈에서 북받쳐있던 눈물이 억수같이 쏟아지기 시작했다.

"나 청승맞게 왜 이러냐."

성수 팀장이 티슈로 눈물을 훔치면서 말했다. 그의 닭똥 같은 눈물을 보자마자 다른 네 사람의 눈에도 금세 눈물이 고였고, 그들은 서로에게 눈물을 보이지 않으려고 고개를 돌려 술잔을 기울였다.

"담배 한 대 피우고 오겠습니다."

해철이 가까스로 말하고 나서 손으로 눈을 가린 채 가게 바깥으로 털레털레 걸어 나갔다. 강력 3팀 팀원들은 아무런 말도 없이 술잔을 기울이면서 오랫동안 동식을 생각하면서 울고 또 울었다.

2015년 05월 24일 토요일 11:00

동식은 정화의 장례식을 치르고 나서 정화가 다녔던 교회에 오랜만에 들렀다. 장례식을 도와주었던 교회 사람들에게 상주로서 감사의 인사를 전하기 위해서였다. 동식은 교회 주차장에 주차를 하고 미리 주문한 떡과 음식을 트렁크와 뒷좌석에서 끄집어냈다.

"목사님, 정동식입니다. 지금 교회 주차장에 도착했습니다."

동식이 정화가 속한 담당 교구 목사에게 전화를 걸었다.

"정 형사님, 벌써 도착하셨군요. 집사님들이랑 금방 가겠습니다."

잠시 후, 동식에게 연락을 받은 교구 목사와 성도들이 동식이 있는 곳으로 빠르게 걸어왔다.

"안녕하십니까."

동식이 교구 목사와 성도들에게 인사를 했다.

"아이고, 형사님. 왜 이렇게 많이 준비하셨습니까. 조금만 준비해도 충분한데요."

교구 목사가 동식과 악수를 하고 나서 떡과 먹을 것을 보면서 말했다.

"겉은 번지르르하게 보여도 내용물은 보잘것없습니다."

동식이 무덤덤하게 말했다.

"전혀 그렇게 보이지 않는데요? 교구 분들께서 아주 배불리 먹을 수 있을 것 같습니다. 할렐루야."

교구 목사가 과장스럽게 말했다.

"그렇다면 정말 다행입니다. 그럼 저는 이만 가보도록 하겠습니다."

동식이 교구 목사와 성도들에게 인사를 하고 자리를 뜨려고 했다.

"정 형사님 벌써 가시게요? 교구 사람들끼리 소모임을 하고 있는데 음식 전달하면서 인사라도 하고 가시는 게 어떠시겠습니까. 장례식에 참석하고 나서 마음 아파하는 성도들이 여전히 많거든요."

교구 목사가 아쉬운 투로 말했다.

"아, 알겠습니다. 그럼 간단히 인사만 하겠습니다."

동식이 교구 목사의 청을 거절하지 못하고 말했다.

"네, 그럼 이쪽으로 가시죠."

교구 목사가 떡과 먹을 것을 들고 교회 통로로 걸어가기 시작했다.

"여러분, 故 이정화 집사님의 아드님께서 장례식에 참석하고, 도와주신 것에 대해서 감사를 표하고 싶다고 이 자리에 친히 오셨습니다. 떡과 먹을 것을 준비해서 오셨는데 의인께서 대접하는 식사라고 생각하고, 감사의 마음으로 먹고 마셨으면 좋겠습니다. 아드님께서도 한 말씀 하시지요."

교구 목사가 동식을 단상으로 불렀다.

"장례식 내내 친가족처럼 도와주셔서 너무 고맙습니다. 여러분의 도움이 없었다면 어머니도 저도 많이 외로웠을 것 같습니다. 제 나름대로 신경 써서 준비하긴 했는데 대접하는 것에 능숙하지 못해서 모자란 부분이 있을 수도 있습니다. 부족하더라도 많은 양해 부탁드립니다. 다음에 다시 한번 시간을 내서 대접해 드리겠습니다. 정말 고맙습니다."

동식이 조곤조곤 말했다. 교구 목사와 성도들이 동식의 말을 듣고 눈물을 흘리며 박수를 쳤다.

"아멘. 제가 대표로 기도드리기 전에 故 이정화 집사님이 좋아하던 찬송을 한 곡 부르는 게 어떻겠습니까?"

교구 목사가 성도들을 바라보면서 말했다.

"좋습니다. 이정화 집사님께서 '주가 보이신 생명의 길'을 아주 좋아하셨습니다. 그 찬송을 부르는 게 어떨까요?"

한 성도가 큰 소리로 말했다.

"주가 보이신 생명의 길로 하시죠. 하나, 둘, 주가 보이신 생명의 길 나 주님과 함께 상한 마음을 드리며 주님 앞에 나가리."

교구 목사가 선창을 했다.

"나의 의로움이 되신 주, 주 이름 예수. 나의 길이 되신 이름, 예수. 주가 보이신 생명의 길 나 주님과 상한 마음을 드리며 주님 앞에 나가리. 나의 의로움이 되신 주, 주 이름 예수. 나의 길이 되신 이름, 예수. 나의 길 오직 그가 아시나니 나를 단련하신 후에 내가 정금같이 나아오리라."

성도들이 교구 목사를 따라 찬송을 불렀다.

"나의 길 오직 그가 아시나니 나를 단련하신 후에 내가 정금같이 나아오리다."

동식은 어느 날, 정화가 동인의 사진을 바라보며 찬송 부르는 것을 떠올렸다.

"어머니는 그 찬송이 참 마음에 드시나 봐요."

동식이 정화에게 물었다.

"그렇단다. 모든 찬송이 은혜롭고 좋지만 이 찬송을 부르고 있으면 모든 것이 주님 안에서 잘될 것 같거든. 우리의 길은 오직 신만이 아시는 거니까. 우리가 겪고 있는 시련과 고통도 정금이 되기 위한 하나의 과정일 뿐이라는 생각을 하면 마음이 한결 편하단다."

정화가 웃으며 말했다.

"정금이 아무것도 섞이지 않은 금을 말하는 거죠?"

동식이 되물었다.

"그렇단다. 여기서는 때 묻지 않은 오롯한 신의 사람이라고 해석하면 되겠구나."

정화가 방긋 웃었다.

"그게 가능한 거예요? 말도 안 되는 것 같은데요."

동식이 고개를 갸웃거리며 되물었다.

"쉽지 않겠지만 기도와 말씀으로 주님께 답을 끊임없이 아뢴다면 충분히 가능하다고 생각한다."

동식은 정화와의 대화를 생생히 떠올렸다. 정금이 되고자 노력했던 가녀린 여자는 목에 날카로운 회칼이 들어와서 분수 같은 피를 뿜어내며 이생을 마감했다. 고귀하기보다는 매우 슬프고 참혹한 죽음에 가까웠다.

잠시 후, 찬송이 끝나고 나서 교구 목사가 대표 기도를 한 뒤에 성도들이 동식이 준비한 음식을 먹고 마셨다.

"아드님, 정화 집사님은 반드시 천국에 가셨을 거예요. 의인도 그런 의인이 없었습니다."

"하늘에서 아드님을 지켜보고 계실 거예요. 힘내세요."

교구 성도들이 차례대로 돌아가면서 동식에게 위로와 격려를 건넸다.

"고맙습니다."

동식이 애써 웃으며 말했다.

"어제 철야 말씀에서 담임 목사님이 이정화 집사님을 언급하며 욥기 42장 10절에서 17절 말씀을 대언하셨어요. 욥이 모든 곤경을 믿음으로 이겨내자 주님께서 욥에게 이전보다 더 큰 선물을 하셨다는 내용이었죠. 아드님도 지금 당장은 많이 힘드시겠지만 믿음으로 시험을 이겨내면 커다란 선물이 있으리라 믿어 의심치 않습니다."

또 다른 교구 성도가 동식을 위로했다.

"아멘. 주님은 우리가 이해할 수 없는 방법으로 믿음을 시험하십니다. 지금은 당장 모든 것을 앗아간 것처럼 느껴지더라도 실은 절대로 그렇지 않습니다. 그러니까 정 형사님도 믿음을 끊임없이 간구하면서 앞으로 나아간다면 훗날에는 이 모든 아픔과 시련을 이해하면서 보상받는 날이 틀림없이 올 것입니다."

교구 목사가 동식에게 말했다.

"제발 그랬으면 좋겠네요. 다들 좋은 말씀 고맙습니다. 저는 그럼 일이 있어서 이만 가보도록 하겠습니다."

동식이 그들의 말을 듣고 나서 무엇인가를 황급히 떠올리고 다급하게 인사를 나눴다.

"정 형사님 벌써 가시게요?"

교구 목사가 되물었다.

"네, 일 때문에 급히 가봐야 할 것 같습니다. 목사님 또 연락드
리겠습니다."

동식이 휴대폰을 억지로 보고 나서 말했다.

"네, 알겠습니다. 형사님의 평안을 위해서 기도드리겠습니다."

"아드님 또 뵙겠습니다."

동식이 교구 목사, 성도들과 인사를 나누고 나서 황급히 달려
나갔다. 잠시 후, 동식은 차에 올라타자마자 내비게이션에 동산시
구치소를 검색했다. 동산시 동산로 272. 그가 안내 시작 버튼을
지그시 눌렀다.

"경로 안내를 시작합니다."

동식이 교회 건물과 커다란 십자가를 물끄러미 바라본 뒤에 민
희가 수감되어 있는 동산시 구치소를 향해 있는 힘껏 액셀러레이
터를 밟았다.

2015년 05월 24일 토요일 13:30

동식은 동산시 구치소에 도착해서 주차를 끝내고 일반 접견 장
소로 걸어갔다. 토요일이라 그런지 주차장과 구치소 입구에 인파

가 어마어마했다. 동식은 민원실에서 접견 신청을 끝내고 접견 방 통로로 향했다. 민희가 접견 거부를 하지 않을까 노심초사했지만 동식의 걱정과는 달리 그녀는 접견 신청을 순순히 받아들였다.

"접견 시간은 아시다시피 10분입니다. 마이크 소리가 몇 초간 딜레이 되니까 당황하지 마시고 순서대로 말씀하시면 됩니다. 일 반 접견은 변호인 접견과는 다르게 모든 대화가 녹음됩니다. 이 에 유념하시길 바랍니다."

동식이 접견 방 앞에서 순서를 기다릴 때, 복도 입구에 서 있던 교도관이 동식과 주변에 있던 사람들에게 조곤조곤 말했다.

동식이 6번 접견 방에 들어와서 민희를 기다렸다. 철커덕, 민 희가 미결수용자 차림으로 나타나서 동식 앞에 사뿐히 앉았다.

"어머, 동식 씨 구치소까지 웬일로 오신 거예요? 아버지와 어머 니 일은 참으로 유감이지만 설마 저한테 진심 어린 사과를 기대하 고 오신 건 아니겠죠? 따지러 오신 것도 아닐 거고."

민희의 입술이 움직이고 나서 몇 초 뒤 마이크를 통해 그녀의 목소리가 들렸다.

"네, 사과를 바라고 온 게 아닙니다. 따지러 온 것도 아니고요. 너무 궁금한 게 있어서 직접 물어보지 않으면 안 될 것 같았거든요. 그다지 곤란한 질문은 아니니까 솔직하게 말씀해주실 수 있나요?"

"한번 들어보고 결정할게요. 형사님이라서 잘 아시겠지만 일

반 접견은 변호인 접견과는 다르게 녹취가 되거든요."

민희가 숨을 들이켜고 나서 말했다.

"녹취가 되더라도 법정에서 불리하게 작용되는 질문은 아닐 겁니다."

동식이 또박또박 말했다.

"말씀해보세요. 우선 들어볼게요."

민희가 하품을 하면서 되물었다.

"정민기 씨 혹은 정민희 씨가 김 실장이라고 일컬어지는 김성진 씨에게 첫 번째 소포를 보내라고 지시하셨을 때, 서울 경찰청 형사과 강력 3팀이라고 특별히 지시하셨나요?"

동식이 진지하게 물었다.

"하하, 동식 씨 이게 왜 듣고 싶은 거죠?"

민희가 자세를 고쳐 앉으며 되물었다.

"저에게 정말 중요한 문제입니다. 솔직한 답변 부탁드립니다."

동식이 공손하게 말했다.

"아니요. 그렇지 않습니다. 변호사 얘기 들어보니까 언론은 저희가 형사님이 강력 3팀에 소속되어 있다는 것을 알았다고 생각하는 것 같더라고요. 그건 100% 잘못된 사실입니다. 저랑 오빠는 강력 3팀이라고 지시한 적이 없어요. 김 실장님이 임의로 적었던 것이에요."

민희가 골똘히 생각하고 나서 말했다.

"정말입니까?"

동식이 진지하게 되물었다.

"네, 전적으로 우연일 뿐입니다. 뭐, 운명처럼 되어 버렸지만 말이죠. 저는 동식 씨 신상 정보를 받았을 때도, 집에 들렀을 때도 정동인 씨의 아들인 것도 미처 몰랐어요."

민희가 웃으며 말했다.

"알겠습니다. 솔직하게 말씀해주셔서 고맙습니다."

동식이 그녀의 대답을 듣고 나서 자리에서 일어나려고 했다.

"저도 동식 씨한테 한 가지 여쭈어봐도 되겠습니까? 법정에서 사용될 일도 없으니 솔직하게 말씀해주시면 좋을 것 같네요."

민희가 진지하게 말했다.

"뭐죠?"

동식이 되물었다.

"진희가 그저께 다녀갔어요. 요즈음 변호사를 통해 진희 얘기 듣는 게 쏠쏠한 재미가 있어요. 카페 얘기며 고양이 얘기 같은 거요. 뭐 여하튼 수사하면서 형사님과 만났다고 하더라고요. 제 그림도 보셨다면서요."

민희가 말했다.

"네, 민희 씨가 그린 그림 봤습니다."

동식이 민희가 그린 그림을 떠올리며 말했다.

"지금은 어떻게 생각하세요? 그림 속에 천사가 인간을 지켜보고 있다고 생각하세요? 아니면 그저 관망하면서 재미를 느끼고 있다고 생각하세요?"

민희가 웃으며 물었다.

"아버지가 돌아가시고 나서 늘 후자라고 생각했었습니다. 그리고 이번에 어머니가 돌아가시고 한 번 더 확신했고요."

동식이 뜸을 들이고 나서 말했다.

"의원데요. 형사님이 그렇게 생각하실 줄은 몰랐네요."

민희가 말했다.

"접견 신청 받아주셔서 고맙습니다. 며칠 동안 고민한 게 있었는데 민희 씨와 대화하고 나서 홀가분해졌습니다. 건강하십쇼."

동식이 민희에게 공손하게 인사했다.

"저도 형사님 덕분에 유익한 시간 보냈습니다. 다음에 기회 되면 또 뵙죠. 조심히 들어가세요."

민희가 동식에게 공손하게 말했다. 두 사람은 주어진 접견 시간보다 빠르게 접견을 마무리했다.

2015년 05월 24일 토요일 23:55

"어머니의 장례식을 치르고 나서 며칠 동안 고민했습니다. 비록 모든 것이 망가지고 부서졌지만 아들로서, 형사로서, 한 사람의 인간으로서 최선을 다해 삶을 살아가는 게 옳은지 옳지 않은지에 대해서 말입니다. 직장동료와 많은 사람들의 격려와 위로를 받고 열심히 살아볼까도 고민했습니다. 해결하고 싶었던 사건이 여전히 남아 있기도 했고요. 그런데 불편한 진실을 다시 한번 더 깨닫고 나서 모든 게 허망해졌습니다. 저는 예전으로 돌아갈 수 없으며 아버지와 어머니의 빈자리도 절대로 채울 수 없다는 것을 알게 되었습니다. 사건을 해결하는 데 도움을 주셨던 모든 분들에게 감사함을 표합니다. 그리고 성수 팀장님을 비롯해 해철 선배, 도환, 준우, 지원에게 미안하다는 말을 꼭 하고 싶습니다. 죄송합니다. 저를 너무 미워하지 마시길 바랍니다. 제 집과 얼마 없는 재산은 춘천시 은혜 보육원, 강릉시 동백 보육원, 춘원시 평강 보육원과 동산시 에덴 보육원에 기부해주시면 됩니다. 다시 한번 고맙고 죄송합니다."

동식이 유서를 쓰고 나서 고이 접어 부엌 식탁 위에 올려뒀다. 그리고 나서 의자 위에 올라가서 걸어뒀던 밧줄에 목을 매달고, 추호의 망설임도 없이 의자를 세차게 박찼다. 동식은 숨이 가파르게 차오르는 걸 느끼면서 동인과 정화를 생각했다. 그리고 천사가 자신의 주변에 모여드는 것을 느끼면서 천천히 눈을 감았다.

그 들 은
후 회 하 지
않 는 다

펴 낸 날   2023년 7월 12일 초판 1쇄

지 은 이   김대현
펴 낸 이   박지민
책임편집   김정웅
책임미술   롬디
마 케 팅   박종천, 박지환

펴 낸 곳   모모북스
　　　　　　서울특별시 동대문구 왕산로81, 203-1호(두산베어스 타워)
　　　　　　전화 010-5297-8303 팩스 02-6013-8303
　　　　　　등록번호 2019년 03월 21일 제2019-000010호
　　　　　　e-mail pj1419@naver.com

ⓒ 김대현, 2023
ISBN 979-11-90408-38-7 (03810)